Pulsar

Os Melhores Contos Brasileiros de Ficção Científica

Fronteiras

Editado por Roberto de Sousa Causo

Devir Livraria

Os Melhores Contos Brasileiros de FICÇÃO CIENTÍFICA

FRONTEIRAS

Editado por Roberto de Sousa Causo

Devir Livraria

Revisão: Gloria Flores
Revisão das Provas: Douglas Quinta Reis
Editoração Eletrônica: Tino Chagas
Coordenação Editorial: Roberto de Sousa Causo
Arte da Capa: R.S.Causo & Vagner Vargas

DEV333044
ISBN: 978-85-7532-401-1
Código de Barras: 978-85-7532-401-1
1ª Edição: publicada em Dezembro/2009

Dados Internacionais de Catalogação na Publicação (CIP)
(Câmara Brasileira do Livro, SP, Brasil)

Os Melhores contos brasileiros de ficção científica: fronteiras / editado por Roberto de Sousa Causo – São Paulo – Devir 2009.

Vários autores.

1. Contos brasileiros 2. Ficção científica I. Causo, Roberto de Sousa.

09-11608 CDD–869.930876

Índices para catálogo sistemático:
1. Contos de ficção científica
Literartura brasileira 869.930876

DEVIR LIVRARIA

Brasil
Rua Teodureto Souto, 624/630 — Cambuci
São Paulo — SP
CEP: 01539–000
Fone: (11) 2127–8787
Fax: (11) 2127–8758
E-mail: duvidas@devir.com.br

Portugal
Pólo Industrial
Brejos de Carreteiros
Armazém 4, Escritório 2
Olhos de Água
2950–554 — Palmela
Fone: 212–139–440
Fax: 212–139–449
E-mail: devir@devir.pt

Visite nosso site: **www.devir.com**

— Para Fausto Cunha (1923-2004), pela *Antologia Cósmica*. E para Therezinha Monteiro Deutsch (1935-2008) & Ladislau Deutsch (1931-2009), membros do Primeiro Fandom Brasileiro, por sua dedicação ao legado literário de Jerônymo Monteiro.

SUMÁRIO

INTRODUÇÃO
INTERSECÇÕES NA FICÇÃO CIENTÍFICA BRASILEIRA
Roberto de Sousa Causo

Publicado pela Devir em fins de 2007, *Os Melhores Contos Brasileiros de Ficção Científica* foi um dos livros do gênero mais comentados pela imprensa cultural brasileira em 2008, com substancial repercussão também dentro da comunidade de ficção científica — o *fandom*. Trouxe histórias de Machado de Assis, Gastão Cruls, Domingos Carvalho da Silva, André Carneiro, Jerônymo Monteiro, Levy Menezes, Rubens Teixeira Scavone, Finisia Fideli, Jorge Luiz Calife, Roberto de Sousa Causo e Ricardo Teixeira.

A presença do conto "O Imortal" (1882) de Machado de Assis — e, por coincidência, no centenário da morte desse que foi um dos maiores escritores brasileiros de todos os tempos — inevitavelmente faria algumas pessoas reagirem com incredulidade. Seria normal que alguns torcessem o nariz perante a reivindicação dessa história como pertencente à ficção científica. A ousadia não pretendia, porém, afirmar Machado como autor de FC propriamente, mas como um escritor que, à parte as suas tendências principais — tão examinadas nas escolas, nos cursos de Letras e nos compêndios da história literária do Brasil —, teve contato com ideias, estilos e temas que iam além. A ponto de tocarem o campo do gótico e, por extensão, o da FC, já que o gênero herdou muito dessa tradição.

Incluir "O Imortal" no rol das histórias de destaque da primeira fase da FC, chamada por mim de "Período Pioneiro", em nada diminui a estatura de Machado de Assis. Ao contrário, deveria alargá-la, já que imprime as digitais do mestre em uma literatura importante e rica, cuja evolução no Brasil estamos apenas começando a investigar.

Há ainda o argumento de que "O Imortal" seria mais característico do conto fantástico, do que da ficção científica. O *fantástico*, entendido como aquela tradição surgida da pena de grandes nomes da literatura do século XIX — E.T.A. Hoffmann, Guy de Maupassant, Edgar Allan

Poe e outros —, possui um prestígio que gêneros populares como a FC, a fantasia e o horror frequentemente não têm. Não nos círculos mais literários, e a recente adoção pelo *fandom* da expressão "literatura fantástica" para designar a FC, a fantasia e o horror é problemática por esbarrar nessa compreensão, que, em termos de política literária, é dominante. (A língua inglesa emprega as expressões "literatura especulativa" ou "imaginativa" para designar a FC, a fantasia e o horror, mas elas ainda não pegaram por aqui. Recentemente, em 2009, o proeminente crítico inglês John Clute propôs o termo *fantastika*, emprestado de algumas línguas europeias, por razões semelhantes.)

Se "O Imortal" é um conto fantástico, mantém-se a aura literária de prestígio; porém, se é um conto de ficção científica, supostamente há um enfraquecimento dessa aura. Mas isso é uma armadilha que se refere apenas ao *estatuto* da literatura, social e arbitrário, pois nada nos impede de o considerarmos como um conto fantástico em uma instância, *e* um conto de FC em outra instância. Essa narrativa trata de uma poção indígena que leva o protagonista a alcançar a imortalidade, mas Machado não a define em termos estritamente mágicos ou sobrenaturais: "A ciência de um século não sabia tudo; outro século vem e passa adiante. Quem sabe se os homens não descobrirão um dia a imortalidade, e se o elixir científico não será esta mesma droga selvática?" As duas possibilidades são firmadas.

É desse modo, aliás, que sabemos a qual gênero uma narrativa pertence, e não por algum tipo de definição rígida e acadêmica: pelo fato dela *não* pertencer a outros gêneros, o que nunca é um processo particularmente preciso. "A crítica de gênero é uma arte provisória, já que as fronteiras dos gêneros nunca são absolutamente fixas", Scott McCracken escreveu em *Pulp: Reading Popular Fiction* (1998), completando:

> Cada novo exemplo de um gênero em particular pode modificar e alterar o que é compreendido pela classificação em que ele aparece. . . Os gêneros são melhor compreendidos, então, não em termos de elementos básicos, mas como históricos e relacionais. São históricos por definirem uma forma em termos do que se passou antes e do que virá a seguir. São relacionais por definirem uma forma que mostra como ela difere de outras formas literárias. Em outras palavras, o gênero é importante tanto por mostrar o que é um romance de detetive ou um *best-seller*, quanto pelo que ele não é: não é um romance popular ou uma tragédia clássica, por exemplo.

Nesse sentido, a ficção científica é ampla o bastante para incorporar características de outros gêneros, sem necessariamente *deixar* de ser FC. Exemplos das misturas de FC e ficção de detetive, FC e romance histórico, FC e ficção militar, FC e *western* são numerosos. A respeito disso a crítica norte-americana Farah Mendlesohn escreveu na introdução de *The Cambridge Companion to Science Fiction* (2003): "A ficção científica é menos um gênero... do que uma discussão em progresso." Mendlesohn diz ainda que a "FC é um campo de batalha entre diferentes grupos de fãs e entre diferentes grupos de críticos", e a define como "um modo de escrita que parece existir em variação relativa aos padrões e demandas tanto do *establishment* literário quanto do mercado de massa". Enfim, ela suspeita que a FC seja, por emprestar livremente estruturas de outros gêneros, mais do que um gênero: "A FC é uma discussão ou um modo de escrita."

Não obstante, o contraste mais claro que se estabelece automaticamente é aquele entre a ficção científica e a ficção literária, também chamada de "literatura *mainstream*". A FC, assim como o restante da literatura de gênero, *não é mainstream.* Mas existem pontos de intersecção, de modo que se pode dizer, retornando à discussão anterior, que uma história em particular seja um conto fantástico *e* um conto de FC. Esses momentos de intersecção têm sido chamados de FC "*borderline*" ou "fronteiriça", e são consistentes na história do gênero no Brasil. Isso acontece em parte pelo fato de que aqui, com raras exceções, a ficção científica nunca representou um nicho comercial particularmente forte, mais ainda em termos de FC *brasileira.*

Em março deste ano, o crítico Jeremias Moranu observou, na revista eletrônica *Terra Magazine*, que a

> maioria absoluta de obras pertencentes à ficção científica brasileira é constituída de FC fronteiriça — fato que apenas Braulio Tavares [...] e mais um ou outro parecem se dar conta. Afinal, toda a FC brasileira escrita antes de pioneiros como Berilo Neves e Jerônymo Monteiro, e os nomes ajambrados em torno das Edições GRD na década de 1960, eram escritores *mainstream*... Muitos, como Monteiro Lobato, Erico Verissimo, Orígenes Lessa, Guimarães Rosa, etc., tiveram uma aventura dentro [da FC]... Depois da década de 1970, mais da metade da produção nacional continuou sendo fronteiriça, embora tenham surgido novos autores propriamente dedicados ao gênero.

Moranu argumenta que essa

> constatação talvez seja o segredo mais bem guardado dentro da comunidade brasileira de FC — autores e fãs dedicados e frequentemente obsessivos, com dificuldade em enxergar que a maior parte do que fizemos até aqui não surgiu do seio do *fandom*, que permanece invisível e irrelevante a esses autores *mainstream* que se aventuraram ou ainda visitam o gênero. Não é de estranhar, portanto, que o olhar dos fãs seja mais lateral do que em profundidade e sob um prisma histórico: o produzido no exterior por escritores não-fronteiriços é que fornece a medida.

A imprensa chegou tarde ao Brasil — em 1808, com a vinda da Família Real Portuguesa —, justamente com o primeiro jornal, *Gazeta do Rio de Janeiro*. A primeira biblioteca pública, somente em 1811. Os primeiros espaços para ficção publicada no Brasil (os livros eram impressos na França ou em Portugal, durante boa parte do século XIX) estavam em jornais, mais tarde em revistas (*As Variedades*, de 1812, é considerada a primeira). O folhetim (novela ou romance seriado) chegou ao país em 1838 com *O Capitão Paulo* (*Le Capitaine Paul*) de Alexandre Dumas, sem hiato significativo entre a publicação francesa e a brasileira. Logo a seguir surge no *Jornal do Comércio* o folhetim nacional do pioneiro do jornalismo, Justiniano José da Rocha (1812-1862): *Os Assassínios Misteriosos ou a Paixão dos Diamantes*, suposta imitação ou plágio de algum congênere francês.

Os primeiros exemplos conhecidos de FC brasileira não estão muito longe desse instante no tempo: o jornal *O Jequitinhonha* publicou de 1868 a 1872 o folhetim satírico-futurista de Joaquim Felício dos Santos (1828-1895), *Páginas da História do Brasil Escritas no Ano 2000*; em 1875 aparece o romance científico de Augusto Emílio Zaluar (1825-1882), *O Doutor Benignus*, redescoberto em 1994 com uma edição crítica da Editora da UFRJ; em 1899 é publicada a utopia feminista de Emilia Freitas (1855-1908), *A Rainha do Ignoto*; e em 1909 Godofredo E. Barnsley (1874-1935) registrou na página inicial do seu *São Paulo no Ano 2000, ou Reneração Nacional*, a semelhança entre seu relato e os de Jules Verne e do Barão de Münchhausen (na verdade, personagem do livro de Rudolph Erich Raspe).

Influenciado por Verne e Camille Flammarion, autores franceses de romances científicos, *O Doutor Benignus* paradoxalmente trazia pouca aventura (aspecto que caracterizava essa forma de FC do século XIX) ou ciência institucional, e muita reflexão filosofante. Atraído pelas imagens do conto gótico que transitavam pelo Romantismo, Machado de Assis escreveu "O Imortal". Percebe-se que, desde sua infância, a FC brasileira oscilava entre as convenções do gênero e propósitos específicos da realidade nacional — em especial se tomarmos a interpretação do Prof. João Adolfo Hansen, de que no seu conto Machado satirizava as formulações do Romantismo, pelo enfileiramento de lugares-comuns —, levando a certo distanciamento das fôrmas mais rígidas.

Machado de Assis ajudou a fundar a Academia Brasileira de Letras em 1897, instituição que marca um primeiro afastamento entre as práticas literárias *mainstream* e as populares, enquanto antes, nos folhetins, elas se misturavam mais. Passa a haver uma literatura aceita e uma rejeitada pelo *establishment*. As formas aceitas passam a se confundir mais intensamente com o pensamento e as atitudes das elites. O fosso entre uma e outra se alarga ainda mais com o Modernismo de 1922. "Afastamento que o Modernismo", escreveu José Paulo Paes, em *A Aventura Literária* (1990), "com seus vanguardistas contestando polemicamente os valores tradicionais da arte e ensaiando meios revolucionários de expressão, só fez aumentar, convertendo-o em brecha irreparável".

Não obstante, a FC prosseguiu pelo século XX adentro. Em 1925, Gastão Cruls (1888-1959) publica o romance de mundo perdido *A Amazônia Misteriosa*, em que membros de uma expedição militar se deparam com a tribo perdida das amazonas. O cientista alemão Hartmann havia se aproximado das índias guerreiras para fazer experiências com o seu refugo humano: os meninos, sem lugar na sociedade matriarcal. O protagonista é um médico que, ao tomar uma bebida alucinógena indígena, viaja ao passado para uma entrevista com o imperador inca Atahualpa e para uma revisão dos crimes europeus no continente. Antepostos a essa perspectiva, os crimes do Prof. Hartmann — um Dr. Moreau amazônico — assumem uma face neocolonial. No romance há ainda o encontro harmonioso da fantasia da viagem no tempo pela droga indígena, com a FC dos experimentos de Hartmann.

Quando Cruls publicava o seu extraordinário romance, florescia nos Estados Unidos, em revistas populares conhecidas como *pulp magazines*, uma FC frequentemente tecnófila, energética, pouco preocupada com o estilo ou com a caracterização dos personagens, mais interessada no engajamento do leitor pela ação, a aventura, a cadência narrativa e a extravagância das ideias: a *pulp fiction*.

Berilo Neves e Jerônymo Monteiro, contemporâneos vivendo respectivamente no Rio de Janeiro e São Paulo, foram pioneiros que trouxeram uma sensibilidade *pulp* à sua FC. Neves foi na realidade um satirista que centrava seus contos, publicados em revistas e jornais nas décadas de 1920 e 30, em engenhocas que vinham ameaçar os papéis sexuais (especialmente os femininos) do seu tempo. Um pouco repetitivo, fez não obstante muito sucesso no seu tempo, chegando a ser descaradamente imitado por Gomes Netto, na coletânea *Novelas Fantásticas* (1934). Seus melhores contos são aqueles mais *pulp* e menos satíricos, como "Arca de Noé" e "A Vingança de Mendelejeff" (1929), duas histórias de catástrofe. O segundo aparece neste volume.

Monteiro foi o escritor brasileiro *pulp* quintessencial. Começou no rádio e com histórias infantis, e criou o primeiro detetive e herói *pulp* brasileiro, o Dick Peter das radionovelas, gibis e "novelizações" assinadas pelo próprio Monteiro. Muito influenciado por H. G. Wells, escreveu romances de mundo perdido, viagens no tempo e sagas apocalípticas de desvario *pulp* como *3 Meses no Século 81* (1947) e *Fuga para Parte Alguma* (1961). Este último, chamado de marco por Fausto Cunha, é certamente o ápice brasileiro da narrativa de revolta da natureza/catástrofe. Não obstante a pecha de "literatura comercial" imposta à FC, em contos como "O Copo de Cristal" (1964),[1] "Um Braço na Quarta Dimensão" (1964, e incluído aqui) e "A Casa de Pedra" (1970), Monteiro é intensamente pessoal e autobiográfico ao ambientar as histórias em sua casa em Mongaguá, SP, imóvel que faz parte da história da FC por acolher os membros do Primeiro Fandom Brasileiro. "Um Braço na Quarta Dimensão" pode ser visto como uma das primeiras narrativas "recursivas" da FC brasileira — ao empregar personagens reais do mundo da FC nacional (seu genro Ladislau Deutsch e o escritor André Carneiro), naquilo que é chamado de "tuckerismo", porque o autor americano Wilson Tucker tinha a mania de colocar autores e fãs de FC em suas histórias.

Segundo *The Encyclopedia of Science Fiction* (1993), a "FC recursiva" nasceu com o romance *O Número do Monstro* (*The Number of the Beast*; 1980), de Robert A. Heinlein. Inclui a FC nostálgica *steampunk* (recentemente "inaugurada" no Brasil com a antologia *Steampunk: Histórias de um Passado Extraordinário*, editada por Gianpaolo Celli), e é sinônimo

[1] Esse conto é um dos poucos da sua época a abordar diretamente a prática repressiva do regime militar recém-instaurado. Sempre que um conto é datado pelo autor, preferimos usar essa data, ao invés da data de publicação.

da expressão "ficção alternativa", criada no Brasil para designar enredos em que pessoas reais e os mundos ficcionais criados por elas aparecem em uma nova obra de ficção, e a propósito do lançamento do romance *A Mão que Cria* (2006), de Octávio Aragão.

Por sua vez, o tema da revolta da natureza retorna no conto "Seminário dos Ratos" (1977), da consagrada Lygia Fagundes Telles, no romance *A Guerra dos Cachorros* (1983), do jornalista José Antonio Severo, e no conto "Guerra Civil" (1997), do premiado Domingos Pellegrini, com enfoques bastante diversificados. (O romance de Severo e o conto de Pellegrini usam bandos de cães como metáfora da revolta ou resistência popular.) Os dois primeiros dirigem suas alegorias contra a ditadura militar e são talvez típicos do ciclo de utopias e distopias (1972 a 1985) da FC brasileira. O trabalho de Fagundes Telles, mais abertamente irônico, está reproduzido nesta antologia.

Autor da admirável novela *Zanzalá* (1936), um dos grandes clássicos da FC nacional, Afonso Schmidt escreveu vários contos de fantasia e alguns de FC, como "O Homem Silencioso" (1928), uma história de revolta de robôs. Talvez mais interessante, porém, seja o seu conto "Delírio" (1934), pelo modo como fantasia, ficção religiosa e FC parecem se encontrar — em tripla transação fronteiriça — na sugestão de um mundo invisível em intersecção com o nosso, um pouco como o francês J.-H. Rosny *aîné*, autor de *A Guerra do Fogo* (1911), fez em sua notável novela de 1895, "Un autre monde". "Delírio" está incluído neste volume.

Em "Delírio" temos outra característica da FC brasileira: nela, frequentemente a *pobreza* é dramatizada. O mesmo se dá com "Um Braço na Quarta Dimensão" (na figura do caiçara); em "Engaiolado" (o imigrante nordestino), de Cid Fernandez; e em "Guerra Civil" (o acampado do MST), de Pellegrini. Isso é um tanto raro na FC do Primeiro Mundo, para enxergarmos aí uma peculiaridade há pouco investigada pela acadêmica baiana Suzane Lima Costa, na tese "Cenas de um Brasil *High-Tech*", defendida em março de 2009 e centrada no "tupinipunk", uma variante do *cyberpunk* brasileiro. Ou então a pobreza aparece de algum modo racionalizada ou aceita como um dado — não necessariamente conformista — da condição do brasileiro, como no momento final de "Sociedade Secreta" (1966), de Domingos Carvalho da Silva, e na vida caiçara do premiado "O Visitante" (1977), de Marien Calixte, ambos incluídos neste volume, assim como a história de Fernandez.

"Delírio" expõe outro "segredo bem guardado" da ficção científica brasileira — o fato de parte substancial do seu *corpus* ser composto de novelas e romances que se apropriam do gênero para comunicar conhecimentos místicos ou para, ostensivamente, pontificar sobre as carências morais da humanidade. É uma tendência muito antiga, presente em *O Doutor Benignus* e na novela *Há Dez Mil Séculos* (1926), do médico carioca Enéas Lintz (Thomaz de Alencar). Teorias alternativas da evolução humana ou da geologia terrestre aparecem embutidas em textos tão desprovidos de enredo quanto boa parte daqueles romances escritos por autores *mainstream*.

Outra característica que essas narrativas tendem a partilhar com a FC fronteiriça ao *mainstream* é a intenção de não se associar ao gênero. A orelha da capa de *O Planeta Terra Transportado* (1983), do advogado M. Linário Leal, truncadamente informa:

> Por que ficção mística e não científica? Ficção científica joga para o futuro já esta é uma estória do passado, da outra civilização. Não se apoia no progresso da ciência de nossos dias, mas o romance vem todo ele eivado de ciências ocultas, misticismo. Amores líricos, fortes, gostos e amores frustrados e vingativos estão neste romance. Guerras entre os terráqueos e guerras entre os uést-hás e os tzieos, alienígenas, aqui no nosso planeta. Tudo ao tempo das duas grandes hecatombes: o planeta Mure arrebentou-se; depois o cometa Tífon arrastou a Terra. E eram três luas. Duas caíram. Afundaram-se a Atlântida e Mureano (Lemuriano?).
>
> Eis aqui o romance.

Um escritor que certamente desconhece a história, as características e o alcance da ficção científica, mesmo enquanto lança a sua evocação lovecraftiana de um épico teosofista.

Anterior, *Metrô para o Outro Mundo* (1981), do importante autor espírita J. Herculano Pires (1914-1979), é mais inteligente e apresenta um programa literário refletido e bem argumentado no ensaio "O Romance Paranormal", que antecede ao romance. Nesse ensaio, Pires, que foi contemporâneo e colega de José Geraldo Vieira e Anatol Rosenfeld, menciona a questão da verossimilhança no romance, e observa que ele, sem ela, transforma-se em fábula e "perde-se na irrealidade onírica"; isto é, perde o poder de ser "instrumento de captação, interpretação e avaliação da natureza humana":

> Essa, a dificuldade em que em geral se perde o chamado romance de ficção científica normal, ora se esvaindo no fabulário (abastardamento da fabulação), ora transferindo as condições terrenas para a espacialidade cósmica [. . .] para fins sensacionalistas, deformantes das funções romanescas.

A sua "ficção científica paranormal" seria portanto não uma apropriação do gênero, mas a sua *correção*, numa retórica que emprega o discurso paracientífico do espiritismo para propor uma adesão quase "de FC *hard*" aos conhecimentos mediúnicos da doutrina. Aos ouvidos do leitor habitual do gênero, porém, Herculano Pires consegue soar ao mesmo tempo incongruente e elitista.

Mais recente, *Gulliver 1992: Registros de Descoberta da Esfera Terra* (1998), de Ciro Moroni Barroso, é romance ufológico-místico disfarçado como comunicação de um alienígena espiritualmente mais elevado, emissário incógnito entre nós — clichê de um sem-número de cultos da Nova Era. Já *Dok Bar Attón: Romance Fábula* (2005), do baiano Beto Hoisel, pontifica com graça ao apelar para a sátira: uma sociedade composta de baratas inteligentes que herdaram o nosso mundo descobre os restos arqueológicos da nossa civilização.

Claro, essa é uma tendência bem mais fácil de ignorar — com suas sandices de Quincas Borba e sua frequente rejeição das tendências centrais do gênero — do que aquela fronteiriça com o *mainstream*, porém nem por isso menos integrante da FC nacional. Os fãs mais fariseus talvez não percebam o quanto do argumento antroposófico (a "ciência espiritual") ou teosófico compõe a FC de Edgar Rice Burroughs na série Barsoon ou no "horror cósmico" de H. P. Lovecraft, sem falar em centenas de histórias de mundo perdido. Mesmo no Brasil, boa FC foi feita na fronteira das ideias teosóficas, como *A Cidade Perdida* (1948), de Jerônymo Monteiro, e *O Homem que Viu o Disco Voador* (1958), de Rubens Teixeira Scavone, dois romances que exploram a sua ideia de cidades subterrâneas povoadas por descendentes da Atlântida. Monteiro chegou a ser declarado atlante infiltrado entre nós, por um grupo antroposófico, segundo relata um outro autor da Geração GRD, Walter Martins. De modo menos interessante, Critovam Buarque, o senador e ex-candidato à presidência, publicou em 1995 o romance *Os Deuses Subterrâneos*, sublinhando um persistente misticismo em torno de Brasília.

"Delírio" é um momento redentor dessa tendência. Assim como o conto "Rosa-dos-Ventos de Luz" (1998), de Ivan Carlos Regina, e "A nós o Vosso Reino" (1998), noveleta de Finisia Fideli, os dois publicados na antologia *Estranhos Contatos*, em 1998. Jogam com a imagem do alienígena missionário da Nova Era e da cultura alternativa, e com a tensão entre delírio e possibilidade do real (que a fabulação estrutural da ficção científica faculta).

São ideias que a ciência e o racionalismo rejeitam, mas que, como o sucesso da série televisiva *Arquivo X* demonstrou, fazem parte da cultura e são portanto de uso legítimo por uma literatura como a ficção científica. Até mesmo na FC *hard* — reduto de ateus e agnósticos de carteirinha — é possível encontrar uma releitura adventista como *The Forge of God* (1987), de Greg Bear: máquinas alienígenas surgem para destruir a Terra, o presidente americano se limita a dizer "arrependam-se, irmãos", um grupo de escolhidos é salvo para montar uma arca de Noé, e a desintegração do nosso mundo é apresentada em uma estranha apoteose, quando a humanidade salva passa a existir apenas no espaço (ou no céu). O romance foi finalista dos prêmios Hugo, Nebula e Locus, os principais da FC em língua inglesa. Aleluia.

O relacionamento da FC brasileira com os modelos anglo-americanos, distribuídos em épocas e em áreas de veiculação distintas, é também tortuoso e nem sempre livre de questionamentos. Como, aliás, atesta o ataque aos clichês e à ideologia subjacente à FC americana, embutido no "Manifesto Antropofágico da Ficção Científica Brasileira" (1988), escrito por Ivan Carlos Regina e inspirado no "Manifesto Antropofágico" (1928) de Oswald de Andrade. Por outro lado, se os trabalhos de Berilo Neves e Jerônymo Monteiro se relacionavam às tradições mais populares da FC, os autores da Geração GRD (1960 a 1965), nomes do *mainstream* convidados por Gumercindo Rocha Dorea a produzir ficção científica, logo elegeram como o modelo e inspiração a Ray Bradbury, o mais "literário" dos monstros sagrados da FC americana.

Rubens Teixeira Scavone foi um dos primeiros autores a absorver algo do lirismo de Bradbury, como se vê no seu conto sobre a infância, "Especialmente, Quando Sopra Outubro" (1971). Mas em um texto de densa atmosfera psicológica, "Número Transcendental" (1961), Scavone explora outra modulação e propõe a matemática como linguagem universal — algo que Marien Calixte tornaria a fazer em 1985 com

"Caidocéu". Mais importante, o conto de Scavone é um mergulho na consciência perturbada do seu protagonista, recurso mais característico do *mainstream* e ao qual Cid Fernandez também iria recorrer em 1988 com "Engaiolado". Une os três textos também a temática ufológica, sempre de *status* precário dentro de um gênero que costuma partilhar com a "ciência oficial" o seu desprezo por essa pseudociência. Não obstante, a FC de cunho ufológico tem exemplos numerosos no Brasil, alguns deles bastante distintos, como os três citados e a noveleta de Scavone, *O 31º Peregrino* (1993). Um exemplo recente é a novela *De Roswell a Varginha* (2008), escrita por Renato Azevedo.

É claro, a Geração GRD ou Primeira Onda da Ficção Científica Brasileira (1958-1972) teve a sorte de se lançar em um momento em que a FC anglo-americana já atingia maturidade temática e formal — como atestam os títulos que Dorea publicou na época: *Além do Planeta Silencioso* (*Out of the Silent Planet*; 1958), de C. S. Lewis; *As Negras Crateras da Lua* (*The Green Hills of Earth*; 1947), de Robert A. Heinlein; *Depois da Catástrofe* (*The Bright Phoenix*; 1955); de Harold Mead; *Cidade* (*City*; 1952), de Clifford D. Simak; *Os Mutantes* (*The Chysalis*; 1955), de John Wyndham; *Um Caso de Consciência* (*A Case of Conscience*; 1958), de James Blish; *A Nuvem Negra* (*The Black Cloud*; 1957), de Fred Hoyle; *Um Cântico para Leibowitz* (*A Canticle for Leibowitz*; 1960), de Walter M. Miller, Jr.; e *A Muralha Verde* (*We*; 1920), de Evgeni Zamiátin, entre outros.

Saindo da década de 1950 — que já foi chamada de "o ápice da ficção científica" por Brian W. Aldiss —, os anos sessenta introduziram no gênero uma radicalização do experimentalismo formal. Foi a década da *New Wave*, movimento iniciado na Inglaterra mas que logo transbordou para os Estados Unidos. Nessa época e de maneira autônoma, alguns autores brasileiros — André Carneiro, notadamente — se aproximaram das características da *New Wave*. Textos como "O Homem que Hipnotizava" (1963), de Carneiro, exploram o "espaço interior" (*inner space*) do protagonista que se auto-hipnotiza para customizar a realidade, como Harry Harrison notou na introdução da antologia inglesa *Nova 2* (1974). Mais tarde, Ivan Carlos Regina, Braulio Tavares e Leonardo Nahoum experimentaram com estilos e ideias que os afastam da tendência dominante da FC, a assim chamada *Golden Age* (1938-1948). Em suas histórias, eles colocam em cheque a razão e a racionalidade, e três exemplos, "Mestre de Armas" (1989), de Tavares, "O Fruto Maduro da Civilização" (1993), de Regina; e "Controlador"

(2001), de Nahoum, estão nesta antologia, assim como o conto de Carneiro. A respeito de Braulio Tavares, premiado este ano com o Jabuti de Melhor Livro Infantil, pode-se dizer que nenhum autor moderno incorporou à sua obra as tensões entre FC e *mainstream* de maneira mais consistente.

A FC é um gênero sempre em busca de novas ideias, de novas abordagens. Gabando-se de ser a "literatura da mudança", transita entre a necessidade de expressar criativamente o potencial de transformação da ciência e da tecnologia, e uma objetividade narrativa que, para muitos, é sinal de conservadorismo estético ou da inserção do gênero como puramente comercial.

A verdade é que a FC precisa do leque mais aberto possível de recursos, se deseja evitar a estagnação. A vida humana se desdobra em complexidade, e não espera sentada por nenhum gênero literário. Mas a mesma constatação serve, segundo o argumento do escritor Luiz Bras, para o *mainstream* literário. Em sua coluna "Ruído Branco" de abril de 2009 no *Rascunho: O Jornal de Literatura do Brasil*, Bras denuncia o esgotamento dos heróis da prosa *mainstream* brasileira, afirmando que estariam cansados, entediados e sem motivação.

> Eles não aguentam mais viver sempre as mesmas manjadas situações. Faz pelo menos vinte anos (ou mais) que sua rotina não muda. Não importa se esses heróis pertencem à fileira dos conservadores ou dos transgressores. Não importa se eles protagonizam narrativas urbanas ou rurais, sociais ou psicológicas, líricas ou fragmentárias, apolíneas ou dionisíacas.

Uma hipótese formulada por Bras enxerga nos escritores brasileiros de FC bárbaros potenciais, "a solução para uma civilização cansada e decadente, cuja sobrevivência depende de uma urgente renovação genética" — afirma, usando a metáfora do poeta grego Konstantínos Kaváfis. Assim como Bras, o consagrado autor de ficção literária Nelson de Oliveira busca consolidar o casamento entre as técnicas literárias do *mainstream* com o vigor temático da FC. Suas ferramentas são a antologia *Futuro Presente* (2009) e os títulos do "Projeto Portal", as revistas *Portal Solaris* (2008), *Portal Neuromancer* (2008), *Portal Stalker* (2009) e *Portal Fundação* (2009), com mais dois programadas. Em ambos os casos, ele convida autores de ficção literária para se aventurarem ao gênero, como Dorea fez décadas atrás, mas agora em contato com autores nascidos e crescidos no ambiente do *fandom* e das tradições específicas da FC.

A proposta é inédita. Antes, tomava-se como verdade absoluta — e postura perfunctória — que a FC brasileira precisava se aproximar do *mainstream* para crescer. Dizer o inverso é afirmativa revolucionária.

É claro, ser FC fronteiriça neste ou noutro sentido não significa maior qualidade literária nem sucesso instantâneo. Misturar gêneros não é novidade dentro do campo da FC, nem possui valor intrínseco: não assinala maior liberdade pessoal ou literária, nem superioridade em relação às formas anteriores (o maior limite é sempre o talento individual). Uma história como "O Cair da Noite" (1941), de Isaac Asimov, ainda tem muito a dizer aos leitores do século XXI, assim como muito do que é produzido dentro das últimas tendências pode ter pouco a dizer. O que interessa é a *configuração* que essa mistura assume, e os sentidos que ela carrega.

Afinal, se "a maioria absoluta de obras pertencentes à ficção científica brasileira é constituída de FC fronteiriça", isso significa que essa maioria fez pouco para o estabelecimento definitivo do gênero no quadro das letras nacionais. Boa parte delas são obras menores de grandes nomes que não vieram ao gênero com a seriedade ou a familiaridade necessárias para produzir trabalhos realmente significativos. Entre 1972 e 1982, a propósito, houve um momento em que autores do *mainstream* — Herberto Sales, Chico Buarque, Ruth Bueno, Ignácio de Loyola Brandão, etc. — aproximaram-se da FC para construir alegorias contra o regime militar, e a censura e a tecnocracia que o acompanhavam. Mas o casamento durou pouco: a redemocratização fez as distopias e os contos cautelares caírem de moda, e o gênero foi novamente abandonado pela ficção literária.

Olhando para trás ou pensando no futuro, oferecemos este mostruário do "fronteiriço" em que, caso a caso, a configuração assumida merece a atenção do leitor.

Assim como o Brasil dos muitos biomas é detentor da maior biodiversidade do planeta, nossa literatura deveria refletir a mesma diversidade — a diversidade cultural e social do Brasil urbano e do rural, do Brasil que fabrica satélites artificiais e daquele que constrói casas de barro e sapé, do Brasil do Primeiro Mundo e do Paleolítico internado na selva.

Este *Os Melhores Contos Brasileiros de Ficção Científica: Fronteiras* se dedica a fornecer um vislumbre dessa diversidade necessária. Histórias que exploram diferentes locações, seja no Brasil do Rio de Janeiro, do Espírito Santo ou de São Paulo, a praia, a serra, a megalópole anônima ou a cidade do interior, e pontos distantes no tempo e no espaço. Contos que transitam na linha fronteiriça entre a loucura e o vislumbre de uma outra realidade. Contos que abordam diferentes estratégias literárias, da objetividade narrativa ao experimentalismo formal, do tom confessional ao lírico. Histórias que contém uma herança *pulp* ou traços formalistas de autoconsciência literária.

R.S.C.

São Paulo, outubro de 2009.

A NOVA CALIFÓRNIA
LIMA BARRETO

Lima Barreto (1881-1922) está entre os mais importantes romancistas brasileiros, por obras como Recordações do Escrivão Isaías Caminha *(1909)*, Numa e a Ninfa *(1915)*, Vida e Morte de Gonzaga de Sá *(1919) e* Clara dos Anjos *(1923-24). O seu* Triste Fim de Policarpo Quaresma *(1914), é considerado um marco pré-modernista. Crítico mordaz da burocracia e da bacharelice da sociedade brasileira, Lima Barreto infundia em seus romances e contos a energia dos descontentes — e ele próprio, um mulato filho de escravo, cresceu na pobreza e sofreu preconceito —, que dirigem um olhar incisivo e irônico à sociedade e suas elites. Lima Barreto foi também um dos editores da revista* Floreal *(1911), de vida curta, e escreveu para a imprensa de esquerda.*

Seu conto mais famoso é o gozador "O Homem que Sabia Javanês" (1911), muito republicado, mas este "A Nova Califórnia" (1910) apareceu em retrospectivas importantes como Antologia Escolar de Contos Brasileiros, *organizada por Herberto Sales, o mais-vendido* Os Cem Melhores Contos Brasileiros do Século *(2000), organizada por Ítalo Moriconi, e* Ficção: Histórias para o Prazer da Leitura *(2007), organizada por Miguel Sanchez Neto, e dá título a uma coletânea póstuma. Foi também adaptado para os quadrinhos por Francisco Vilachã.*

Uma violenta crítica à ganância e à precariedade dos valores da sociedade, o conto revisita o tema da Pedra Filosofal — o objeto derradeiro da busca dos alquimistas, substância capaz de transformar matéria comum em ouro —, mas o homem que enfim a descobre seria um químico de renome internacional, que recebe em casa livros e revistas técnicas. No contexto, sua disposição benemérita parece constratar o poder transformador da ciência com o atraso moral da humanidade. O conto é fronteiriço com o horror, ou pode ser lido simplesmente como sátira.

I

Ninguém sabia donde viera aquele homem. O agente do Correio pudera apenas informar que acudia ao nome de Raimundo Flamel, pois assim era subscrita a correspondência que recebia. E era grande. Quase diariamente, o carteiro lá ia a um dos extremos da cidade, onde morava o desconhecido, sopesando um maço alentado de cartas vindas do mundo inteiro, grossas revistas em línguas arrevesadas, livros, pacotes...

Quando Fabrício, o pedreiro, voltou de um serviço em casa do novo habitante, todos na venda perguntaram-lhe que trabalho lhe tinha sido determinado.

— Vou fazer um forno — disse o preto, na sala de jantar.

Imaginem o espanto da pequena cidade de Tubiacanga, ao saber de tão extravagante construção: um forno na sala de jantar! E, pelos dias seguintes, Fabrício pôde contar que vira balões de vidros, facas sem corte, copos como os da farmácia — um rol de coisas esquisitas a se mostrarem pelas mesas e prateleiras como utensílios de uma cozinha em que o próprio diabo cozinhasse.

O alarme se fez na vila. Para uns, os mais adiantados, era um fabricante de moeda falsa; para outros, os crentes e simples, um tipo que tinha parte com o tinhoso.

Chico da Tirana, o carreiro, quando passava em frente da casa do homem misterioso, ao lado do carro a chiar, e olhava a chaminé da sala de jantar a fumegar, não deixava de persignar-se e rezar um "credo" em voz baixa; e, não fora a intervenção do farmacêutico, o delegado teria ido dar um cerco na casa daquele indivíduo suspeito, que inquietava a imaginação de toda uma população.

Tomando em consideração as informações de Fabrício, o boticário Bastos concluíra que o desconhecido devia ser um sábio, um grande químico, refugiado ali para mais sossegadamente levar avante os seus trabalhos científicos.

Homem formado e respeitado na cidade, vereador, médico também, porque o doutor Jerônimo não gostava de receitar e se fizera sócio da farmácia para mais em paz viver, a opinião de Bastos levou tranquilidade a todas as consciências e fez com que a população cercasse de uma silenciosa admiração à pessoa do grande químico, que viera habitar a cidade.

De tarde, se o viam a passear pela margem do Tubiacanga, sentando-se aqui e ali, olhando perdidamente as águas claras do riacho, cismando diante da penetrante melancolia do crepúsculo, todos se descobriram e não era raro que às "boas noites" acrescentassem "doutor". E tocava muito o coração daquela gente a profunda simpatia com que ele tratava as crianças, a maneira pela qual as contemplava, parecendo apiedar-se de que elas tivessem nascido para sofrer e morrer.

Na verdade era de ver-se, sob a doçura suave da tarde, a bondade de Messias com que ele afagava aquelas crianças pretas, tão lisas de pele e tão tristes de modo, mergulhadas no seu cativeiro moral, e também as brancas, de pele baça, gretada e áspera, vivendo amparadas na necessária caquexia dos trópicos.

Por vezes, vinha-lhe vontade de pensar qual a razão de ter Bernardim de Saint-Pierre gasto toda a sua ternura com Paulo e Virgínia e esquecer-se dos escravos que os cercavam. . .[1]

Em poucos dias a admiração pelo sábio era quase geral, e não o era unicamente porque havia alguém que não tinha em grande conta os méritos do novo habitante.

Capitão Pelino, mestre-escola e redator da Gazeta de Tubiacanga, órgão local e filiado ao partido situacionista, embirrava com o sábio. "Vocês hão de ver", dizia ele, "quem é esse tipo. . . Um caloteiro, um aventureiro ou talvez um ladrão fugido do Rio."

A sua opinião em nada se baseava, ou antes, baseava-se no seu oculto despeito vendo na terra um rival para a fama de sábio de que gozava. Não que Pelino fosse químico, longe disso; mas era sábio, era gramático. Ninguém escrevia em Tubiacanga que não levasse bordoada do Capitão Pelino, e mesmo quando se falava em algum homem notável lá no Rio, ele não deixava de dizer: "Não há dúvida! O homem tem talento, mas escreve: 'um outro', 'de resto'. . ." E contraía os lábios como se tivesse engolido alguma cousa amarga.

Toda a vila de Tubiacanga acostumou-se a respeitar o solene Pelino, que corrigia e emendava as maiores glórias nacionais. Um sábio. . .

Ao entardecer, depois de ler um pouco o Sotero, o Cândido de Figueiredo ou o Castro Lopes, e de ter passado mais uma vez a tintura nos cabelos, o velho mestre-escola saía vagarosamente de casa, muito abotoado no seu paletó de brim mineiro, e encaminhava-se para a botica do Bastos a dar dois dedos de prosa. Conversar é um modo de dizer, porque era Pelino avaro de palavras, limitando-se tão somente a ouvir. Quando, porém, dos lábios de alguém escapava a menor incorreção de linguagem, intervinha e emendava. "Eu asseguro", dizia o agente do correio, "que. . ." Por aí o mestre-escola intervinha com mansuetude evangélica: "Não diga 'asseguro', Senhor Bernardes; em português é garanto."

[1] Referência a um romance francês de 1788.

E a conversa continuava depois da emenda, para ser de novo interrompida por uma outra. Por essas e outras, houve muitos palestradores que se afastaram, mas Pelino, indiferente, seguro dos seus deveres, continuava o seu apostolado de vernaculismo. A chegada do sábio veio distraí-lo um pouco da sua missão. Todo o seu esforço voltava-se agora para combater aquele rival, que surgia tão inopinadamente.

Foram vãs as suas palavras e a sua eloquência: não só Raimundo Flamel pagava em dias as suas contas, como era generoso — pai da pobreza — e o farmacêutico vira numa revista de específicos seu nome citado como químico de valor.

II

Havia já anos que o químico vivia em Tubiacanga, quando, uma bela manhã, Bastos o viu entrar pela botica adentro. O prazer do farmacêutico foi imenso. O sábio não se dignara até aí visitar fosse quem fosse e, certo dia, quando o sacristão Orestes ousou penetrar em sua casa, pedindo-lhe uma esmola para a futura festa de Nossa Senhora da Conceição, foi com visível enfado que ele o recebeu e atendeu.

Vendo-o, Bastos saiu de detrás do balcão, correu a recebê-lo com a mais perfeita demonstração de quem sabia com quem tratava e foi quase em uma exclamação que disse:

— Doutor, seja bem-vindo.

O sábio pareceu não se surpreender nem com a demonstração de respeito do farmacêutico, nem com o tratamento universitário. Docemente, olhou um instante a armação cheia de medicamentos e respondeu:

— Desejava falar-lhe em particular, senhor Bastos.

O espanto do farmacêutico foi grande. Em que poderia ele ser útil ao homem, cujo nome corria mundo e de quem os jornais falavam com tão acendrado respeito? Seria dinheiro? Talvez. . . Um atraso no pagamento das rendas, quem sabe? E foi conduzindo o químico para o interior da casa, sob o olhar espantado do aprendiz que, por um momento, deixou a "mão" descansar no gral, onde macerava uma tisana qualquer.

Por fim, achou ao fundo, bem no fundo, o quartinho que lhe servia para exames médicos mais detidos ou para as pequenas operações, porque Bastos também operava. Sentaram-se e Flamel não tardou a expor:

— Como o senhor deve saber, dedico-me à química, tenho mesmo um nome respeitado no mundo sábio...

— Sei perfeitamente, doutor, mesmo tenho disso informado, aqui, aos meus amigos.

— Obrigado. Pois bem: fiz uma grande descoberta, extraordinária... — Envergonhado com o seu entusiasmo, o sábio fez uma pausa e depois continuou: — Uma descoberta... Mas não me convém, por ora, comunicar ao mundo sábio, compreende?

— Perfeitamente.

— Por isso precisava de três pessoas conceituadas que fossem testemunhas de uma experiência dela e me dessem um atestado em forma, para resguardar a prioridade da minha invenção... O senhor sabe: há acontecimentos imprevistos e...

— Certamente! Não há dúvida!

— Imagine o senhor que se trata de fazer ouro...

— Como? O quê? — fez Bastos, arregalando os olhos.

— Sim! Ouro! — disse, com firmeza, Flamel.

— Como?

— O senhor saberá — disse o químico secamente. — A questão do momento são as pessoas que devem assistir à experiência, não acha?

— Com certeza, é preciso que os seus direitos fiquem resguardados, porquanto...

— Uma delas — interrompeu o sábio — é o senhor; as outras duas, o Senhor Bastos fará o favor de indicar-me.

O boticário esteve um instante a pensar, passando em revista os seus conhecimentos e, ao fim de uns três minutos, perguntou:

— O Coronel Bentes lhe serve? Conhece?

— Não. O senhor sabe que não me dou com ninguém aqui.

— Posso garantir-lhe que é homem sério, rico e muito discreto.

— É religioso? Faço-lhe esta pergunta — acrescentou Flamel logo — porque temos que lidar com ossos de defunto e só estes servem...

— Qual! É quase ateu...

— Bem! Aceito. E o outro?

Bastos voltou a pensar e dessa vez demorou-se um pouco mais consultando a sua memória... Por fim, falou:

— Será o Tenente Carvalhais, o coletor, conhece?

— Como já lhe disse...

— É verdade. É um homem de confiança, sério, mas...

— Que é que tem?

— É maçom.

— Melhor.

— E quando é?

— Domingo. Domingo, os três irão lá em casa assistir a experiência e espero que não me recusarão as suas firmas[2] para autenticar a minha descoberta.

— Está tratado.

Domingo, conforme prometeram, as três pessoas respeitáveis de Tubiacanga foram à casa de Flamel, e, dias depois, misteriosamente, ele desaparecia sem deixar vestígios ou explicação para o seu desaparecimento.

III

Tubiacanga era uma pequena cidade de três ou quatro mil habitantes, muito pacífica, em cuja estação, de onde em onde, os expressos davam a honra de parar. Há cinco anos não se registrava nela um furto ou roubo. As portas e janelas só eram usadas... porque o Rio as usava.

O único crime notado em seu pobre cadastro fora um assassinato por ocasião das eleições municipais; mas, atendendo que o assassino era do partido do governo, e a vítima da oposição, o acontecimento em nada alterou os hábitos da cidade, continuando ela a exportar o seu café e a mirar as suas casas baixas e acanhadas nas escassas águas do pequeno rio que a batizara.

Mas qual não foi a surpresa dos seus habitantes quando se veio a verificar nela um dos repugnantes crimes de que se tem memória! Não se tratava de um esquartejamento ou parricídio: não era o assassinato de uma família inteira ou um assalto à coletoria; era coisa pior, sacrílega aos olhos de todas as religiões e consciências: violavam-se as sepulturas do "Sossego", do seu cemitério, do seu campo-santo.

Em começo, o coveiro julgou que fossem cães, mas, revistando bem o muro, não encontrou senão pequenos buracos. Fechou-os; foi inútil. No dia seguinte, um jazigo perpétuo arrombado e os ossos saqueados; no outro, um carneiro[3] e uma sepultura rasa. Era gente ou demônio. O coveiro não quis mais continuar as pesquisas por sua conta, foi ao subdelegado e a notícia espalhou-se pela cidade.

[2] Assinaturas

[3] Gaveta ou urna funerária.

A indignação na cidade tomou todas as feições e todas as vontades. A religião da morte precede todas e certamente será a última a morrer nas consciências. Contra a profanação, clamaram os seis presbiterianos do lugar — os bíblicos, como lhes chama o povo; clamava o agrimensor Nicolau, antigo cadete, e positivista do rito Teixeira Mendes; clamava o Major Camanho, presidente da Loja Nova Esperança;[4] clamavam o turco Miguel Abudala, negociante de armarinho, e o cético Belmiro, antigo estudante, que vivia ao deus-dará, bebericando parati[5] nas tavernas. A própria filha do engenheiro residente da Estrada de Ferro, que vivia desdenhando aquele lugarejo, sem notar sequer os suspiros dos apaixonados locais — sempre esperando que o expresso trouxesse um príncipe a desposá-la —, a linda e desdenhosa Cora não pôde deixar de compartilhar da indignação e do horror que tal ato provocara em todos do lugarejo. Que tinha ela com o túmulo de antigos escravos e humildes roceiros? Em que podia interessar aos seus lindos olhos pardos o destino de tão humildes ossos? Porventura o furto deles perturbaria o seu sonho de fazer radiar a beleza de sua boca, dos seus olhos e do seu busto nas calçadas do Rio?

Decerto, não; mas era a Morte, a Morte implacável e onipotente, de que ela também se sentia escrava, e que não deixaria um dia de levar a sua linda caveirinha para a paz eterna do cemitério. Aí Cora queria os seus ossos sossegados, quietos e comodamente descansando num caixão bem feito e num túmulo seguro, depois de ter sido a sua carne encanto e prazer dos vermes...

O mais indignado, porém, era Pelino. O professor deitara artigo de fundo, imprecando, bramindo, gritando: "Na história do crime", dizia ele, "já bastante rica de fatos repugnantes, como sejam: o esquartejamento de Maria de Macedo, o estrangulamento dos irmãos Fuoco, não se registra um que o seja tanto como o saque às sepulturas do 'Sossego'."

E a vila vivia em sobressalto. Nas faces não se lia mais paz; os negócios estavam paralisados; os namoros suspensos. Dias e dias por sobre as casas pairavam nuvens negras e, à noite, todos ouviam ruídos, gemidos, barulhos sobrenaturais... Parecia que os mortos pediam vingança...

O saque, porém, continuava. Toda noite eram duas, três sepulturas abertas e esvaziadas de seu fúnebre conteúdo. Toda a população resolveu ir em massa guardar os ossos dos seus maiores. Foram cedo,

[4] Loja maçônica.
[5] Um tipo de cachaça.

mas, em breve, cedendo à fadiga e ao sono, retirou-se um, depois outro e, pela madrugada, já não havia nenhum vigilante. Ainda nesse dia o coveiro verificou que duas sepulturas tinham sido abertas e os ossos levados para destino misterioso.

Organizaram então uma guarda. Dez homens decididos juraram perante o delegado vigiar durante a noite a mansão dos mortos.

Nada houve de anormal na primeira noite, na segunda e na terceira; mas, na quarta, quando os vigias já se dispunham a cochilar, um deles julgou lobrigar um vulto esgueirando-se por entre a quadra dos carneiros. Correram e conseguiram apanhar dois dos vampiros. A raiva e a indignação, até aí sopitadas no ânimo deles, não se contiveram mais e deram tanta bordoada nos macabros ladrões, que os deixaram estendidos como mortos.

A notícia correu logo de casa em casa e, quando, de manhã, se tratou de estabelecer a identidade dos dois malfeitores, foi diante da população inteira que foram neles reconhecidos o Coletor Carvalhais e o Coronel Bentes, rico fazendeiro e presidente da Câmara. Este último ainda vivia e, a perguntas repetidas que lhe fizeram, pôde dizer que juntava os ossos para fazer ouro e o companheiro que fugira era o farmacêutico.

Houve espanto e houve esperanças. Como fazer ouro com ossos? Seria possível? Mas aquele homem rico, respeitado, como desceria ao papel de ladrão de mortos se a coisa não fosse verdade!

Se fosse possível fazer, se daqueles míseros despojos fúnebres se pudesse fazer alguns contos de réis, como não seria bom para todos eles!

O carteiro, cujo velho sonho era a formatura do filho, viu logo ali meios de consegui-la. Castrioto, o escrivão do juiz de paz, que no ano passado conseguiu comprar uma casa, mas ainda não a pudera cercar, pensou no muro, que lhe devia proteger a horta e a criação. Pelos olhos do sitiante Marques, que andava desde anos atrapalhado para arranjar um pasto, pensou logo no prado verde do Costa, onde os seus bois engordariam e ganhariam forças...

Às necessidades de cada um, aqueles ossos que eram ouro viriam atender, satisfazer e felicitá-los; e aqueles dous ou três milhares de pessoas, homens, crianças, mulheres, moços e velhos, como se fossem uma só pessoa, correram à casa do farmacêutico.

A custo, o delegado pôde impedir que varejassem a botica e conseguir que ficassem na praça, à espera do homem que tinha o segredo de todo um Potosi.[6] Ele não tardou a aparecer. Trepado a uma cadeira, tendo na mão uma pequena barra de ouro que reluzia ao forte sol da manhã, Bastos pediu graça, prometendo que ensinaria o segredo se lhe poupassem a vida. "Queremos já sabê-lo", gritaram. Ele então explicou que era preciso redigir a receita, indicar a marcha do processo, os reativos — trabalho longo que só poderia ser entregue impresso no dia seguinte. Houve um murmúrio, alguns chegaram a gritar, mas o subdelegado falou e responsabilizou-se pelo resultado.

Docilmente, com aquela doçura particular às multidões furiosas, cada qual se encaminhou para a casa, tendo na cabeça um único pensamento: arranjar imediatamente a maior porção de ossos de defunto que pudesse.

O sucesso chegou à casa do engenheiro residente da Estrada de Ferro. Ao jantar, não se falou em outra cousa. O doutor concatenou o que ainda sabia do seu curso, e afirmou que era impossível. Isto era alquimia, cousa morta: ouro é ouro, corpo simples, e osso é osso, um composto, fosfato de cal. Pensar que se podia fazer de uma cousa outra era "besteira". Cora aproveitou para rir-se petropolimente da crueldade daqueles botocudos;[7] mas sua mãe, Dona Emília, tinha fé que a cousa era possível.

À noite, porém, o doutor percebendo que a mulher dormia, saltou a janela e correu em direitura ao cemitério; Cora, de pés nus, com as chinelas nas mãos, procurou a criada para irem juntas à colheita de ossos. Não a encontrou, foi sozinha; e Dona Emília, vendo-se só, adivinhou o passeio e lá foi também. E assim aconteceu na cidade inteira. O pai, sem dizer ao filho, saía; a mulher, julgando enganar o marido, saía; os filhos, as filhas, os criados — toda a população, sob a luz das estrelas assombradas, correu ao satânico *rendez-vous* no "Sossego". E ninguém faltou. O mais rico e o mais pobre lá estavam. Era o turco Miguel, era o professor Pelino, o Doutor Jerônimo, o Major Camanho, Cora, a linda e deslumbrante Cora, com seus dedos de alabastro, revolvia a sânie[8] das sepulturas, arrancava as carnes, ainda podres agarradas tenazmente aos ossos e deles enchia o seu regaço até ali inútil. Era o dote que colhia e as suas narinas, que se abriam em asas rosadas e quase transparentes, não sentiam o fétido dos tecidos apodrecidos em lama fedorenta...

A desinteligência não tardou a surgir; os mortos eram poucos e não bastavam para satisfazer a fome dos vivos. Houve facadas, tiros,

[6] Riqueza fácil e abundante.
[7] Indígena; aqui, sinônimo de atrasado, caipira.
[8] Podridão.

cachações. Pelino esfaqueou o turco por causa de um fêmur e mesmo entre famílias questões surgiram. Unicamente, o carteiro e o filho não brigaram. Andaram juntos e de acordo e houve uma vez que o pequeno, uma esperta criança de onze anos, até aconselhou o pai: "Papai vamos aonde está mamãe; ela era tão gorda. . ."

De manhã, o cemitério tinha mais mortos do que aqueles que recebera em trinta anos de existência. Uma única pessoa lá não estivera, não matara nem profanara sepulturas: fora o bêbado Belmiro.

Entrando assim numa venda, meio aberta, e nela não encontrando ninguém, enchera uma garrafa de parati e se deixara ficar a beber sentado na margem do Tubiacanga, vendo escorrer mansamente as suas águas sobre o áspero leito de granito — ambos, ele e o rio, indiferentes ao que já viram, mesmo à fuga do farmacêutico, com seu Potosi e o seu segredo, sob o dossel eterno das estrelas.

10-11-1910

A VINGANÇA DE MENDELEJEFF

Berilo Neves

Em Neves (1901-1974) temos um dos primeiros best-sellers *da* FC *nacional — e certamente o nosso primeiro escritor a se dedicar sistematicamente ao gênero, produzindo quase quarenta histórias de* FC *e buscando empregá-la como um artifício de sátira social. Seus contos saíram em revistas e jornais nas décadas de 1920 e 30, e foram compilados nas coletâneas* A Costela de Adão *(1929), que teve oito edições,* A Mulher e o Diabo *(1932) e* Século XXI *(1934).*
Neste conto, saído de A Costela de Adão, *encontram-se alguns dos elementos característicos da produção de Berilo Neves: o protagonista que dialoga com um cientista estrangeiro de passagem ou vivendo no Brasil; o paralelo determinista entre o comportamento humano e os movimentos microbiológicos. Mas o conto afasta-se um tanto da típica história de Neves pelo seu conteúdo mais sensacional e menos sarcástico, fazendo-o aproximar-se de uma* pulp fiction *com direito a cientista louco e a máquinas apocalípticas. Contos de catástrofe, como este, ambientado no Rio de Janeiro, são relativamente raros na* FC *brasileira. É possível que em "A Vingança de Mendelejeff" haja alguma influência do romance de Sir Arthur Conan Doyle,* A Nuvem da Morte (The Poison Belt), *de 1913, que possui premissa semelhante.*

A primeira impressão que tive do Dr. Mendelejeff não foi, positivamente, das mais simpáticas. Ele era alto, esguio, anguloso e cheio de *tics* nervosos. Uma barba muito densa e negra escondia-lhe a boca e dava-lhe à fisionomia uma estranha severidade. Era nesses pelos escuros que uma grande parte de suas palavras se perdia e de tal modo que todos os seus discípulos desejavam que raspasse, um dia, aquela barba hostil, em benefício da clareza e eficácia de suas aulas. . .

Russo de nascimento, passara uma grande parte da vida em Paris, onde estudara com o velho Berthelot nos últimos anos de atividade do grande químico. Era tido na conta de sábio e fazia parte de grande número de institutos e academias científicas do mundo. Viera contratado pelo governo para fazer conferências públicas, que abrangiam todos os maravilhosos progressos da química moderna. Em consequência, porém, de uma denúncia que o revelara como anarquista perigoso, o governo resolveu rescindir o contrato que assinara, e o sábio Mendelejeff encontrou-se, de repente, sem recursos, sendo forçado a arranjar alguns alunos com os quais iniciou um curso particular.

Quando conheci o sábio russo, era avultada a frequência ao seu curso de química. Instalara-se lá para as bandas do Derby Club e tinha pedido licença ao governo para montar, naquele local, uma grande usina gasogênia com os capitais que, segundo afirmava, lhe enviara a Sociedade Protetora dos Químicos, de Moscou. Aprendi com ele muito da ciência a que Berthelot dera nova base e novos rumos, e regozijava-me, intensamente, pela boa escolha que fizera há dois anos. Mendelejeff era um espírito revolucionário, senão em política (nunca falamos nesse assunto) ao menos em ciência. Para ele, a química era uma nova divindade capaz de realizar todos os milagres imaginados pelo cérebro humano. Muitas vezes, depois que saíam os demais alunos, eu me deixava ficar no seu gabinete ouvindo-lhe teorias científicas em que perpassava um clarão de genialidade ou de loucura.

— A civilização moderna — dizia-me o sábio — é obra exclusiva da química. Sem a química não teríamos os explosivos com que se abrem estradas na montanha e se aplainam os acidentes do terreno. As indústrias, a começar pela metalurgia, tudo devem à ciência de Lavoisier, e o conforto humano ainda seria igual ao da Idade Média se não aparecessem, na terra, homens como Berthelot e Ostwald. A vida é um fenômeno químico, uma série de reações que têm como maravilhoso laboratório o nosso corpo. Cada alimento lançado pela via gastrointestinal é reduzido a pasta, macerado, comprimido e depois atuado pelos ácidos, pelos sucos, pelos líquidos orgânicos, que os reduzem, transformam, modificam, para serem, enfim, incorporados ao sangue e transformados em substância celular. Que é a respiração senão um fenômeno químico em que o sangue venoso se oxigena para poder alimentar as células? A harmonia química é tão universal que, enquanto os homens e os outros animais consomem oxigênio e exalam anidrido carbônico, as plantas libertam oxigênio e consome o gás carbônico. . . Em última análise, que é a vida? Uma oxidação. Desapareça o oxigênio da face da terra, e imediatamente se terá produzido a maior catástrofe que se pode imaginar: tudo morrerá envenenado. Ora, o grande, o imenso reservatório de oxigênio é a atmosfera. Mas, a atmosfera não é intangível como se supunha; os alemães, durante a guerra,[1] tiravam da atmosfera o azoto de que precisavam para o fabrico de explosivos.

[1] I Guerra Mundial

Dele extraímos, hoje, em pequena quantidade, é certo, o oxigênio com que fazemos a solda autogênica, e enchemos os balões que prolongam a vida dos moribundos... Que será de nós quando um homem descobrir um meio bastante eficaz para fixar ou transformar o oxigênio da atmosfera? Esse homem terá nas próprias mãos a sorte do mundo!

Enquanto falava, o sábio animara-se gradativamente. Os seus olhos brilhavam, fosforescentes, como os dos gatos na escuridão. Esfregava as mãos, nervosamente, uma na outra, e todo o seu corpo era como uma pilha elétrica. Temi que fosse ter um acesso de loucura, e olhei instintivamente para a janela por onde, em caso de perigo, poderia fugir.

— É como lhe digo, meu caro discípulo — continuou, numa incontida exaltação, o químico Mendelejeff —, o oxigênio é a grande fonte vital do Cosmos. Já viu uma bolha de ar em uma gota de sangue, ao microscópio? É um fenômeno digno de ser cantado pelos mais alevantados gênios poéticos do mundo. Vêem-se todos os glóbulos da gota de sangue correrem, sedentos de oxigênio, para a pequena bolha de ar. É um atropelo infernal, uma luta de egoísmos vitais que se entrechocam como os dos homens, nos campos de batalha ou nos naufrágios. Todos os glóbulos querem viver, assegurar a existência pela absorção do oxigênio divino. Como é bela essa tragédia muda no espaço infinitesimal de uma gota de sangue! Há mais filosofia numa lâmina de microscópio do que em toda a obra de Augusto Comte!

— Que vamos estudar amanhã? — indaguei, muito de indústria, para desviá-lo da exaltação do assunto.

— A nitroglicerina e os explosivos de base nítrica.

Despedi-me, impressionado com o entusiasmo de Mendelejeff. “E dizer-se que um sábio dessa estatura é anarquista!” pensei, de mim para mim.

À noite, sonhei que eu era um glóbulo vermelho e que me agitava com outros glóbulos, disputando um pouco de oxigênio existente na bolha de ar perdida na gota de sangue em que nos achávamos. Foi uma luta tremenda, que me fez suar copiosamente e acordar com uma sensação de horrível dispneia. Saltei da cama e corri para a janela, que abri de par em par. Aspirei o ar da manhã a plenos pulmões, mas foi como se tivesse permanecido de janela fechada. Ia abrir a outra janela quando entrou no quarto, com a fisionomia transtornada, o meu velho criado Anacleto.

— Doutor, a cozinheira está sem fôlego. Diz que dormiu ontem logo depois do jantar e amanheceu com uma dor no peito. Manda-lhe pedir que lhe dê um remédio, senão sabe que não escapa.

Corri ao quarto da cozinheira. Estava realmente com a face arroxeada, cianótica, como a dos moribundos. Esforçava-se por respirar profundamente, procurando dar um ritmo certo à respiração.

— Já sofreu de asma? — perguntei-lhe.

— Nunca, doutor. Foi esta noite que senti a falta de fôlego. Só pode ter sido do jantar.

Fiz-lhe uma fricção de álcool em todo o tórax, e dei-lhe um antiespasmódico qualquer.

— Prepara o café, Anacleto. Preciso sair já.

— Não tem pão, doutor. O homem da padaria voltou da porta com falta de ar.

— Com todos os diabos, Anacleto! Então, todo mundo, hoje, está com falta de ar?

Vesti-me apressadamente e tomei um ônibus para a cidade. Notei que não havia, naquela manhã, o movimento de costume. O ônibus ia quase vazio, mas, em compensação, as ambulâncias da Assistência Pública cruzavam pela Avenida Beira-Mar.

— Houve algum desastre? — indaguei ao condutor do ônibus. — Tanto carro da Assistência. . .

— Dizem que há uma porção de gente com falta de ar. Nunca vi coisa assim. Olhe. . . o chofer vai ter uma síncope.

O condutor correu para o guidão do carro e fez que este parasse instantaneamente. O motorista descaíra para um lado, todo roxo, como se estivesse atacado de súbito mal.

Fosse ou não impressão, o fato é que eu mesmo estava imensamente nervoso, sentindo que o ar me faltava cada vez mais. Tomei um táxi e fiz correr para o Derby Club.

Àquela hora, o gabinete de Mendelejeff estava inteiramente deserto. Apenas um rumor surdo, de máquinas em movimento, chamou a minha atenção para as novas instalações que o sábio ia inaugurar no princípio do mês vindouro. Estaria Mendelejeff experimentando as suas máquinas gasógenas? Dirigi-me para lá. Depois de subir uma escada de pedra achei-me no pavilhão central onde estavam as grandes máquinas transformadoras. Um ruído semelhante ao de uma cachoeira fez-me voltar a cabeça para um lado. Lá estava o químico, que contemplava a saída de grandes volumes de água de um tubo lateral. "Para onde iria tanta água?" perguntei a mim mesmo.

O sábio, ao ver-me, fez um gesto de desagrado.

— Que veio o senhor fazer aqui?

— Eu?... Sim, professor... Vim aqui por causa... da falta de ar!

— De quê?

— Da falta de ar...

Ele saltou bruscamente para perto de mim, e depois, como tomado de súbita ideia, correu à porta por onde eu entrara, trancando-a a chave. Voltando-se, disse:

— Já que o senhor descobriu o meu segredo, vai morrer.

Encarei-o, tomado de forte surpresa. Estaria louco? Com os olhos brilhantes, e a boca crispada em contração tetânica, disse-me:

— Está vendo essa máquina? É um aparelho fixador de oxigênio. Aquela outra ali é uma geradora de hidrogênio. Estou retirando vinte milhões de metros cúbicos de oxigênio do ar e transformando-o, com o auxílio do hidrogênio, em água. Isso quer dizer que, se não soprarem ventos muito fortes, dentro de três horas todo o Rio de Janeiro será um imenso cemitério. Ah! Ah! Ah! E dizer-se que ainda há homens que atiram bombas nos presidentes de Estado sendo muito mais simples matar uma cidade inteira à fome... de oxigênio. Os dois milhões de cadáveres do Rio vão boiar na água feita com o oxigênio que lhes devia dar vida... Não é bonito, isso?

Num relance compreendi todo o plano diabólico do químico. E um calafrio de horror correu-me a espinha dorsal.

— Mas não se lembra de que, no meio desses dois milhões de pessoas, há milhares de criancinhas sem culpa alguma? E mulheres indefesas? E doentes dignos de lástima? Que vai ganhar o senhor com essa hecatombe formidável?

— Que ganha a serpente mordendo o homem que a pisa? A mim pisaram-me! Eu mordo! É só.

Riu-se, de novo, com uma alegria diabólica. Com certeza enlouquecera.

— Olhe: a estas horas, o Rio oferece um espetáculo digno de Dante. Dois milhões de pessoas esmagam-se nas ruas, asfixiadas sem saber por quê. São os glóbulos vermelhos à caça da pequenina bolha de ar... Lembra-se da história que lhe contei, meu caro discípulo? É precisamente isso. Imagine as cenas dantescas daquele inferno sem fogo! Ah! Ah! Que bela ideia! Quantos amigos ou irmãos não se estarão matando, a esta hora, por causa de um mesmo tubo de oxigênio, perdido, por acaso, no fundo de alguma farmácia de subúrbio! Sim! Porque o oxigênio em estoque no interior da cidade, esse há de estar servindo ao Presidente da República e aos Ministros de Estado... para lhes prolongar a agonia. Não terão tempo de saber por que morrem. Os mais sábios hão de notar que a atmosfera é azoto puro, mas nunca, nunca saberão onde está a causa do fenômeno inédito. Eis aqui a causa, meu caro! Dentro de algumas horas a atmosfera estará irrespirável: puro azoto, o gás inerte, o gás covarde, que não dá vida a ninguém. Morrerão todos os animais, desde o Presidente da República ao micróbio aeróbio. Ora, veja a ironia do destino: só escaparão os anaeróbios, isto é, os que vivem, precisamente, ao abrigo do ar. Aí temos o germe do carbúnculo com plena saúde enquanto morrem, roxas de asfixia, as mulheres mais lindas da cidade!

E o sábio anarquista riu-se perversamente. Ouvindo falar em mulheres, lembrei-me da minha linda Edith que, àquelas horas, deveria estar morrendo, no Flamengo... Dezessete anos em flor, assassinados por aquele louco! Não, não era possível que se consumasse o crime monstruoso! Era preciso salvar a cidade e, com ela, a minha pequenina e frágil noiva... Eu, também, estava dispnéico, apesar do oxigênio da usina escapar um pouco pela frincha dos tubos mal ajustados.

— Professor! — disse-lhe eu, pondo na voz uma doçura suplicante. — Salve-me ao menos a mim. Olhe que é perigoso ficar sem um ajudante na manobra desse fixador gigantesco...

— Eu? Está louco. Não tenha receio pela minha sorte. Eu sei o destino que me reservo... Olhe: por enquanto alimento-me com este tubo de oxigênio...

Notei que ele aspirava, frequentemente, um pequeno tubo de aço. Era oxigênio concentrado em alta pressão. Uma ideia súbita varou-me o cérebro, como uma bala.

— Oxigênio concentrado? E é respirável?

— Com o calor da mão, ele se dilui no espaço...

— Pelo amor de Deus, professor, dê-me um tubo desses! Um só, um só! É para salvar a minha noiva, juro-lhe que é para a minha noiva!

Comecei a chorar como uma criança. O sábio pareceu comover-se com aquela amargura imensa.

— Está bem — disse, depois de alguns minutos de hesitação. — Vou dar-lhe um tubo, mas ele só teria capacidade para fazer viver uma pessoa durante cinco horas. É o tempo em que todo o Rio será um cemitério.

Tirou do bolso um frasco de metal e atirou-mo de longe. Apanhei-o, sôfrego, e respirei-lhe, um pouco, o conteúdo. Sentindo reanimar-me, corri para o carro. Ele lá estava, à esquina da rua.

— Para a cidade, chofer, e a toda força!

Ninguém me respondeu. O chofer estava morto. Um movimento de horror abalou-me o corpo. Retirei o cadáver do carro e atirei-o para um canto, como um trapo velho. Era preciso salvar a noiva! Lembrei-me do tempo em que guiava o meu pequeno Ford de modelo antigo, e saí como um louco pelas ruas afora, rumo à cidade. Esta parecia, como dissera Mendelejeff, um imenso cemitério. Cadáveres pontilhavam o caminho, uns no meio da rua, outros à porta das casas, como tolhidos pela asfixia. Alguns davam a impressão de que ainda tinham um resquício de vida. Ao passar pela Rua Mariz e Barros um braço trêmulo agitou-se no ar, chamando-me. Era um guarda-civil moribundo.

De quando em quando, era preciso aspirar o tubo pois a atmosfera estava irrespirável! Além disso, tive que despender uma grande parte do oxigênio que trazia, para alimentar o carburador do carro. O resto poderia dar à minha Edith uma hora de vida. Era o tempo, talvez, de voltarmos ao laboratório de Mendelejeff. Quando cheguei à casa da noiva senti que as minhas esperanças eram muito tênues. Logo na sala de jantar, encontrei, moribunda, minha futura sogra.

— Dona Lulú, dona Lulú!

Dei-lhe a respirar um pouco de gás. Ela reanimou-se, aos poucos.

— Que há, que há? Estou viva?

— Está sim! — disse-lhe eu, numa grande alegria. — Olhe aqui: trago, neste tubo, o remédio para salvar a Edith. Onde está a Edith? Diga! Onde está a minha noiva?

— Que remédio é esse?

— É o contraveneno do ar pesteado. É a vida, é a vida. Vou...

Não tive tempo de concluir. A minha sogra arrebatou-me, ferozmente, o tubo da mão, e, saltando da cadeira em que estava, deu-me um terrível soco nos olhos.

Cego e atordoado, senti que me invadia, lentamente, o veneno do azoto... E as minhas células começaram a morrer, uma a uma, com os glóbulos vermelhos da gota de sangue...

DELÍRIO
Afonso Schmidt

A novela Zanzalá *(1938), de Schmidt (1890-1964), é o candidato mais certo a clássico da ficção científica nacional, na primeira metade do século* XX. *"Delírio", primeiro publicado na coletânea* Pirapora, *em 1934, foi chamado de "prodigioso" por Jacob Penteado, que o definiu como sendo sobre "personagens [que] são todos gente simples, desataviada, que se movem à vontade num cenário de sonho magistralmente criado pelo autor". Numa ala hospitalar para tuberculosos, um trio de moribundos experimenta a orla entre o mundo dos vivos e dos mortos. Apropriando-se do discurso científico ou paracientífico de filosofias religiosas arraigadas no Brasil, o espiritismo e a teosofia, Schmidt elabora uma narrativa que tanto parece habitar a linha limítrofe entre a ficção científica e a fantasia, quanto os seus personagens habitam o umbral em que se revela um mundo invisível de espíritos, formas de pensamento e criações literárias e folclóricas de consistência e cor, numa aquarela extraordinária.*

Chamado de "o romancista da ternura" por Péricles da Silva Pinheiro em 1967, o viajado e aguerrido Afonso Schmidt foi muito popular ainda em vida, com mais de 40 livros publicados. Muitos de seus contos foram selecionados para antologias da série "Obras-Primas" da Livraria Martins; seus romances compuseram o catálogo do Clube do Livro, e ele teve sua obra — que também incluiu poesia, crônica e teatro — reunida em doze volumes. Escrevendo FC, *fantasia, romance histórico ou literatura contemporânea, Schmidt frequentemente escrevia, como neste conto, ficção religiosa com simpatia pelo homem comum e pela vida simples. Em Schmidt, o "sonho brasileiro" da vida sossegada em contato com a natureza tem expressão, assim como suas simpatias políticas pelo anarquismo e pelos movimentos sociais. Fato raro na nossa literatura, Schmidt parecia aceitar o brasileiro como ele é, e não pelo que deveria ou poderia vir a ser. Foi membro da Academia Paulista de Letras.*

Tinham entrado para o hospital em épocas diferentes, mas, quando o inverno chegou, com dias aquosos e gélidos, os três homens estavam reunidos num canto de salão; suas camas se alinhavam uma ao lado da outra, entre o biombo de ferro esmaltado que os separava do resto da enfermaria e a janela que olhava para o pátio, onde um pessegueiro quase seco arriscava quatro flores.

Aquele era o pavilhão dos tísicos. Um leve odor de creosoto parecia descer do teto, impregnando os lençóis de algodão mercerizado e os cobertores de baeta vermelha, barrados de escuro.

Depois da visita do médico, que era um moço delicado e sorridente, dois dos três enfermos ficavam-se a mascar desaforos. Estavam certos de que seu mal não tinha importância; a fraqueza, as tosses cavas, o suor gelado das têmporas e as golfadas de sangue que se iam amiudando, ir-se-iam embora logo que o enfermeiro Claudino satisfizesse os seus pedidos. Mas o Claudino, invariavelmente gorducho e rosado, com as mangas arregaçadas até aos cotovelos, era feroz na obediência às prescrições da papeleta e, por isso, era detestado pelos enfermos.

O primeiro deles era um mocinho de vinte anos; magro, de juntas agudas, olhos fundos e arroxeados, cabelos empastados nas fontes, uma barbicha de cebola no queixo afilado, parecia ter a alma de um menino de oito anos. Fora criado serra abaixo, pelo padrinho, um dono de serraria, que, depois de reduzido à miséria, se recolhera com doutos alfarrábios numa tapera do lugarejo e lá morrera, esquecido de parentes e amigos.

Só e quase nu, o rapaz emigrara para a cidade, onde passou a vida ao Deus-dará das ruas, mas o vício e a maldade não lhe tinham penetrado a casca. Depois de arrastar a sua tuberculose pelos bairros, caiu um dia à porta de uma estação de estrada de ferro, a vomitar sangue. A ambulância levou-o para o hospital e ali estava ele, à espera do bom tempo para sair. O seu desejo não ia além de um prado com ervas altas, batido de chapa pelo sol, aquele sol incomparável que esquentara seus pés magros quando criança.

— Tenho um frio... um frio... No dia em que o sol aparecer como eu quero, raspo-me daqui e vou deitar-me a um canto que eu sei, para aquecer o sangue. E vão ver que fico bom!

O segundo tísico devia andar pelos quarenta anos, mas já tinha brancos os cabelos, duros e ralos. Parecia ter sido um homem forte, de grande estatura, mas o seu estado era de completa ruína. A pele, de tão esticada, parecia querer romper-se nas juntas, sobre pontas de ossos esbranquiçados. Nunca falava do passado, mas devia ter sido um ambicioso infeliz. Levara tombos pela existência.

No leito, passava horas inteiras calado, mascando o seu rancor pelo Claudino, que o queria matar de fome. Estava seguro de que, em comendo um grande bife sangrento, acompanhado de meio litro de verdasco, as forças lhe voltariam. Rezava conscienciosamente três vezes por dia. Quando o sino da capela tocava a vésperas, ele se persignava, dizia coisas incompreensíveis e acabava beijando as pontas dos dedos. Depois, olhava de soslaio para a terceira personagem, que era o enfermo da última cama. Dali, vinha uma risada seca, rascante, que envenenava o beato.

Era o professor, como o tratavam. Havia muitos meses que se finava naquela cama. Estava avelhentado e, como os precedentes, já no último grau da moléstia. Dava largas ao azedume, amofinando os companheiros dos leitos vizinhos. Na vida, fora mestre-escola de um bairro pobre. Ele próprio se declarava tuberculoso em terceiro grau, contava não chegar ao mês seguinte e se esforçava por convencer os vizinhos de que eles se encontravam nas mesmas condições.

— Vocês são uns asnos. O Antônio — referia-se ao rapazola — está para fechar os olhos e esticar o pernil. Será hoje ou amanhã. Querem apostar? O Augusto — que era o homem das rezas — poderá ainda durar uma semana, porque tem a pele dura... Estão dançando a caninha verde na beira da vala... Qualquer dia, catrapus!

Ria, mostrando dentes compridos e amarelos.

— E você? — perguntavam-lhe.

— Eu? — punha-se mais sério. — Ainda hoje começou o pincha. São favas contadas.

Logo depois, começaram as manhãs frias e a doença pareceu apressar a obra de demolição. Os três homens já quase não falavam. Augusto cobria a cabeça com o cobertor de baeta, para persignar-se à vontade. O professor já não tinha ânimo de rir. E uma vez Augusto pôs-se a sonhar em voz alta:

— Quando me derem o bife e o verdasco, eu levantarei, irei ao mordomo, pedirei a roupa e me porei ao fresco. Chegando à vila, tratarei de trabalhar e economizar, para um dia adquirir um sítio. Quero ter minha casa e minhas plantações.

Falava com os travesseiros. Alta noite, no silêncio pesado da enfermaria, ainda se escutava uma vozinha apagada, a delirar e a fazer cálculos:

— Minha casa e minhas plantações. . . Minha espingarda e meu cachorro. . .

Na manhã seguinte, quando o médico fez a visita habitual, determinou que transportassem aqueles três para a enfermaria nova, acrescentando que não poderiam continuar ali, num lugar tão sombrio. Antônio e Augusto foram bafejados por uma esperança leve, mas o professor explicou logo:

— Não sejam idiotas, a sala nova é aquela em que a gente morre. Quando eles veem que a gente está para encostar o cachimbo, mandam-nos para lá, a fim de não causarmos impressão penosa a estes maricas.

Arregalou os olhos e dali por diante não riu mais.

Transportaram-nos para uma sala que ficava no fundo do edifício, com portas para o corredor, por onde se ia para o pátio e também para o necrotério. Deitados em seus novos leitos, ali ficaram a olhar para o teto, com respiração curta e rascante. Pela porta fronteira, entrava a claridade suja de um dia chuvoso e lamacento. A água das goteiras cantava nas vasilhas de lata, amontoadas lá fora.

Suas novas camas eram separadas entre si por biombos, de modo que os enfermos não se viam. Para eles, as horas entraram de escoar-se ainda mais lentas. O enfermeiro Claudino já nem passava por ali; estava claro que o monstro pretendia acabá-los a poder de fome.

Certa noite de chuva, em que as goteiras cantavam no pátio, Antônio teve um acesso de tosse que o encheu de indizível ansiedade; parecia que alguém o pegava pela cabeça e pelos pés e o torcia para trás, com toda força, como se o quisesse quebrar ao meio. Depois deste mal-estar, entrou numa grande beatitude, como quem desperta de um sonho agitado. Como era aquilo? Estava de pé no meio do quarto e deslizava da direita para a esquerda. Perdeu novamente a consciência. Mais tarde, sentiu que todo ele era apenas os olhos. Viu o mundo, tão claro, tão leve. . .

Mas sentiu ainda um hiato nas suas impressões. Quando retomou conhecimento, estava deitado na relva e um sol esplêndido caía sobre o seu dorso, relva e sol que sempre desejara, naqueles dias gélidos do hospital.

Ali ficou horas incontáveis, até saturar-se daquele calor benéfico, daquela beatitude. Ergueu-se, então, e viu que revivia um dos melhores dias da infância. O padrinho Anselmo estava a seu lado e sorria. . .

— Ué, padrinho! O senhor não estava morto há tanto tempo?

— Estava. E depois?

Lembrava-se de que, num dia de chuva, havia muitos anos, o vira estendido na mesa da sala, entre quatro velas. Assistira também ao seu enterro, no cemitério do lugarejo. O caixão partira numa estiada, pela tarde cinzenta e fria e fora conduzido por quatro homens da vizinhança, um dos quais estava caindo de bêbado.

Como se explicava aquilo? O padrinho, exatamente como outrora, nos seus melhores dias, continuava a sorrir-lhe, com um ar tão feliz, tão feliz...

— É extraordinário!

— Você acha? Pois isto é a vida.

Uma sombra chegou rastejando pela relva; atrás da sombra vinha o homem.

— Boa tarde.

Voltaram-se. Um sujeito sanguíneo, com embrulhos debaixo do braço, estava a dois passos. Era o Augusto. Estava visivelmente sonolento e atordoado. Notava-se que ele tinha a vida da memória e dos hábitos.

— Olá! Você por aqui!

— Saí do hospital... Deram-me o bife e a meia de verdasco... Nem lhes pude tocar... Arrumei os quilengues e pedi alta...

— E como veio até aqui?

Ele mergulhara no sono.

Antônio insistiu:

— Para onde vai a esta hora?

Augusto repetiu uma frase, sem expressão:

— Lá, meu sítio e minhas plantações...

Indicava a parte mais azul da serra, onde a estrada fazia uma curva. E como um sino badalasse alhures, persignou-se, beijando as pontas dos dedos, como fazia no pavilhão dos tísicos. Depois, olhou em redor, talvez com medo de ver a cara chocarreira do professor.

Anselmo achou melhor que ele pousasse na serraria, para não fazer aquele estirão à noite. Levaram-no consigo. Ele os seguiu por hábito, dormia caminhando.

Antônio perguntou ao velho:

— Não acha que ele está perturbado?

E o velho, no mesmo tom:

— Acho. Há muitos que levam anos e anos para readquirirem aqui a sua consciência. Sei de um usurário que passou meio século ao pé do seu cofre; quando lhe tiravam uma moeda, sofria como se lhe arrancassem o coração. E o pior é que os seus sobrinhos gastavam ouro à mão cheia. . .

E os três se sentaram à porta da casa velha.

Um grupo de trabalhadores passou; uns riam, outros pareciam fatigados. Antônio reconheceu um deles e chamou-o, mas o homem continuou no seu caminho, sem lhe dar atenção. Anselmo, para que o afilhado se não magoasse e Augusto, apesar de perplexo, não pensasse mal, explicou-lhes:

— São vivos; todos eles são assim mesmo.

As sombras já se haviam alargado tanto pela serra que acabavam de a envolver por inteiro. Somente, ao longe, o mais remoto pico dourava-se ao último raio de sol. Pelas encostas, que a distância aveludava, na atmosfera limpa da hora, percebiam-se violentas pinceladas de ouro vivo. Eram as aleluias floridas.

Entardecia para os mortos; amanhecia para os vivos. Quem já dormiu e sonhou ao meio-dia e trouxe para a vigília um punhado de recordações, sabe que o nosso meio-dia corresponde à meia-noite nos mundos etéreos. Os sonhos da noite são iluminados e os sonhos do dia são tanto mais escuros quanto mais claro está o sol.

O padrinho quis recolher. Apesar de sua aparência muito idosa, estava rijo ainda. Ao erguer-se, porém, os ossos como se lhe partiam pelas juntas.

— Preciso morrer, meu filho, como as cigarras que já fizeram o seu verão.

— A gente ainda morre mais uma vez, padrinho?

— A gente nasce e morre sempre; a porta é a mesma, mas com um letreiro de cada lado; entra-se pela Morte e sai-se pela Vida. . . Uma questão de nome, apenas. O feto, no seio materno, se pensasse, teria medo de vir à luz. Para ele, a vida é aquilo. Um dia, sente uma angústia, pensa que morre. . . e nasce. Dois filósofos, que num café falam sobre a morte, parecem dois fetos gêmeos, no seio materno, conversando sobre a vida. Para o feto, a única vida possível é a vida intrauterina; para o homem comum, a única existência compreensível é a da terra.

— Mas, se o senhor sabe, por que sofre o efeito da ilusão?

— Porque continuamos a ser os mesmos homens que na terra sabiam que a vida era uma ilusão e, conscientemente iludidos, chegaram até a morte.

— A morte não esclarece?

— Não; a morte perturba.

— Por ser incompreensível?

— Não; porque é simples demais.

— É assim como um sonho. . .

— Não; é exatamente como a vida.

— Mas custa a habituar-se com ela. . .

— Ao contrário, a vida terrena é que representa um acidente quase imperceptível na eternidade.

— Mas a gente se esquece do começo e ignora o fim.

— Quem dorme, vem ter aqui.

— Por onde se vai ao céu?

— Por qualquer lado; a terra está no céu. Quem morre, fica; a terra é que se afasta.

— E por que não dizer tudo isto aos vivos?

— Porque eles não compreenderiam.

— Mas é tão simples. . .

— Por isso mesmo.

— E Deus?

O velho pôs as mãos e olhou comovido para o alto, exatamente como fazia na terra.

— Aqui também precisamos de tudo isto, padrinho?

— Precisamos. Os sonhadores da terra é que imaginam o outro mundo com rosas de papel e nuvens de algodão em rama. Aqui, vive-se. Aqui é que se vive.

Na porteira, um pé de vento fez remoinho nas folhas secas. Então, um pretinho de uma perna só se pôs a dar cambalhotas freneticamente. . . Antônio ficou assustado e olhou para o padrinho, perguntando-lhe:

— É uma almazinha?

— Não, é um elementar, criado pela imaginação coletiva. É um saci.

E explicou:

— Este mundo está cheio de entidades criadas pelo povo. Elas, aqui, têm uma vida real. Há também os gênios da natureza. São anões que enrolam as bagas da chuva e sílfides que afrouxam os botões e desabrocham as rosas...

— Meu sítio e minhas plantações...

Augusto continuava perturbado. Vivia pelo hábito. Nos últimos dias de hospital, adquirira o sestro daquela frase.

Observavam estas coisas, quando sua atenção foi atraída por uma risadinha seca. Olharam para o mesmo lado. Na claridade viva da estrada, estava a silhueta cinzenta do professor. Ele coçava o queixo e ria. Antônio gritou-lhe:

— Chegue-se!

E ele:

— Eu já não tenho medo de morrer.

— Como?

— Bolas!... Porque já cá estou do outro lado!

Os três homens não responderam.

— E vocês também — ajuntou ele.

Anselmo cofiou a barba, agastado.

— E depois? Que adianta gritar aos ouvidos de um cadáver: "Você morreu?" Durante a vida, por acaso, o senhor andou pela terra a gritar às crianças de peito: "Você nasceu!" "Você nasceu!" Que adiantava? Tomá-lo-iam por louco. Nasce-se para a morte como para a vida. É a mesma coisa.

E o professor, sem se conter:

— Mas se eu me sinto mais vivo do que nunca! Olhem a minha mão... Reparem bem... Ainda é a mesma de carne... Vejam como eu arranco este botão...

Anselmo respondeu-lhe:

— Isso não prova nada. Estamos num mundo etéreo, como já estivemos no mundo físico. Esta casa já não existe na terra, mas na luz, e nós a seguimos através do espaço, como um dia seguimos a terra em direção à constelação de Hércules. Não é paraíso, purgatório ou inferno; é uma lei espiritual de causa e efeito.

"Quem planta uma semente colhe uma flor, um fruto, ou encontra, um dia, no mesmo lugar, um ramo de espinhos. As coisas só nos vêm às mãos quando já estamos acima delas e é por isso que muitos colocam a sua felicidade nas mãos alheias ou então num futuro remoto, quando a verdade é que ela sempre está em nossas mãos e a vida sempre começa, não no dia seguinte, mas no instante em que se pensa. As existências que nós desejamos são lições já aprendidas, sem lembrarmos de que cada dia traz o seu ensinamento e que página estudada é logo voltada. A maioria dos homens passa a vida num jardim da infância, são espíritos jovens, precisam de brinquedos e flores; mas os outros, que pensam e sofrem, estão já em pleno caminho da sabedoria e, à proporção que o nosso curso adianta, as lições se tornam mais duras. Mede-se a grandeza pelo sofrimento. Dante, Tólstoi, Cristo. . . Há um dia em que a felicidade se torna ridícula; um homem feliz é como um ancião que se diverte com um polichinelo. Nós temos de sofrer e cada vez mais, até nos colocarmos acima da dor; nesse dia, teremos alcançado a singeleza das crianças, conversaremos com os seres aparentemente inanimados e um raio de sol valerá mais para qualquer de nós que o trono de um rei."

Augusto continuava perplexo.

Antônio sentia-se preso à terra, arrastado para o hospital.

O professor, pelo seu temperamento, estava submetido a um fenômeno que o atormentava, isto é, as coisas para ele não tinham realidade. Tudo se desmanchava em fumo, ao ser tocado por suas mãos; as flores, as frutas, as correntezas, as folhas se desmanchavam em nada. Às vezes, seus amigos desapareciam diante dos olhos e ele ficava numa solidão angustiosa.

Os quatro, sem querer, voltaram ao hospital. Encontraram-se, de súbito, no salão dos médicos. Efeito da memória, todos o viram como o tinham deixado. A chuva caía lá fora, ininterrupta. O Claudino e seu ajudante repousavam acostados em cadeiras preguiçosas. Embalde, Antônio quis dar-lhe uma palmada nas costas, sua mão atravessava-o como se o enfermeiro não fosse mais do que uma sombra.

Momentos depois, os olhos de Claudino cerraram-se e daquele corpo opaco desprendeu-se outro, de uma cor arroxeada, como se diante da cadeira de balanço tivessem colocado, sorrateiramente, um espelho invisível. E, coisa entranha, à proporção que o enfermeiro adormecia, o seu sósia despertava, tornava-se consciente. . .

Repararam, então, que outros homens de cor de violeta entravam e saíam do hospital, uns a trabalhar ativamente, outros levados numa flutuação por misteriosas correntes. Chegaram mesmo a concluir que de dia os homens andam em um mundo e de noite em outro. Uma cidade à noite tem o mesmo movimento que durante o dia, e os noctâmbulos caminham por entre a multidão etérea sem se aperceberem dela.

Claudino, vendo-os aí, maravilhou-se:

— Olá, então voltaram? E esse velho, quem é?

— É meu padrinho.

— Que faz ele?

— É dono de uma serraria.

— Pois isto não são horas de andar por aqui, voltem para o necrotério como defuntos que se prezam.

O ajudante sacudiu fortemente Claudino; as duas personalidades se fundiram e ele acordou. E assim que abriu os olhos, pôs-se a rir. . .

— Um pesadelo, hein?

E Claudino:

— A gente tem cada sonho idiota! Imagine que eu estava sonhando com os dois homens que hoje esticaram na enfermaria nova e com aquele rapazola que ainda lá está na agonia. Este último me veio apresentar o padrinho, que é dono de serraria. . . E ainda há cavalgaduras que levam os sonhos a sério.

Ambos riram.

Os visitantes riram também.

— Vamos ao necrotério, que eu lhes quero mostram uma coisa — propôs o velho.

O desejo foi imediatamente sentido pelos companheiros, e eles, instantaneamente, se encontraram no pátio, debruçados à janela gradeada do anfiteatro, a espiarem para dentro.

À claridade amarelada de uma lâmpada elétrica, dois corpos jaziam sobre o mármore. Eram Augusto e o professor. O primeiro sentiu um profundo choque ao ver-se ali, inanimado, morto, ao passo que ele mesmo continuava a viver, como alguém que, diante de um espelho, sentisse a sua consciência passar do corpo material para a imagem refletida no vidro. O professor teve uma ideia. Quis imediatamente apossar-se do seu corpo, inda que fosse por um dia, para gritar a verdade aos homens que haviam ficado na terra. Deitou-se ao longo daquele farrapo humano, fez que as linhas incidissem umas sobre outras e procurou levantar-se. Tudo embalde. O material e o etéreo interpenetravam-se, mas já não se ligavam. Era como se alguém se lembrasse de tocar flauta diante de um muro batido pelo luar, para ver dançar a própria sombra. O velho sorria.

— Esta é a primeira ideia dos que cá chegam, desde que o mundo é mundo. A verdade é que se alguém voltasse ao mesmo corpo, ao abrir os olhos já estaria emaranhado novamente nas suas preocupações terrenas, submetido às antigas leis, e os bons projetos desapareceriam como por encanto. O ressuscitado é o primeiro a não crer que ressuscitou; por isso, ninguém ressuscita.

Antônio sobressaltou-se. Espetara-se-lhe uma ideia como um prego num crânio. Pensou: "Se eu não morri, onde estará o meu corpo?" Os companheiros também sentiram essa curiosidade. Foram encontrá-lo na enfermaria nova, ainda entre os dois biombos. Estertorava. Entre ele e o corpo agonizante, flutuava um cordão luminoso, que se ia adelgaçando, adelgaçando. . .

Augusto, já quase desperto, também se inquietava:

— Se eu morri, por que não vejo o céu, ou o purgatório?

Então o velho se pôs a falar:

— Meu caro, a morte desconcerta igualmente a todos. Cerrar os olhos não significa ver. A gente aqui se encontra com o que trouxe da terra, certezas ou dúvidas. Mas a morte é irmã gêmea do sono, dizem os da terra, e têm razão. Pelo fato de dormir mais, ninguém ainda ficou mais sábio. Há aqui os que continuam a sofrer por longo tempo a enfermidade de que morreram. Há mais leitos no espaço do que na terra. Quase todos nós aqui chegamos com as paixões terrenas. As tavernas enxameiam de mortos que apunhalam os vivos, mas estes não sentem. Barba-roxa continua a fazer abordagens. Ganga Zumbi arrasta legiões de escravos rebelados, ao mesmo tempo que Campanella vive na sua Cidade do Sol. Cada um de nós traz céu, purgatório ou inferno para este mundo, que é das realizações. Os assassinos carregam as vítimas às costas, como cruzes de chumbo. Quem está na terra não quer morrer e quem está aqui não quer renascer. Há bruxas e feiticeiros que roubam o sangue aos vivos para alimentarem o seu invólucro etéreo e aqui viverem eternamente. Mas há os sôfregos, tanto lá como cá. Cá e lá são o mesmo lugar. Os idiotas que a gente encontra nas estradas são os que se suicidaram na terra. Os enforcados trazem a corda ao pescoço, como uma cascavel. Os que deram um tiro no ouvido repetem através dos anos esse gesto. Os que só viveram para o corpo ficam agarrados aos ossos e sentem o roer dos vermes. Que adiantaria gritar-lhes a verdade? Na terra, por acaso, um homem já corrigiu outro com gritar-lhe os vícios? "Tu és um ébrio!", "Tu és um avarento!", ou, então, "Tu és um celerado!" Que adiantaria?

"Os gênios também forjam almas. Há homens que aqui chegam rodeados de uma multidão disparatada. Balzac criou a população de um burgo excêntrico. Shakespeare deu forma humana à paixão errante. Os autores alimentam com sua vida as suas obras. Quando Victor Hugo morreu, a cabrinha de Esmeralda acompanhou o enterro e Quasímodo se encarapitou no sino grande de Notre Dame. As almas mortais dos animais também por aqui vagueiam. Às vezes, um homem vivo é atacado por um tigre morto. A fera atira-se a ele e passa através do seu corpo, como através de um raio de sol. O homem sente um arrepio inexplicável e a fera desaparece no seu mundo. Os vícios se arrastam pelo chão, como batráquios. A volúpia é uma cobra de escamas mornas e visguentas, que enlaça os corpos e vai apertando os nós. Além disso, os pensamentos e sentimentos têm cor. Os namorados vivem num halo côr-de-rosa, os místicos num halo azul e os tristes num alvoroço de cinzas. Um uivo de ódio é um relâmpago vermelho, entre novelos de fumo. Uma prece é um raio de luz que parte da terra e se perde no céu.

"As nossas cidades são imensamente maiores, pois nelas vivem quase todos os que nelas morreram. Aí existe tudo o que foi pensado. Paris, por exemplo, conta um trilhão de habitantes, tem torres tão altas que as nuvens atravessam por dentro das suas órbitas e arranha-céus esplêndidos, sobre cujos telhados de ardósia azul o plenilúnio rola. O mundo etéreo interpenetra e se alarga sobre o mundo material e é catorze vezes maior que este. Aqui, o pensamento é forma. No alto, voam os anjos dos crentes e embaixo, às vezes, num nível inferior ao da terra, arrastam-se os monstros. Ariel toca flauta nos píncaros e Calibã continua a mastigar lesmas nos abismos.

"Para nós, a terra cheira a cadáver. Em média, cada homem pesa cinquenta quilos de matéria. A crosta terrestre é feita de carne, as florestas e as casas são de ossos, a sua alimentação diária é de sangue. Os vivos nutrem-se dos mortos.

"À noite, quando os homens se desprendem um pouco do seu invólucro de terra e por aqui perambulam, parecem bêbados. Uns, fazem perguntas idiotas: 'Como é aí o outro mundo?' Outros, perguntam pelo número da loteria. Há frades que andam por aqui a procurar alcouces e cidadãos graves que provocam rixas nas bitesgas das cidades etéreas, por causa de cascarões astrais com formas de mulher. . ."

O estertor de Antônio diminuía.

O cordão luminoso que o ligava àquele corpo partiu-se.

Então, o ajudante de enfermeiro apareceu e, depois de examinar o moribundo, chamou Claudino e disse, em voz baixa:

— Empacotou.

O HOMEM QUE HIPNOTIZAVA

André Carneiro

André Carneiro foi um dos principais autores da Geração GRD. *Em 2008 os editores do* Anuário Brasileiro de Literatura Fantástica *o escolheram "Personalidade do Ano", no campo da literatura fantástica nacional, em razão da sua quarta coletânea de contos,* Confissões do Inexplicável, *publicada um ano antes pela Devir.*

"O Homem que Hipnotizava" forma um díptico com "O Homem que Adivinhava" (1966), este último publicado na coletânea homônima do autor, mas narrado na terceira pessoa. No conto, os interesses de Carneiro pela hipnose e pela psicologia estão expressos, e nesta história Carneiro foi um dos primeiros autores brasileiros a produzir uma narrativa que se aproximava da FC *da assim chamada* New Wave *inglesa, em seu uso de psicanálise, sua evocação de uma "cultura das drogas" (no modo como o protagonista precisa de doses cada vez maiores de auto-hipnose para manter a realidade que cria para si) e pela exploração ousada de um "espaço interior" da psique humana, em oposição à ênfase no espaço exterior da* FC *convencional. Histórias como esta e o seu clássico "A Escuridão" (1963), em que a realidade é um processo fluido e relativo, levaram o escritor e editor americano Harry Harrison a comentar: "O que acho particularmente interessante é que a escrita de Carneiro se preocupa com a abordagem da realidade, o 'espaço interior' de J. G. Ballard."*

Em anos recentes, Carneiro, um "homem renascentista" que nasceu em 1922 e está entre os poetas da Geração de 45, tem alcançado reconhecimento também como pioneiro do modernismo na fotografia, e em agosto de 2009 ingressou na Academia de Letras do Brasil. Seu interesse pela hipnose é mais do que literário — ele escreveu O Mundo Misterioso do Hipnotismo *(1963) e* Manual de Hipnose *(1968).*

Tanto insistiram, que escreverei a minha história. Tomei meu terceiro Amplictil. Sinto os músculos relaxados, a pena move-se com dificuldade. Como se o tempo atrasasse o ritmo, o minuto tivesse mais de sessenta segundos. Aqui o ambiente é calmo, penso que demais.

Tenho companheiros e companheiras, estas um pouco distantes, pelo regulamento. No centro do pátio há um pequeno tanque com peixes vermelhos, cercado de grandes árvores, de galhos retorcidos e parados, como se tomassem também as suas pastilhas.

Neste pavilhão quase todos têm uma aparência muito boa. Alguém desprevenido nos julgaria hóspedes de um hotel de campo. Que diferença se fosse possível penetrar em nossas cabeças, portas opacas escondendo um mundo estranho. Os médicos são cordiais e se apoiam atrás de uma fraseologia técnica, que impressiona os parentes. Nós não, quase sempre. Somos suas cobaias, sabemos das suas fraquezas, da inutilidade dos seus mergulhos. Psicanálise, laborterapia, narco-análise, tudo isso é muito relativo. Alguns ficam melhores, até se curam. Quando o problema se agrava, tentam sedativos, cardiazol, eletrochoque. E a palavra, que destrói e pode salvar. Saber construí-la em frases e introduzi-las em nós, fazer com que nossos ouvidos as filtrem e espalhem pelas cavernas e armadilhas interiores é que é difícil. Para mim, mais ainda. Eu conheço os testes, as terapêuticas, até os medicamentos. Por vezes, aparece um médico mais jovem a tomar conhecimento do meu caso. Tenho um prazer maldoso, talvez pura vaidade, de pô-lo à prova, de argumentar-lhe com razões científicas, de analisar-lhe a própria técnica do interrogatório. Alguns ficam me detestando, eu noto, outros se quedam a ouvir-me e eu insisto em um tom profissional um pouco irônico. Assim como os analiso, também o faço comigo. Se na maior parte das vezes não se consegue nenhum resultado prático, é curiosa essa caça ao rato invisível das ocultas intenções, dos motivos que nos impulsionam. Mas não pensem por tudo isto que eu desprezo os médicos, não. Tirando os meros comerciantes, existem alguns que vivem a profissão, que querem curar e aprender. Além do que, eu fui também médico até um certo ponto, embora leigo.

Tudo começou mais ou menos há dez anos. Comprei um livro sobre hipnose e sua técnica e tentei aplicá-la. Não descreverei todo o lento processo de aprendizado, por longo e inútil. Hipnotismo tornou-se uma paixão à qual me dediquei com prejuízo das outras atividades. Nunca a encarei como diversão e jamais fiz demonstrações como aquelas dos detestáveis profissionais do palco. Mesmo aos que experimentavam por curiosidade, eu punha o interesse e seriedade de um cirurgião a operar. Foi assim que comecei a fazer curas. Pouca coisa era improvisada. Meu procedimento eu extraía de livros especializados, dos quais minha biblioteca estava cheia. Resultados? Eram bons, em geral. É fácil de explicar. Eu me interessava pelos bons pacientes, de sono profundo, aos quais as "sugerências" atuavam mais fortemente. Eu tinha a possibilidade, que o médico não tem, de selecionar os que meus testes revelavam como suscetíveis de uma boa reação. Mais ou menos, no espaço de três anos, eu usei quase completamente o que a terapêutica hipnótica pode proporcionar. Casos de asma, úlcera duodenal, neuroses não muito avançadas, insônias, gagueira, impotência, etc., etc., eram fichados e tratados na minha "clínica" gratuita. Com médicos e dentistas amigos fiz anestesia hipnótica, com os fascinantes resultados já conhecidos há mais de cem anos. Enganam-se os que imaginam que eu adquiri reputação de homem de poderes, que fosse encarado como mágico ou semelhante. Bem que lá dentro, eu sentia em cada sessão, a vaidade da posição de orientador, manipulador de frases que se traduziam em ações, por via direta cerebral. Fiel à ética científica e à técnica correta da cura, sempre atribuí aos próprios pacientes os seus progressos. Eu era o guia de um processo fisiológico normal, que o paciente comigo desenvolvia. Esses cuidados para ser discreto e eficiente, tornaram monótonas minhas atividades. A sessão em si, necessariamente tinha de ser cansativa e os resultados já obedeciam a uma estatística provável que não me surpreendia. Aos poucos fui deixando a hipnose curativa para a experimental. Dentro do meu respeito ao paciente, meus trabalhos iniciais eram a repetição daquilo que há muito se conhece. Alucinação visual acordado, sugestões pós-hipnóticas a longo prazo, regressões de idade, etc. Estas, fiz muitas, sempre gravadas. Também com memória avivada "antes" do nascimento. Os mal-informados ou impressionáveis se admiravam dessas vidas "anteriores", descritas às vezes com detalhes e que seriam a prova concreta da reencarnação. Para mim nunca passaram de engenhosas histórias engendradas, embora o paciente acordado de nada se lembrasse. Indo só ao limite do já sabido a hipnose perdia o interesse. Eu me preocupava até onde ela poderia atuar. O velho problema, se uma pessoa hipnotizada pode matar alguém ainda não foi respondido satisfatoriamente. Interessavam-me, porém, coisas menos radicais do comportamento humano, as idiossincrasias, o prazer de viver. Não tinha coragem de fazer experiências com meus "pacientes". Não poderia sair de regras estritas, torná-los joguetes de teorias duvidosas. Essa e outras razões foram limitando minha "clientela". Só hipnotizava raramente, em situações especiais. Aquele exercício de penetrar na mente dos outros, ajudá-los e compreendê-los, voltou de repente para mim mesmo.

Geralmente a gente vive e age, procura os prazeres e contorna os sofrimentos, com a mesma intuição com que damos braçadas e atravessamos um lago. É perigoso entrarmos nos porquês, olharmos de fora para dentro. Solteiro e não muito jovem, o que eu estava fazendo da vida? Cético e um pouco tímido, percebi que eu vivia em um prefácio, preparação de algo que só viria mais tarde. Pesquisar nosso grau de felicidade aumenta-nos a ambição de extrair do cotidiano o que as rotinas e as dificuldades impedem. O amor devia ser a emoção mais total e absorvente. "Quem passou pela vida e não amou. . ." diziam os versos e provérbios. Eu ainda não o conseguira. Demasiado senso crítico, falta de oportunidade, não sei, as mulheres em minha vida davam-me os prazeres imediatos e passageiros. Não era amor. Como transformar velhos pontos de vista, enxergar de maneira diversa os acontecimentos? Só com a sugestão pós-hipnótica.

Eu me lembrei de que, hipnotizando tanto, nunca fora colocado em transe, fora uma experiência juvenil, sem importância. Alguém deveria hipnotizar-me, para ampliar minhas perspectivas. Essa pessoa, porém, eu não conhecia, um homem de critério em quem eu confiasse. Como saber se ele diria exatamente o que eu queria? Restava a auto-hipnose. Era difícil, mas cientificamente viável. Recapitulei o que sabia, encomendei às livrarias tudo o que havia sobre o assunto. Era um campo praticamente inexplorado. Cientistas americanos tinham feito experiências com perturbadores resultados. O controle da própria sugestão era difícil, ao dar ordens a si mesmo. A ausência de precedentes era um interesse a mais. Iniciou-se um novo período em minha vida. Como tinha feito com os outros, concentrei todas as minhas forças em hipnotizar-me. Tive decepções, mas nada me desanimaria. Eu atingia facilmente o sono leve e médio. O problema era aprofundar, dar ordens a mim mesmo, sem prejudicar a concentração. Experimentei todas as técnicas, até perceber que não era questão de método e que todos poderiam dar resultados. O essencial era a desassociação entre a parte do cérebro que devia inibir-se, e a que precisava dar ordens. Usando gravador, nada consegui. Simplesmente eu precisava dividir-me em dois. Após meses de exercícios diários, comecei a ter resultados. Primeiro dei a mim mesmo as clássicas ordens pós-hipnóticas de sede, bem-estar, etc. Continuei com alucinações olfativas e visuais simples, logo depois de acordado. Consegui analgesia, efetivada até uma semana mais tarde. Os resultados eram positivos. Comecei então a transformar minha vida estreita. Os passeios comuns tornavam-se maravilhosas excursões. Dava à comida o sabor que me apetecia e meu bom humor surpreendia os que me conheciam. Bastava hipnotizar-me uma ou duas vezes por semana e sugerir a mim mesmo o que me apetecesse e tornasse as horas agradáveis.

A ninguém eu contava o segredo da minha disposição. Mesmo aos que conheciam hipnose seria difícil convencê-los do ponto em que chegara. Eu enxergava só o que me convinha, transformava o gosto dos alimentos, controlava todos os meus desejos.

A secretária do escritório ao lado do meu era uma jovem prestativa e simpática, porém muito feia. Eu a encontrava no elevador e ela notou a transformação no meu modo de ser. Fomos almoçar juntos, um dia. Ela sabia tanta coisa a meu respeito, não podia ser por acaso. Gostava de mim, o que ficou patente pela maneira como reagiu aos galanteios que lhe fiz. Lembro-me bem, depois de dois ou três encontros, cheguei à conclusão de que ela me deixava inteiramente frio e não poderia suportá-la mais. Foi, talvez, com pena dos seus olhos suplicantes que resolvi fazer-lhe uma operação plástica total, para não deixá-la logo. Hipnotizei-me para que só a enxergasse esbelta, o rosto delicado e expressivo, mais todos os detalhes que os homens põem nas mulheres que abraçam em sonhos. Que extraordinária surpresa foi nosso encontro no dia seguinte. Eu aguardava que o elevador subisse, quando uma jovem, com essas belezas que comovem, aproximou-se de mim com um sorriso e tocou em minha mão disfarçadamente. Era ela. Não fosse o gesto, não a identificaria. Era como se os traços vulgares da véspera tivessem se dissolvido, para acertar as proporções de maneira exata. Não era uma ilusão, um fantasma, mas algo que eu podia tocar. Só os que já sentiram uma alucinação visual acordado, através da hipnose, compreenderão a realidade total do fato. Não era "sugestão", no sentido popular. Eu via minha namorada, beijava-a e ela era linda. Eu a transformei naquilo que sempre desejara ter. Passei semanas de alegria e autoconfiança. Para mim, o livre arbítrio era total. Meu corpo e meus sentidos reagiam da maneira que me fosse mais conveniente e agradável. Minha namorada foi se transformando em noiva e eu manipulava nossa felicidade hipnótica com a maior facilidade. Era simples, dar a mim mesmo as ordens renovadas para aquilo que eu queria ver ou sentir da mesma maneira. Dentro do processo de colocar-me em transe, essas "sugerências" já se incutiam em mim, sem mesmo serem elaboradas, como era preciso com as ordens novas que eu me propunha.

Não sei bem quantos meses se passaram, casei-me. Tenho de saltar esse tempo maravilhoso e o que se seguiu ao casamento, por impossibilidade de descrição. Ter ao lado uma perfeita, linda e inteligente mulher, nos lugares mais divertidos e agradáveis, só pode ser contado com lugares-comuns. Eu mergulhara naquela realidade transbordante, não precisava nem do testemunho nem da crença de ninguém. Nossa casa era modesta (meu negócio corria um tempo difícil) mas nós, ou melhor, eu, transformei-a em um lar elegantíssimo. Algumas sessões hipnóticas e os quadros se transformavam em perfeitas reproduções de Renoir, Klee, Matisse. Nada me custaria ter os originais, mas eu não queria abusar. Os móveis se cobriram com panos finíssimos, os azulejos quebrados na cozinha se arrumaram instantaneamente. Minha mulher, como todos, não sabia de nada. Ela me ouvia falar de hipnose, mas não seria capaz de fazer deduções. Achava-me um otimista incorrigível, dado a um senso de humor um pouco excêntrico. Quando eu lhe dizia que era linda, não lhe causava espanto, é compreensível. Porém, frequentemente eu esquecia que seus olhos não vislumbravam as coisas perfeitas que eu via. Ela achava graça quando, distraidamente, eu me referia às molas macias da minha poltrona verde e me repetia que ela não tinha molas nem era verde.

Quanto tempo durou tudo isso? Por mais que me esforce é difícil precisá-lo. Sei que depois de casado eu me hipnotizava quase todos os dias. Algum tempo depois eu não passava um dia sem fazê-lo. Mesmo nestas memórias, dispostas de maneira literária, eu sinto um estremecimento ao recordar os primeiros lapsos. Posso chamá-los assim, ou de qualquer outra maneira. Sentado, de manhã, com minha mulher, eu contemplava sua face macia, os cabelos ondulados, quando uma transformação sutil começava a ocorrer. A cabeça se achatava, as bochechas começavam a parecer inchadas, os dentes se manchavam. Era horrível. Saí para meu quarto, minha mulher atrás, pensando que me sentia doente. Fechei os olhos, cobri-os com as mãos, pedi um comprimido para dor de cabeça, disse-lhe que não era nada. Quando ela deixou-me só, hipnotizei-me o mais longamente possível. Daí a vinte minutos eu estava bom novamente, a abraçá-la, a sentir-me o mesmo de sempre. A segunda vez foi menos aborrecida. Eu estava na minha poltrona verde a olhar, distraído, a reprodução de Matisse. O quadro pareceu tremer, as cores se borraram, logo enxerguei um trabalho feito com tricô, numa moldura suja de moscas, um pouco torta na parede desbotada. Foi quase uma surpresa, como se acordasse em uma casa modesta e de mau gosto. Ao perceber que era a "minha casa", saí para o banheiro, fui hipnotizar-me de novo, reconstruir "meus" quadros e móveis, que o pesadelo queria destruir. Entretanto, embora a hipnose me condicionasse a não sofrer com isso, eu sabia que o pesadelo era a realidade e que aquilo que eu enxergava existia apenas em meu cérebro. Já era necessário concentrar-me duas ou três vezes por dia. Mal as coisas começavam a vibrar diante dos meus olhos e eu corria para um lugar isolado qualquer, para recuperar minha estabilidade.

Eu evitava admitir a verdade, mas era claro que a sugestão pós-hipnótica tinha um efeito cada vez mais passageiro em minha mente. Eu não era ambicioso das coisas materiais. Por isso suportava assistir meus móveis voltando à condição de coisas velhas e baratas. Mesmo a euforia de todos os momentos não me importava perder. Mas eu amava minha mulher. Cada gesto, cada palavra sua, eu tinha na memória de maneira indelével.

Seu perfume, o jeito tímido de virar o rosto, sua companhia discreta e inteligente. . . "Mas você sempre soube, ela era um mito, uma criação da sua própria capacidade de se hipnotizar", me repetem os médicos. Mito e realidade. . . Pouco me importava classificação ou definições de normalidade. Eu queria a minha mulher, que entrara no elevador e pegara em minha mão, que eu conhecia em cada olhar, que era minha companheira e me compreendia.

À tarde, quando terminava meu trabalho no escritório, já não sentia aquela pressa em voltar para casa. No trajeto, não conversava mais. Testa franzida, a imaginação visualizava uma figura pesada, de rosto vulgar, que talvez me abrisse a porta e me beijasse o rosto. Eu a detestava, não podia vê-la, embora soubesse que não tinha culpa. O efeito da hipnose passou a durar minutos. Meus nervos foram se ressentindo das contínuas experiências desagradáveis. Eu, à mesa, com minha mulher. Bastava distrair-me e quando levantava os olhos, "ela" já estava ali novamente, os olhos súplices, as bochechas inchadas. Eu levantava-me sem explicação, ia para o quarto, ela atrás. Quanto me custava fechar os olhos e inventar uma desculpa para que saísse. Dia a dia se limitava a permanência da minha realidade. Já não me escondia para hipnotizar-me. Diante da minha mulher, vezes sem conta, eu fechava os olhos, ficava estático, sem ouvi-la, para recuperar, dois ou três minutos, a única razão pela qual me casara e vivia. Os parentes e amigos começavam a notar. Com habilidade eu inventava desculpas científicas, que já consultara médico, pressão alta, que logo ficaria bom. Esta ilusão já não consolava nem servia. Não era possível hipnotizar-me de minuto a minuto, para viver na dimensão que eu perdera. Passei a evitar minha mulher. Chegava tarde do escritório, comia de olhos baixos, falava sem olhar para ela. Às vezes, antes de vir para casa, ficava mais de quarenta minutos em transe, no escritório, para, ao chegar em casa, recuperar minha felicidade por três ou quatro minutos. Depois, nem isso mais fui capaz. Um dia, em que o rosto inchado da minha mulher perseguia-me por todas as partes da casa, eu fui a meu quarto e hipnotizei-me para dormir. Isso eu ainda podia. Dormi até o dia seguinte, pela manhã, quando saí. À noite repeti a mesma coisa. Mas a permanência no escritório, durante o dia, já não era uma fuga que me fizesse esquecer um pouco. Lá o pesadelo me tomava e eu não podia trabalhar. Fechava-me na minha sala e dormia. Esse tempo esquecido eu ampliava cada vez mais. Mal jantava, de olhos baixos, pedia licença, ia para o quarto (o médico recomendou, eu justificava) e dormia até o dia seguinte. Olhos fechados, sonhando, era bom. O corpo esquecido, sem obrigações nem realidades. Aos poucos fui dando-me ordens de dormir, sem precisar nitidamente quando deveria acordar. Os empregados, no escritório, tiveram um dia de arrombar a porta, encontrando-me estendido, como se estivesse morto. Outras coisas aconteceram, mas não me lembro mais. Minha mulher, os parentes, deixaram de acreditar que eu estivesse em tratamento e chamaram algum médico para ver-me. Acordei neste sanatório, onde não vejo minha mulher. Foi um consolo. Durante muitos dias os médicos examinaram-me, fizeram perguntas e desde o início eu contei a verdade, como está aqui. Eles me ouviam com profissional segurança e quando eu fingia dormir escutava-os comentando minha fantasia mórbida, esquizofrenia alucinatória, etc. Fizeram-me testes e deram-me calmantes, que eu não preciso. Um médico permitiu-me provar até quanto eu sabia hipnose e podia controlar meu transe. Hipnotizei enfermeiros, estudantes e a mim mesmo. Eles se convenceram, eu acho, e passaram então à terapêutica da cura. Esta consiste sempre em "voltar à realidade". Qual realidade? Como "voltar" àquilo que eu nunca tive e que eu detesto? Uma mulher feia, numa casa pobre. Os psiquiatras conversam comigo e eu faço-lhes perguntas embaraçosas, como vivem em casa, se educam bem os filhos... Nem sempre eles me respondem. Sou um doente mental, digo-lhes, tenho carta branca para ser indiscreto. Com os psicanalistas eu lhes arrumo interpretações.

Não marco o tempo em que estou aqui. Isto, pelo menos, é um limbo, um lugar anódino onde eu posso recordar da minha verdadeira mulher. Querem que eu fique bom. Isso, para mim, é recuperar minha capacidade de hipnotizar-me e viver como antes. Já tentaram diversos tratamentos. Agora deixam-me neste estado de relaxamento muscular. Aconselharam-me que escrevesse. Aqui está o resultado. Sei que vou receber elogios e incentivo. Pobres médicos, sinto às vezes que eles não são capazes de resolver a própria vida, nem por um pequeno período, como eu fiz com a minha.

A custo deram-me licença para ler livros sobre hipnose. Eu os acho agora repetidos e superficiais. Certas ordens pós-hipnóticas podem manter sua força por mais de vinte anos. É possível que na Índia, no Oriente, em algum convento desconhecido, alguém tenha aperfeiçoado novas técnicas, para dar ordens definitivas. Não há meios legais ou médicos que possam me impedir de hipnotizar-me. Hei de recomeçar tudo. Quero uma cura completa. Voltarei para minha casa, com minhas reproduções, a poltrona verde e acima de tudo, a mulher com quem casei. Só os fracos, os vencidos, se deixam abater. Modificarei todos os meus processos, recomeçarei os exercícios. Quero voltar para a minha vida, longe destes muros, para tudo aquilo que eu conquistei. Hei de me curar, hei de me curar, hei de me curar. . .

Sanatório Boa Vista — 1961

SOCIEDADE SECRETA

Domingos Carvalho da Silva

"Sociedade Secreta" revela a influência das distopias mais conhecidas do século XX*:* A Muralha Verde *(ou* Nós*, de 1920), de Evgeni Zamiátin,* Admirável Mundo Novo *(1932), de Aldous Huxley, e* 1984 *(1949), de George Orwell. Curiosamente, a crítica normalmente dirigida às sociedades coletivistas de feição stalinista parece ser lançada ao regime militar instalado no Brasil em 1964, especialmente ao pensamento tecnocrático e à busca pelo controle e planejamento social. "Não queríamos, portanto, nada com o Plano de Ação da Produção Literária", escreveu o autor, ao contar de uma sociedade em que aos últimos rebeldes resta apenas a identificação com os poucos ratos que escaparam ao extermínio. Ninguém provavelmente escreveu com tamanha força contra os projetos tecnocráticos e higienizadores que alimentaram duas ditaduras.*

Poeta da Geração de 45, Domingos Carvalho da Silva nasceu em Portugal em 1915 e faleceu em 2003. Foi um dos participantes da Primeira Onda da Ficção Científica Brasileira, também um membro da Academia Paulista de Letras. Uma de suas melhores histórias, "Água de Nagasaqui", apareceu na antologia de 1965, Além do Tempo e do Espaço: 13 Contos de Ciencificção *(EdArt). Mais contos de suspense e de* FC*, "Sociedade Secreta" inclusive, apareceriam posteriormente na única coletânea do autor,* A Véspera dos Mortos *(Editora Coliseu, 1966).*

O texto de Carvalho da Silva é sempre vivaz e espirituoso, mas há uma modulação diferente neste conto, em que o autor parece ter investido mais do seu descontentamento com o status quo *— a cena final projeta-se com um estranho saudosismo e ira surda contra o sistema, quebrando a eloquência brincalhona de antes. Um conto que morde.*

Era preciso organizá-la. Mas como? Onde se reuniria? A lei impedia-lhe a existência e, além de tudo, não havia um palmo quadrado de área, construída ou não, que não estivesse sob a vigilância do Estado.

Os blocos de apartamentos repousavam sobre os pilotis como nuvens sombrias e em cada unidade, de dois ou três dormitórios, moravam dezenas de pessoas. O ar era purificado e havia em cada quarto cabinas sobrepostas, e em cada uma um televisor individual e um telefone. O resto era comum: o banheiro, a cozinha, o refeitório. A conversa também era comum e todos pensavam de modo semelhante.

O *Diário Nacional*, redigido na capital da República, era o único grande jornal do país. Pronta a edição original, a radiofoto de suas páginas era logo recebida nas capitais dos Estados e em várias outras cidades importantes. Alguns minutos depois cada página era um clichê que se imprimia em quarenta oficinas espalhadas pelo país, com a nitidez da composição original. Os helicópteros faziam o resto e não havia povoado onde, às seis da manhã, não se pudesse ler a edição do *Dia-Nal*. Mas, afinal, o que poderia ler naquelas trinta e duas páginas de pequeno formato que, dobradas ao meio, cabiam no bolso do uniforme? Apenas um resumo de tudo aquilo que já fora divulgado pela TV; e, além disso, decretos e estatísticas.

Conversar era quase impossível e eu direi logo por quê. Nos blocos residenciais não havia lugar para isso, mas apenas dormitórios e refeitórios onde se impunha o silêncio. Nos clubes sociais das superquadras o silêncio era obrigatório também na sala de leitura, na sala de televisão, na sala de jogos, na sala de cinema. É verdade que havia uma sala de palestra: mas nesse local estava sempre alguém — alguém do Governo — com o objetivo de orientar a conversa, de discutir problemas gerais, de doutrinar. A conversa — mesmo aparentemente lúdica e repousante — deveria ser sempre instrutiva. E deveria conter *slogans* e repetições destinadas à ação subliminar. E as ruas? E as praças? E as estradas e os campos? De tudo isso havia, é claro, mas não se tolerava a presença de grupos junto a usinas, plantações ou mesmo a pequenas oficinas: era preciso defender o patrimônio público da ação dos sabotadores, dos salteadores e outros eventuais inimigos.

Mas por que inimigos? Tudo estava organizado com perfeição. Não faltavam escolas nem hospitais e havia alimentação e teto para todos, muito embora ninguém pudesse ter lugar para uma escrivaninha individual ou para uma estante de duzentos volumes. O escritório e a biblioteca eram coletivos como o refeitório, como os dormitórios de crianças e os depósitos dos cães de estimação.

Nos campos a situação era semelhante: em cada fazenda coletiva havia uma quadra urbana e os blocos de apartamentos economizavam grandes áreas destinadas à produção agrícola. Tudo era enfim perfeito do Norte ao Sul do país e não se ouvia mais falar de serpentes ou piranhas, da doença de Chagas ou da maleita. Não havia mendigos nem crianças abandonadas e os raros malfeitores que danificavam as plantações ou caçavam nos galinheiros coletivos eram recolhidos ao Ministério da Agricultura — que fora transformado em instituto de recuperação social — e lavavam estábulos e chiqueiros, recebendo um salário que servia de estímulo ao trabalho honesto.

As crianças eram felizes e instruíam-se depressa, graças à nova pedagogia. O ensino era uma competição intelectual livre do terror das aulas e dos professores, esses inimigos incondicionais da imaginação infantil. Os moços tinham ambições apenas honestas, pois ninguém poderia viver do mercado paralelo ou da exploração de uma *taxi-girl*. E, se quisessem casar, a lei lhes asseguraria todas as facilidades e, entre elas, o direito a uma cabina dupla num dos dormitórios das pessoas unidas pelo matrimônio.

Na verdade somente nós — os dez anciães que tínhamos conhecido o mundo velho — nos agitávamos, inconformados. Não suportávamos aquela civilização organizada e feliz em que a massa impunha o seu gosto, os seus hábitos, o seu tipo de vida. O cardápio padronizado irritava-nos e não gostávamos de saber que, às terças-feiras, era servido, ao almoço, pirão de mandioca a quatrocentos milhões de habitantes do país.

Para cada região havia um vestuário padrão, que variava apenas quando isto era imposto por motivos climáticos. Em qualquer reunião em que estivéssemos — na biblioteca ou na sala de jogos — tínhamos sempre diante de nós o quadro de uma colônia penal. A lei não permitia sequer que vendêssemos, trocássemos, cedêssemos ou inutilizássemos a nossa roupa: findo o prazo de seu uso, era devolvida a fim de que, por processos adequados, se transformasse em papel ou em revestimento de salas de música.

Gostávamos de música, é claro, mas não podíamos apreciar a que os grupos de composição produziam: era heterogênea e exprimia às vezes sentimentos contraditórios. Mas não poderia ser diferente, pois as manifestações individuais em matéria de arte tinham sido abolidas. Assistimos certa vez à reunião de um grupo de trabalho incumbido de escrever a letra da canção destinada a celebrar o êxito da fazenda coletiva que dera ao país a maior safra de pêssegos. O poema foi planejado, discutido e finalmente escrito, tendo recebido ainda emendas na hora da redação definitiva. Passou depois ao grupo de composição musical que, em uma ou duas reuniões, levou a cabo sua tarefa. Um dos músicos teve, porém, a ousadia de apresentar uma melodia diferente: foi punido e ouviu um sermão contra o narcisismo individual e antissocial que o levara ao erro de tentar sobrepor-se a um pronunciamento coletivo. "A obra de arte" — disseram-lhe — "foi sempre coletiva. Shakespeare jamais existiu: foi um mito, como Homero. Cervantes foi apenas um contador de histórias aprendidas com o povo. Mozart é uma lenda!"

É claro que nós — que tínhamos conhecido o mundo antigo — não podíamos suportar a sistematização mental vigente. Estávamos cansados de comer arroz de ervilhas todas as quintas-feiras ao almoço, de adormecer em cabinas ouvindo uma interminável doutrinação contra o egoísmo, a vaidade individual, a ambição e o pessimismo e de ler no *Diário Nacional* intermináveis estatísticas de produção agrícola. Aos domingos o *Dia-Nal* trazia um suplemento literário anunciando, por exemplo, o aparecimento de um romance que mostrava ser necessário o aumento da produção de mangas. Com mais mangas os produtores eram mais felizes, e disso decorriam necessárias paixões amorosas que culminavam sempre no matrimônio feliz e sem decepção para ninguém. Mais mangas, mais tranquilidade, mais amor, mais canções coletivas, mais matrimônios e mais filhos que consumiriam mangas e zombariam dos velhos que faziam, outrora, canções à lua, sem nenhum proveito. Agora faziam-se canções assim:

Nossas usinas atômicas
Produzem lâmpadas permanentes,
E os nossos laboratórios
O coração permanente.
Com luz e coração temos
Fatores de amor permanente!
Ignoramos a tristeza,
Não há mais lágrimas e velórios:
A lua é fria e o amor
Floresce nos laboratórios.

— Ah! — comentávamos nós, os anciães. — Vocês se lembram daquele tempo, há noventa ou noventa e cinco anos? Entrávamos num bar e pedíamos aguardente. Comprávamos cigarros. Havia uma mulher que olhava para nós de soslaio, com o rabo do olho, e nos media e calculava. Nem nos preocupávamos, mas a vida estava palpitando no álcool e no cigarro e no corpo mal banhado e mal vestido da mulher. A um canto um sujeito tocava violão e cantava coisas sobre a ingrata que o abandonara... Pobre diabo, quase não tinha dentes e, na carteira, não tinha com que pagar um misto quente à beiçuda e nadeguda "pálida donzela dos meus ais", cozinheira de forno e fogão, muito mais pálida do que donzela... E agora?

Agora não há bares: o álcool é pernicioso. Não há cigarros, pois o câncer matou-os. E não há mulheres como aquelas de outrora — cozinheiras ou manicuras — pois todas são diplomadas em cirurgia, em eletrônica, em ourivesaria, em enfermagem, em poesia, em balé, em comunicações telepáticas. A lei penal pune o amor fora do casamento e o violão é hoje uma peça de museu. Agora a gente entra na cantina do clube da superquadra e toma água mineral. Entra uma moça com um livro sob o braço: é o "Manual de Conhecimentos Aplicados à Preparação Vocacional do Embrião". Ela olha para nós, não com a ternura com que as jovens de outrora olhavam para os velhos, mas com curiosidade científica de quem examina peças raras. Respeita-nos pois, embora sejamos improdutivos, devemos ser conservados. A experiência a que fomos submetidos é valiosíssima e estamos em observação permanente.

Na verdade, para ela e para muitos milhões de jovens, somos Cagliostros sobreviventes de eras priscas e bárbaras, Nosferatus teimosos, carniça de vermes, vampiros do sangue da sociedade nova. E por isso mesmo sonhamos com a *Socretan* (Sociedade Secreta dos Anciães) e não descansamos enquanto não a vimos fundada, não para derrubar — como outrora se dizia — as instituições, não para incendiar as colheitas ou envenenar a água dos reservatórios, mas — apenas! — para conversar. Tínhamos uma vida longa — já tínhamos visto pelo menos cento e cinquenta paradas de sete de setembro — graças aos prodígios da ciência. Mas — graças também a ela — perdêramos a razão de viver, que era a nossa autonomia de voo moral. Não queríamos, portanto, nada com o Plano de Ação da Produção Literária e erguíamos a cabeça contra o coruscar das siglas e a ditadura oficial dos lugares-comuns.

O primeiro obstáculo a vencer era conseguir tempo e local para as reuniões. A despeito de nossa idade, tínhamos tarefas com hora certa, refeições e exames médicos sujeitos à ditadura dos relógios. As portas do bloco onde morávamos tinham horário de abrir e de fechar. Ao nosso médico dávamos conta de tudo o que fazíamos e sentíamos: o médico substituíra, na sociedade nova, o confessor, e os métodos hipnóticos que usava não nos permitiam tergiversar. Estávamos proibidos de recordar o passado, de pensar na morte ou em doenças, de ser permeáveis a qualquer motivo de melancolia, semente de neuroses. A saudade de outrora, além de ser uma ofensa à civilização total da nova época, era um elemento psicológico pernicioso e, sob certos aspectos, subversivo: saudosos do nosso mundo, estaríamos conspirando contra o mundo novo e poderíamos disseminar o vírus da dúvida e do descontentamento.

Foi P.M.–7.VII.920–SP–1 (cada cidadão tinha o seu prefixo de identidade. Era crime a exploração do nome individual) que teve a ideia salvadora: iríamos ao subterrâneo, à fornalha de lixo, onde havia uma passagem para a rede de esgotos. O zelador da fornalha, cidadão R.M.–29.III.040–MG–1 (esta fórmula indicava tratar-se de um indivíduo que tinha a designação pessoal "R", era do sexo masculino, nascera em 29 de março de 2040 no município Nº 1 do Estado cujo prefixo era MG) era homem impecável, mas tinha uma fraqueza: muito apetite. A ração oficial não o contentava e ele andava sempre a farejar alguma coisa, como um cão militante das ruas de outrora. Nós, anciães sujeitos a regime, tínhamos sempre algum sobejo com que o contemplávamos. Éramos sete homens (além de três senhoras) e decidimos que cada um de nós deixaria de jantar uma vez por semana. Em consequência, o zelador da fornalha teria o jantar dobrado todas as noites.

Graças a esse abominável expediente de corrupção, começamos a descer, após o jantar, ao crematório, de onde passávamos para a galeria de esgotos. Lá — sentados em degraus de cimento, que os havia e eram o nosso anfiteatro — instalamos a *Socretan* com discursos trêmulos mas incisivos. Em cima éramos tímidos mamutes empalhados; mas ali, naquela Acrópole localizada — por inversão da noção de progresso — no subterrâneo da cidade, éramos diferentes: conversávamos sem preocupação e recordávamos a nossa juventude de cento e trinta anos atrás. Felizes por estarmos vivos, lamentávamos mas esquecíamos a vida. Alumiados por uma pequena lâmpada de pilha permanente, falávamos sobre filosofia e poesia, sobre ferramentas e pratos da culinária de outrora, e discutíamos música e jogos desportivos. E tudo — ó heresia! — e tudo com nomes!

O ambiente não era, de nenhum modo, desagradável. Preparados químicos e um sistema de ventilação especial davam ao nosso anfiteatro a pureza do ar de campo. Não havia uma teia de aranha nem uma barata, mesmo porque baratas e aranhas tinham sido extintas alguns decênios antes. Foi por isso com grande surpresa que a nossa companheira M.F.–18–IV etc., Maria da Glória na intimidade, descobriu e identificou, em nossa quinta sessão, a presença de enorme ratazana, instalada em confortável toca junto ao canal. Foi uma alegria! Um rato! Se ainda havia ratos, poderia haver também, em lugares secretos, morcegos e cupins! Mas como puderam os ratos escapar ao extermínio total de quarenta anos atrás? Depois do extermínio viera a campanha de prêmios: por um rato — vivo ou morto — o Instituto de Higienização dava um disco valioso; e, um ano depois, já dava uma TV portátil de pilha permanente! Mas nos últimos quinze anos não aparecera em todo o país — salvo, é claro, no Museu de Seres Vivos — um rato em condições de respirar. Por isso festejamos aquele rato em liberdade, que percorria as galerias subterrâneas, que escolhia sua fêmea, que roía o que houvesse para roer, que poderia atordoar os canais com seus guinchos e que era, como nós, um sobrevivente do capitalismo e da democracia liberal, um ser escapo do mecanismo do interesse coletivo, uma coisa insólita como um dinossauro em férias em Hyde Park.

E quanta beleza havia naquele rato, nos seus movimentos livres e ágeis, no seu focinho que cheirava, que perscrutava tudo, como o periscópio de um submarino! Que prodígio era aquele pelo que a natureza lhe dera, e que heroica era a sua determinação de viver e de sobreviver à esmagadora brutalidade da civilização que — em nome da higiene e da comodidade — eliminara praticamente a sua espécie de roedores que, afinal, roíam o que devia ser roído!

— É um dos nossos! — disse Maria da Glória. — Ele rói os computadores e faz pipi na inseminação artificial...

— Aposto — disse João — que ele perturba, com as suas lentilhas, a higienização química das galerias.

— Vamos levá-lo! Vamos soltá-lo no refeitório, à hora do almoço!

— Não! Não! Ele seria imediatamente devorado por essa gente cansada de ervilhas, de pirão de mandioca, de favas, de arroz, de vagens e de toda essa porcaria vegetal cujo expoente é a suja soja e que, enchendo vagões, não vale uma boa orelha de porco, do *temps jadis*.

— Orelha de porco! Mas isso hoje só existe na cabeça dos membros da Comissão Nacio...

A palavra foi interrompida pelo abrir da porta que nos comunicava com o crematório. Era a Segurança. Estávamos perdidos. Fomos isolados incontinente em vestes especiais e iniciou-se a caça aos ratos.

— Sabemos de tudo. Os computadores registraram todos os movimentos. Os gravadores anotaram os diálogos, mesmo os mais imundos, os mais perigosos à ordem pública.

A caça era exaustiva e, ao fim de meia hora, em matéria de ratos, só tinham aparecido alguns sinais sem valor comercial. Lanchas começaram a correr pelas galerias, com holofotes. Mas somente depois da utilização de alguns produtos químicos sufocantes é que três ou quatro ratos saíram das tocas, assustando os guardas, que gritavam de espanto e de medo daqueles animais ágeis que, certamente, jamais tinham visto. Um deles, mais decidido, apontou uma arma e uma rajada de pontos minúsculos e luminosos riscou o ar. Um rato — certamente aquele que Maria da Glória tinha visto antes — deu um pinote e caiu de focinho na corrente. Da boca saía-lhe um filete de sangue que ia colorindo a água amarelada. Maria da Glória caiu em pranto diante daquela vítima inerme através de cujas veias podiam passar infravírus de trezentas formas de câncer, mas que, afinal, jamais tivera na alma a intenção de fazer mal a alguém, de declarar a guerra, de apertar o botão que faria explodir a dinamite e o átomo.

— Ah, velhas ratazanas amigas! Dias de outrora, de pardieiros e porões! Os ratos saíam das touceiras à noite e vinham procurar restos de comida. Passavam pelos buracos das paredes ou sob as portas ajustadas às soleiras. Queriam apenas comer e isso era um direito que lhes conferia a sua condição de seres viventes. Partilhavam conosco o oxigênio que respirávamos, moravam à sombra de nossas casas. Os gatos caçavam-nos. As ratoeiras caçavam-nos. E nós não suspeitávamos de que, ligado ao seu destino, estava o nosso. O mundo que lhes ia destruir a buraqueira onde habitavam, que lhes ia proibir o trânsito livre, também nos furtaria esse mesmo gosto de deambular à noite, de correr livremente e de comer nos bares o que os ratos não comiam antes nas despensas!

Saímos cabisbaixos da galeria. O processo teve início no dia seguinte e nele fomos apresentados como inadaptáveis, insubordinados, nostálgicos, inimigos da civilização e da ordem. Queríamos disseminar ideias saudosistas contrárias à tecnocracia e à higiene pública.

Usando ratos, queríamos promover a destruição da sociedade pela peste e pelo câncer.

O código penal não previa a pena de morte, mas apenas o confisco da personalidade física. Se fôssemos condenados o Estado nos confiscaria a vida "autônoma". Seríamos anestesiados e os nossos órgãos aproveitáveis — o fígado, os rins, etc. —, depois de extirpados, seriam mandados para um congelador, e destinados a substituições cirúrgicas. Só depois disso, e em pleno sono, receberíamos uma injeção letal.

Muito embora tal injeção viesse com atraso de quase um século, não nos agradava, porém, morrer ali, fora de nosso *habitat*, do nosso mundo. Mas, com surpresa nossa, o tribunal não nos aplicou a esperada pena de confisco: éramos desordeiros altamente perigosos à segurança e à saúde do povo, mas tínhamos uma atenuante: nossa personalidade se deformara no mundo monstruoso do passado, em que crianças morriam à fome à porta das usinas de leite, em que os velhos morriam de miséria e de lepra nas palhoças, enquanto ouviam a música do *jazz* dos cafés-dançantes e o cantarolar dos gozadores da vida. Éramos exemplares nostálgicos de uma civilização de criminosos e tínhamos as nossas razões, pois gozáramos, em tão abjeto mundo, a nossa parte de leão.

— Que faremos deles? — perguntou um dos juízes.

— Vamos mandá-los de volta à sua época. Entrando na cabina XR24-D8, com impulso YTH-347-CX, atingirão Andrômeda em oito meses, num sentido oposto ao da marcha da Via Láctea. Darão uma volta reversa de catorze meses e dez dias e, se o comando automático não falhar, estarão de novo aqui, mas no ano de 1960!

Ficamos atônitos. Iríamos então ver de novo o nosso mundo, num dia em que deveriam ser ainda meninos os bisavós daquele juiz que nos condenava a um passeio turístico pelo espaço e no qual nos servia de garantia a teoria da relatividade!

Isto é o que deve ter acontecido pois, meia hora depois, éramos levados a um hospital onde nos aplicaram injeções. Adormecemos. Dos meus companheiros não tive ainda notícias. Mas quanto a mim, ao acordar, encontrei-me numa casa de roça, não muito longe daqui. Ergui-me esfregando os olhos, para ver se estava sonhando ainda. Olhei através da janela e lá fora passava tranquilamente, de rabo torcido, um presunçoso e belíssimo porco. Saí para contemplá-lo e quase matei de susto um rato, um belo rato que correu como um busca-pé para o meio de uma touceira de capim.

E havia crianças, e havia pobreza e galinhas ciscando livres na terra e no lixo. E a cinquenta metros passava pelo caminho um velho, magro e esfarrapado, à frente de um carro de bois. Um cão tinhoso acompanhava-o, os bois eram pele e osso, e mesmo assim o velho cantava uma canção sentimental e gaiata.

E não aparecia ninguém para prendê-lo, nenhum computador denunciou aquela alegria que, na miséria, feria todos os regulamentos!

UM BRAÇO NA QUARTA DIMENSÃO

JERÔNYMO MONTEIRO

Quem leu "O Copo de Cristal", de Monteiro (1908-1970), primeiro publicado em Tangentes da Realidade *e recentemente traduzido para o inglês, reconhecerá neste "Um Braço na Quarta Dimensão" o seu* alter ego *e sua companheira, Car (a esposa de Monteiro, Carmen), agora às voltas com um homem comum, dotado de um dom — ou maldição — extraordinário. Um conto sobre paranormalidade, em que o hipnólogo e pesquisador do paranormal, André Carneiro (presente neste volume com um conto sobre hipnotismo), é citado como a pessoa a quem o narrador pretende levar o assombroso caso com o qual se depara acidentalmente. Num momento de ironia, o narrador de Monteiro afirma: "Não acredito muito em ficcionistas." "Um Braço na Quarta Dimensão" foi escrito em 1964 e apareceu primeiro no único livro de contos do autor,* Tangentes da Realidade *(1969). Pioneiro da ficção científica, da radionovela, e da ficção de detetive no Brasil, Monteiro foi também um dos nomes centrais do Primeiro Fandom Brasileiro.*

Agora já não vou tanto ao mar. À medida que a gente se vai tornando caiçara, deixa de ter aquele interesse citadino pelo banho de mar. Para quem mora nas cidades grandes e vem à praia nos fins de semana ou durante as férias para fugir por horas ou dias às mandíbulas trituradoras do asfalto, o mar é atração irresistível: é preciso ir ao mar, tomar banho com qualquer tempo. Mas para a gente que mora à beira da praia, já a atração do banho de mar não é tão grande. As ondas estão ali mesmo. A qualquer momento pode-se mergulhar nelas. É só querer. Fica-se exigindo, para isso, dias muito bonitos, com muito sol, ou "disposição", ou companheiros que nos transmitam entusiasmo. E cada vez se vai menos à água.

Acontece com todos e comigo também aconteceu. Só vou ao banho de mar uma vez ou outra. No entanto, quando nos mudamos para

Mongaguá, ir à praia era uma espécie de ritual matutino. Eu gostava de fazer isso bem cedo. Pelo verão, às 5 horas, antes de o sol nascer, já andava pela praia. Coincidia o meu horário com o dos pescadores nossos vizinhos (quando resolvem pescar, o que não é frequente: um dia o vento é do sul, não serve; outro dia é do norte, é ruim; outro dia é do leste, não dá nada; outro dia é do oeste, nem vale a pena) que puxavam a canoa, colocavam dentro dela a rede de "arrastão", varavam a arrebentação e puxavam, depois, penosamente, a grande rede para colher três ou quatro quilos de peixes mofinos — trabalho cansativo e antieconômico que as mais das vezes nem dá para pagar as despesas. Mas nem por isso eles se queixam: "crentes", isto é, adeptos de uma seita religiosa mista de umbanda, espiritismo e protestantismo que os manda aceitar tudo o que Deus dá, inclusive lhes recomenda "não trabalhar além do necessário para comer seu prato de feijão". Assim é que grande quantidade de caiçaras por este litoral afora passa a maior parte de seus dias sem fazer coisa alguma. Mas cantam dia e noite, em solo e em coro, cânticos religiosos de sua seita, louvando a Deus e exaltando a Sua obra. Cada dia há mais "crentes", porque não se inventou ainda religião mais condizente com sua natural indolência, tanto mais que, de acordo com os sadios preceitos da seita, só os "crentes" é que vão para o céu e contam com a ajuda divina. Todos os outros vão para o inferno.

Mas não é disso que desejo falar. São coisas, estas, que interessam aos sociólogos (e, porventura, aos patriotas) mas não aos contadores de histórias. Estava dizendo que há alguns anos atrás costumava ir à praia muito cedo. Foi por isso que notei a regularidade com que aquele homem miúdo passava todas as manhãs. Regularmente, pelas 6 horas, vindo do lado de Solemar, em direção a Mongaguá, ele passava rápido, beirando a franja das ondas. De tamancos, calça puída, camisa solta, chapéu de palha na cabeça, lá ia ele, balançando o braço direito, porque não tinha o esquerdo; a manga da camisa, vazia, lançada para trás, ao vento. Era miudinho, de cara fechada. Os tamancos, plac-plac pela areia molhada, surgia ao longe, passava e sumia na distância. Mesmo quando os pescadores estavam lidando com o barco e as redes, ele não parava nem diminuía o rito do andar. Não se interessava pela pescaria, que sempre atrai os curiosos que passam. Nada o detinha, nem lhe fazia virar a cabeça ou olhar para os lados.

Durante muito tempo, meses, vi repetir-se a passagem do homenzinho, fascinado por sua curiosa figura. Depois, fui rareando as idas à praia e acabei, ao fim de dois anos, não indo mais, pelo menos pela manhã. Continuo a levantar-me muito cedo, mas prefiro instalar-me à máquina ao nascer do dia e fazer meu serviço até à hora do almoço. A tarde é gasta em coisas variadas e, à noite, deito-me cedo, "escandalosamente cedo", para os amigos de São Paulo que me visitam.

Já me tinha esquecido do homem-sem-braço quando, um dia, ele me apareceu ao portão de casa:

— Boa tarde. O Ernesto me disse que o senhor tem um serviço de pintura para fazer. . .

— É verdade. O Ernesto não vem?

— Não, senhor. Não pode vir. Tem que terminar um serviço grande lá na Vila Marina. Ele mandou eu vir, se o senhor quiser. . .

Mandei-o entrar e mostrei-lhe qual era o serviço: um longo muro que eu queria caiado e mais uns móveis, armários e prateleiras da copa e cozinha que era preciso repintar em branco. Seu Zé viu tudo, pensou, deu o preço e garantiu que faria serviço perfeito.

Acreditei porque o Ernesto, o melhor pintor da zona e meu amigo, não me mandaria seu Zé para o substituir se este não fosse um bom pintor.

Toda a nossa conversa resumiu-se em poucas palavras. Seu Zé, sempre de cara amarrada, não falava muito.

No dia seguinte veio com seus pincéis, espátulas e um ajudante, seu parente, que lhe servia de braço esquerdo: fazia tudo o que exigia dois braços, como desmontar móveis, virar as peças, colocá-las na posição conveniente, mudar latas de tinta de um lugar para outro.

Seu Zé não sorria e muito menos ria. Falava apenas quando era necessário, empregando o menor número de palavras, que eram ditas com rapidez e aspereza. Zangava-se quando o ajudante não o entendia da primeira vez. Não era fácil trabalhar com ele. Mas, bom pintor, seu serviço era limpo e bem acabado.

Senti renascer o velho interesse que tivera por ele naqueles tempos em que ia à praia, de madrugada, e ele passava rapidamente, batendo os tamancos. Continuava a mesma figura: tamancos, calças velhas, camisa solta, chapeuzinho de palha. Isto, por fora.

E por dentro? Era o que me tentava. Sentava-me perto dele a vê-lo trabalhar; fazia uma ou outra pergunta ocasional, como quem usa a ponta do dedo para ver se a água já está quente. Mas, nada. Difícil. Seu Zé não pertencia ao tipo dos conversadores, tão comum nas praias.

Em geral, ai de quem se mete a puxar conversa com o caiçara que está fazendo um serviço!

E, naturalmente, seu mutismo, sua relutância em comunicar-se com seus semelhantes, fazia-me cada vez mais curioso, dava-me mais vontade de conhecer coisas de sua vida. Que o fizera assim fechado? Que acontecera ao seu braço esquerdo?

Mas, ai de nós, que não dirigimos nada, não encaminhamos nada segundo os nossos desejos. As coisas acontecem apesar de toda a nossa petulância. Eu iria saber a espantosa história de seu Zé sem forçá-lo a falar, sem lhe estender armadilhas e graças a um acontecimento deveras extraordinário.

Um dia, era tarde já quando seu Zé ia sair, depois de acabar a pintura do armário dos remédios. Normalmente, ele deixava o serviço às 17 horas. Mas, nesse dia, faltava pouco para terminar o armário e ele não quis deixar esse pouco para o dia seguinte. Tenho a impressão de que já estava farto de trabalhar naquilo. Restava agora pouca coisa e seu Zé acelerava o ritmo do trabalho. Acho que se cansara de me ter sempre ali a olhá-lo, estava cada dia mais ríspido com o ajudante.

Nesse dia, já passara das 18 horas, começava a escurecer quando seu Zé, depois de ver que o ajudante pusera tudo em ordem, colocou o chapeuzinho na cabeça, despediu-se com o seu breve "até amanhã" de costume e caminhou pelo terreno do lado da casa. Mal acabara de fechar o portão intermediário, de tela de arame, quando deu um grito estridente:

— Uma cobra!

E ficou estatelado, de olhos arregalados para o ofídio que coleava calmamente em direção da pilha de blocos de cimento. Talvez sob a influência do grito do seu Zé, ele parou, ergueu o colo e a cabeça e se pôs a balançar lentamente para um e outro lado.

Não tenho medo de cobras. Peguei a fisga para rãs que estava encostada ao canto da parede e, com toda calma, aproximei-me, levantei a fisga por cima da bichinha e dei o golpe. As pontas de aço enterraram-se no chão: a cobra pulara em direção a seu Zé, que soltou um grito pavoroso e desapareceu. Não fugiu, nem correu. *Desapareceu*, literalmente. É claro que fiquei alarmadíssimo. Nem me lembrei mais da cobra. Não a vi. Não sei para onde foi. Decerto correra para a pilha de blocos de cimento e por lá se encafuara.

Olhei em redor. Nada de seu Zé. Gritei, chamando minha mulher, que respondeu com seu famoso gritinho, lá da cozinha:

— Uh? — e apareceu em seguida, na frente do quarto de vidro, enxugando as mãos no avental.

— Que foi?

— Seu Zé. Desapareceu.

— Como é?

— Desapareceu. Sumiu. Estava aqui há um minuto e não está mais. Não foi para lugar nenhum; isto é, que eu visse.

— Não me diga!

Car não é dessas que se espantam demasiado, mesmo com acontecimentos espantosos. Contei-lhe o que acontecera, ou o que me parecia que tinha acontecido, por mais incrível que parecesse.

— E agora?

— Agora? Não sei, Car. Francamente, que é que vamos fazer?

— Contar à polícia?

— Creio que não convém. Pelo menos já. Vamos esperar um pouco. Quem sabe ele aparece. . .

A tarde avançava. Dentro de meia hora seria escuro e nós dois ali, parados, olhando o local onde estivera seu Zé — a mais prosaica criatura do mundo. Os marrecos, do outro lado da cerca, grasnavam estridentemente. As galinhas, agitadas, corriam e cacarejavam. O galo emitiu aqueles sons com que costuma anunciar ao seu harém "perigo à vista". Subitamente, todos os animais ficaram em silêncio.

— Ali! — disse Car, com voz estrangulada, apontando um lugar junto à parede do barracão dos fundos.

Olhei. Uma figura humana de vidro, de contornos vagos e transparentes, desenhava-se no lusco-fusco da tarde agonizante. Enquanto olhávamos, siderados, a figura foi-se tornando opaca, tomando consistência. Um segundo mais tarde era seu Zé, com seu chapeuzinho de palha, a camisa solta, as calças velhas, os tamancos gastos. Logo que se tornou consistente como um ser humano normal, ele balanceou e caiu para a frente, como um cepo derrubado.

Corremos. Eu peguei-o por baixo dos braços e Car pelos pés. O homenzinho estava rígido como um tronco de árvore e pesava bem mais do que era de esperar de sua constituição franzina. Levamo-lo para dentro e deitamo-lo no sofá-cama do quarto de vidro, em frente ao terraço. Car ligou a luz. O semblante do homem era pálido, rígido. A boca entreaberta, os dentes amarelos e falhos aparecendo entre os lábios.

Pus-lhe a mão no peito.

— Está vivo?

— O coração está batendo, de leve.

— Inda bem...

Car foi buscar um remédio qualquer, deu-lhe a cheirar, esfregou-lhe com ele as têmporas e os pulsos. Depois, pôs-se a dar-lhe pancadinhas nas faces.

Ou por efeito desse tratamento, ou por qualquer outra coisa, pouco depois o corpo de seu Zé perdeu a rigidez, afundando um pouco no molejo do sofá. Emitiu um suspiro profundo e, depois de alguns regougos, começou a respirar normalmente, profundamente.

Aliviados, nós também suspiramos.

— Puxa! — disse Car.

É incrível como uma simples palavrinha como essa, de duas sílabas, sem significação intelectual, científica ou literária, pode exprimir todo um mundo de emoções. Não há outra palavra tão expressiva para momentos como aquele.

— Que é que havemos de fazer? — perguntou ela.

— Deixá-lo aí, descansando. Ele está dormindo.

— E a família?

— Mandamos seu Alípio à casa dele. Arranjamos uma desculpa. Ele pode dizer que seu Zé vai trabalhar até mais tarde e que dormirá aqui, para pegar o serviço amanhã bem cedinho e acabar.

— Está bem. Vou mandá-lo.

Seu Alípio, que eu, na gozação, chamo de "nosso mordomo", é o que nas velhas famílias latifundiárias se chamava "agregado". Não se chama Alípio, mas não me lembro do seu verdadeiro nome, nem ele. É um coitado que Car recolheu por piedade quando soube que dormia pelos terraços, comia o que lhe davam, quando davam, passava dias na cadeia porque era o bode expiatório dos engraçadinhos da vila. Sua idade aparente é indefinível. Seu Emílio diz que há trinta anos, quando chegou a Mongaguá, já o conheceu desse mesmo jeitinho, com essa mesma cara. Quando Car o recolheu era um molambo. Agora, passados quatro anos, está mais esperto, mais forte, mas sempre de miolo mole. Não sabe contar além de três, não conhece dinheiro; faz tudo pelo modo mais difícil; gosta de botar fogo em quanto mato seco encontra; gosta de tocar gaita; gosta de acender e apagar o *flash* que lhe demos e cada vez que acende seu pito fedorento gasta uma caixa de fósforos, só pelo prazer de ver a chamazinha crescer, hesitar e apagar-se. Mas deixou de beber cachaça desde que lhe dissemos que é só sabermos que ele bebe, olho da rua! Porque, bebendo, Alípio faz desatinos, e a ferida da sua perna piora muito. É serviçal e dedicado. Tudo o que faz é de boa vontade, embora mal feito. Filho deste litoral, herdou muitas terras, mas homens "espertos" despojaram-no em troca de cálices de pinga, de sapatos, velhos, de roupas usadas.

Voltemos ao seu Zé. Dormiu profundamente até meia-noite. Eu, que me deitara na cama ao lado do sofá, vi-o acordar, zonzo, e sentar-se, espantado.

— Tudo bem, seu Zé — disse eu, suavemente. — Quer tomar um chá?

— Não quero nada.

— É bom continuar a dormir. É meia-noite.

— A cobra?

— Matei-a. O senhor está bem?

— Estou. Vou embora.

— À esta hora? O melhor é tomar um chá.

Como não respondesse, pedi a Car que trouxesse o chá que já estava pronto — um desses chás que ela prepara para determinadas ocasiões. Seu Zé tomou a xícara toda. Recostou-se no sofá e começou a suar. Daí a pouco entrecerrou os olhos, escorregou e, pouco depois, adormecia de novo.

Dormiu até às 6 horas. Eu já me tinha levantado quando ele acordou. Tinha feito café e trouxe-lhe uma xícara.

— Bom dia, seu Zé. Como se sente?

— Estou muito bem. Que houve, afinal?

Ele parecia mais comunicativo. Seu rosto perdera aquela expressão rígida, fechada.

— Não sei o que houve, seu Zé. Espero que o senhor me diga. Quando apareceu aquela cobra...

Ele arrepiou-se.

— Tenho horror a cobras. Ela me picou? Parece que perdi os sentidos...

— Não picou, não. E o senhor não perdeu os sentidos. Diga-me uma coisa: o que o senhor sentiu quando a cobra pulou na sua direção?

— Que é que o senhor viu?

Considerei a pergunta. Era evidente que seu Zé sabia o que se passara. Provavelmente, não era a primeira vez que aquilo lhe sucedia. Seus olhinhos, muito vivos, esperavam a resposta. Hesitei um pouco, mas resolvi ser franco.

— Bem. . . o senhor desapareceu.

Seu Zé baixou os olhos e murmurou:

— Pois é. . . De novo. . .

— Quer dizer que já passou pelo mesmo em outras ocasiões? Então. . .

— Já. Quando me acontece alguma coisa assim, quando sinto uma emoção muito forte. . . a coisa vem de novo. Onde é que eu estava quando voltei a aparecer?

— Lá no fundo do terreno, junto ao barracão.

— Inda bem.

Não compreendi logo por que é que fora "inda bem". Só depois, quando me contou a história do braço esquerdo, é que compreendi tudo.

Seu Zé estava cabisbaixo, pensativo. Pareceu-me triste.

— Mas o que é isso, afinal? — perguntei.

— Quem sabe? Só Deus. Se eu ficasse parado no mesmo lugar, quando me dá essa coisa, não era nada. Mas volto a aparecer em cada lugar! Imagine que uma vez, quando voltei, estava no fundo do mar, bem longe da praia. Ainda não tinha perdido o braço, compreende?

— Sim. . . Dentro do mar. . . Nadou para a praia.

— Nadei. Foi por causa de uma arraia que veio na rede do Sebastiãozinho. Sabe como é o esporão da arraia. Ela estava no chão, se debatendo, batendo as asas, querendo pular, bem do meu lado, e eu olhando, achando graça. De repente, ela pulou mesmo e veio pra cima de mim. Quando voltei, estava no fundo do mar. Ninguém viu como foi. Só viram que eu sumi, eles disseram. Me procuraram por todo lado, mais de duas horas. Aí, desistiram. Quando voltei, com toda aquela água verde por cima de mim, ah, meu Senhor! Nem queira saber que agonia! Comecei logo a nadar que nem louco. Quando tirei a cabeça fora da água, vi que a praia estava a umas dez braças. Cheguei na areia mais morto que vivo. Felizmente, a maré estava retirando, se não eu morria ali mesmo. Não podia dar nem mais uma braçada. Depois me encontraram e me levaram para casa. Ninguém compreendeu nada. Eu é que sabia.

— Imagino que agonia, seu Zé. Que coisa esquisita!

Seu Zé calou-se, de cabeça baixa. Tomou o resto do café. Depois ergueu a perna da calça e mostrou, acima do joelho, uma feia cicatriz negra.

— Está vendo isso?

— Ôpa! Ferimento... ou operação?

— Um pedaço de arame farpado esteve aí dentro. Foi também por causa de uma cobra. Eu estava trabalhando lá pros lados do Aguapeú. Fui levar um caibro lá no quintal. A cobra. Quando ela deu o bote, eu sumi. Como ontem. Quando voltei, estava com o arame farpado dentro da perna. O arame não tinha entrado, não senhor. Não tinha rasgado a carne para entrar. Estava mesmo *lá dentro*. Sabe como é? Eu me agarrei no mourão e gritei. Tiveram que cortar a carne para tirar o arame de dentro. Fiquei oito dias na Santa Casa. Como é que explica isso?

Estremeci ao conceber, de chofre, a explicação do incrível fenômeno. Parecia impossível, mas era evidente: sob o efeito de emoções muito violentas, seu Zé se *desintegrava* para integrar-se de novo em outro lugar. Uma teleportação inconsciente, que ele não podia controlar nem orientar. Se acontecia reintegrar-se num lugar livre, não era nada. Mas se acontecesse haver alguma coisa no lugar onde seu corpo se recompunha... era o desastre!

— E seu braço...

— A mesma coisa. Meu genro era um cabra mau como a peste. Sujeito capaz de qualquer judiação, de qualquer maldade. Mas pagou por tudo que fez. Deus é justo. Um dia, estávamos pintando uma casa, ele implicou comigo não sei por quê. Discutimos e, de repente, o desgraçado veio pra cima de mim com uma picareta. Ia me abrir a cabeça, mesmo. Sumi. Quando voltei, meu braço estava dentro da parede da casa. Eu caí e o braço ficou lá. Deve estar, ainda, lá naquela parede. Dessa vez fiquei um tempão na Santa Casa. Três meses. Meu genro foi para a cadeia. Tinham visto quando ele veio pra cima de mim com a picareta. Ninguém compreendeu o que aconteceu, nem onde estava meu braço, nada. Mas todo mundo achou que foi ele, Bem feito para aquele diabo. Sabe? Morreu na prisão. Deus é justo. Agora, isto...

Seu Zé pareceu, de repente, demolido.

— Não deve se apoquentar, seu Zé. O senhor tem tido sorte. Imagine o que poderia ter acontecido. Já pensou?

— Já pensei.

Realmente, era quase um milagre que ele tivesse escapado dessas espantosas aventuras apenas com os ferimentos e contratempos relatados. Mesmo a perda do braço era nada, em comparação com o que podia ter-se passado. O que eu não podia compreender é como um fenômeno tão estranho não tinha chamado a atenção de ninguém.

— Que é que os médicos disseram sobre essas coisas que lhe aconteceram?

— Sabe? Da primeira vez, naquele caso do arame da cerca, eu contei o que se passara, direitinho. Eles riram de mim. Disseram que "esses caiçaras fariam muito melhor se deixassem da cachaça". Mas eu não bebo, não senhor. Não bebo. Depois não contei mais nada. Quando foi do braço que perdi dentro da parede, não contei como foi não. Eles não iam acreditar. Eu sei como foi. Sei que o braço ficou lá. Mas eles disseram que meu genro é que o tinha decepado, com a picareta. Fiquei bem quieto. Não sou besta. Se eu contasse como foi, iam dizer de novo que era bebida, metiam a cachaça na história. Mas não houve cachaça nenhuma. Juro que não sei como essas coisas acontecem. Bebida não é.

— Sei que não é. Ontem eu vi o que aconteceu e sei que o senhor não bebeu.

— Pois é. Será algum castigo divino? Eu nunca fui com esse negócio dos "crentes". Será por isso?

— Não creio, seu Zé.

— E minha família? — perguntou ele, depois de ligeira pausa, mudando o rumo da conversa. — Não veio ninguém saber de mim?

Contei-lhe as providências que tomara na noite anterior, e ele ficou satisfeito.

— Bem. Vou pegar no trabalho. Quero ver se acabo com isto ainda hoje.

O ajudante chegou pelas 7 horas e ambos se puseram a trabalhar, mas, pelo jeito, não terminariam naquele dia.

E ali estava eu, vendo aquele homem trabalhar! Um fenômeno, talvez único no mundo! Eu já lera muito sobre fenômenos parapsíquicos, supranormais. Sabia que não é nenhuma bobagem, tanto que em Utrecht, Holanda, funciona o Instituto de Parapsicologia, fundado pelo Prof. Tenhaeff, catedrático da Universidade daquela cidade, e sua cátedra é, exatamente, dessa mesma matéria: parapsicologia. Isto desautoriza qualquer um a tratar com leviandade tal assunto. Tenho lido novelas em que personagens se teleportam, se desintegram, reintegram, atravessam paredes, vão mesmo de um planeta a outro. Mas isso é ficção e não acredito muito em ficcionistas.

Agora, porém, não se tratava de ficção. Ali estava seu Zé à minha frente, manejando seus pincéis. Homem de aspecto comum, comuníssimo, tanto na personalidade como na conduta ou no espírito. Simples e ignorante. Incapaz, de qualquer modo, de elaborar histórias como as que contara. Além disso, eu próprio assistira ao desenvolvimento do fenômeno: eu e Car.

Então? Não haveria interesse para a ciência naquele caso? Era preciso fazer alguma coisa, procurar alguém que tivesse interesse pelo ocorrido, que pudesse estudar o fenômeno, que o transformasse em subsídio útil para o esclarecimento de um ramo dos conhecimentos que uns defendem, outros negam, muitos ridicularizam — esse famoso ramo dos poderes supranormais ocultos nesse órgão fabuloso, quase desconhecido ainda, que é o cérebro humano, tão desconhecido que os cientistas já reconheceram que menos de 20% da nossa capacidade cerebral é utilizada. O resto, ninguém sabe ainda para que serve, o que poderá fazer. Não estaria entre essas capacidades desconhecidas o poder de teleportação do meu miúdo pintor? Fascinante suposição. Mas era preciso, para opinar, alguém que soubesse como lidar com o assunto.

— Escute, seu Zé. Não gostaria de ir a São Paulo comigo, passar lá uns dias?

— Para quê?

— Por causa dessas coisas que lhe acontecem. Esses fenômenos de desintegração, reintegração, teleportação. . .

— Para quê? Que adiantaria?

— Acho que adiantaria muito. Eu o apresentaria a pessoas capazes de estudar o caso. O senhor se tornaria famoso em todo o mundo. Poderia, mesmo, ganhar muito dinheiro, ter vida fácil e confortável. Conheço um homem, o André Carneiro, que lida com essas coisas e certamente gostaria de conversar com o senhor. Depois viriam pesquisadores mais importantes. Talvez mesmo o senhor tenha a oportunidade de viajar, ir aos Estados Unidos, à Europa. . .

Seu Zé me olhava com cara de quem não está levando muito a sério a conversa. Estaria, acaso, pensando que eu, que sempre parecera tão equilibrado, tão respeitável, não passava, afinal, de um pobre maluco. Riu-se mostrando os dentes grandes, amarelos e falhos.

— Eu, hein?

— Não quero insistir, seu Zé. Mas pense nisso. Pense com calma. Lembre-se que o senhor desaparece subitamente de um lugar e aparece em outro, sem mais nem menos, sem ninguém perceber o que acontece. É uma coisa maravilhosa, muito estranha. Já ouviu falar de alguém a quem acontecesse o mesmo?

— Já, sim senhor.

— Já?! — Meu espanto era legítimo. — Não diga! Quem era?

— Meu avô. Ele também era assim. Mas um dia desapareceu e não apareceu nunca mais. É o que vai acontecer também comigo, qualquer dia destes.

Fiquei em estado indescritível, ao ouvir aquelas palavras. Sentia-me esmagado. Então, também o avô. . . Deus do céu! Seria aquilo, então, um dom hereditário? Uma mutação genética transmissível? Diante de que profundo mistério me encontrava? Quem era aquele pequeno homem, aparentemente tão insignificante mas na realidade portador de uma qualidade, ou dom, ou particularidade, sei lá o quê, tão importante e raro?

— O senhor tem filhos, seu Zé?

— Tenho. Onze.

— Onze! E nenhum deles. . .

— Não, senhor. Nenhum. Isto é castigo de Deus. Qualquer dia destes, sumo e não haverá jeito nem de chamar um padre para me encomendar a alma. Nossa! É como morte afogada.

— Seu Zé, tudo isso pode ser evitado, se o senhor quiser ir comigo para São Paulo. Ficará sob controle de cientistas e nada de perigoso lhe poderá acontecer. Creio, mesmo, que o senhor aprenderá um meio de controlar esse dom. . .

— Dom nada! — interrompeu ele. — Isto é castigo.

— Seja como for. . .

— Não se fala mais nisso. Cada um tem que cumprir seu fado.

Ele fechou a cara. Pelo jeito, a conversa sobre o assunto estava encerrada. Conheço esta gente do litoral. Não convém insistir, é melhor deixar o tempo trabalhar. Sem dúvida, seu Zé iria pensar no que eu dissera. Sei muito bem que estes caiçaras não têm um grama de interesse por uma vida melhor. Fatalistas, inertes diante do que consideram o destino de cada um, não fazem esforço para aumentar o conforto. Estão sempre satisfeitos com o que são, o que têm e o que fazem e talvez seja esta uma excelente norma de vida. Mesmo assim, ele pensaria nas vantagens com que eu lhe acenara. Quem sabe?

Deixei-o no galpão, às voltas com as tintas e vim para o escritório trabalhar também. Nesse dia não falamos mais. À tarde, quando se foi embora pelas 17 horas, como era costume, tinha ainda serviço para todo o dia seguinte. Como eu previra, seu trabalho naquele dia nada rendera.

Escrevi uma carta ao André Carneiro, contando o fato e dizendo-lhe quais os projetos que acariciava com referência ao mesmo. Soube, depois, que a carta nunca chegou ao seu destino. Talvez se tenha desintegrado por aí, ou ande ainda pelos escaninhos das repartições postais, como é muito comum em nossa terra. De qualquer modo, é um acontecimento irremediável.

No dia seguinte tive a surpresa. Seu Zé concordou. Não que eu estivesse desesperado disso. Confiava em que ele acabaria concordando, mas não esperava que fosse assim, tão de pronto.

— Estive pensando — disse ele, muito seguro. — Vou topar aquela parada, como o senhor disse. Vou para São Paulo consigo. Mas, quem vai cuidar da minha família?

Considerei os onze filhos, a mulher e mais algum encostado, que sempre existe nessas famílias litorâneas. Fiz rapidamente meus cálculos e resolvi:

— Por um mês, eu garanto. Durante esse mês a gente vê como é que as coisas ficarão. Se der certo, como eu acho que vai dar, não haverá mais problemas. Se não der certo, o senhor voltará para cá e faz de conta que teve uns dias de férias.

— Está bem. Quando é que vamos?

— Acho que poderemos ir dentro de uma semana. Vou tratar disso.

Mas não foi preciso tratar de coisa alguma.

O que aconteceu, embora de certo modo estivesse previsto pelas palavras de seu Zé naquele dia, foi para mim grande surpresa e me causou, além da decepção, muito transtorno: seu Zé desapareceu. Não há ninguém que possa dizer o que provocou dessa vez o choque emocional necessário à teleportação. Cobra, arraia, picareta... quem sabe?

Talvez uma cobra mesmo, já que ele tinha terror-pânico pelas cobras e elas são abundantes nestes terrenos de beira-morro. O fato é que ele desapareceu definitivamente. Aconteceu dois dias depois daquela nossa conversa, no dia seguinte ao do término do seu serviço de pintura lá em casa. O ajudante veio perguntar-me se sabia dele.

— Não sei. Por quê? Aconteceu alguma coisa? — perguntei, já com mau pressentimento.

— Seu Zé desapareceu. Não chegou em casa ontem à noite. Está todo mundo num sarilho danado lá.

A coisa ficou assim. Vizinhos, amigos, conhecidos, polícia — todos procuraram, ao longo dos trilhos da Sorocabana, ao longo da linha das ondas, por entre o matagal ralo e duro das dunas, nos charcos que acompanham a faixa da rodovia. Tudo inútil. Eu sabia muito bem que essas buscas não dariam resultado nenhum, mas fiquei bem quieto. Não disse nada. Mesmo assim, ainda fui incomodado pela polícia e por alguns amigos e parentes do seu Zé, porque o ajudante ouvira parte da nossa conversa e espalhara que eu havia combinado levar seu Zé para São Paulo. Confirmei.

— Tínhamos combinado mesmo. Devíamos ir dentro de uma semana.

— E onde ele está agora?

— Não sei. Não o vi mais desde ontem à tarde.

Três meses depois dessa confusão — anteontem, para ser preciso — o mistério se esclareceu para mim. Duvido que mais alguém tenha ligado os fatos. Eu, sim, liguei-os, porque conhecia os antecedentes e sabia o que poderia suceder:

Na fornalha de uma locomotiva da Sorocabana, uma das poucas locomotivas a vapor que ainda trabalham de vez em quando na linha Santos a Juquiá, foram encontrados alguns ossos humanos. Estavam calcinados, alguns esmagados. Soube disso pelo mestre-linha que reside perto de Mongaguá. Depois obtive confirmação, por meio de pessoa cujo nome não convém divulgar, uma vez que o assunto foi conservado em sigilo, o que é compreensível. A polícia está investigando, mas jamais chegará ao resultado verdadeiro, porque é evidente que jamais um policial lerá esta minha história. Estão procurando saber que funcionário da EFS desapareceu e de que modo.

Agora, se algum dos filhos do seu Zé herdar o fabuloso (e perigoso) dom do pai, ainda teremos esperança de entregar o caso a cientistas que possam estudar e chegar a alguma conclusão. Mas se isso não se verificar, o caso ficará perdido e figurará como uma das muitas laboriosas criações dos autores de ficção científica.

Mongaguá, maio 1964.

NÚMERO TRANSCENDENTAL

Rubens Teixeira Scavone

O primeiro livro publicado por Scavone, O Homem que Viu o Disco Voador *(Martins, 1958), já denunciava seu interesse pelo fenômeno* OVNI, *interesse continuado neste conto publicado pela primeira vez na coletânea do autor,* O Diálogo dos Mundos *(1961). O mesmo conto apareceria ainda na revista* Magazine de Ficção Científica, *da Editora da Livraria o Globo,* Nº *6, de dezembro de 1970 — revista que foi a segunda encarnação brasileira da importante publicação americana,* The Magazine of Fantasy & Science Fiction, *criada em 1949 —, e na coletânea do autor,* Passagem para Júpiter e Outras Histórias *(1971), livro que marca uma importante virada na carreira de Scavone, que abandona uma primeira fase de romances didáticos (sobre a ufologia ou a astronáutica) e passa a buscar uma linguagem mais elaborada e a força da imagem poética. Scavone prosseguiria com sua exploração da ufologia no conto "O Grande Eclipse" (1992) e na excepcional noveleta* O 31.º Peregrino *(1993), um dos clássicos modernos da* FC *nacional.*

"Número Transcendental" possui uma prosa densa e mergulhou na mente perturbada de um fugitivo que realiza um encontro muito estranho em uma praia deserta. Um dos gigantes da ficção científica brasileira e autor premiado com o Jabuti de Melhor Romance em 1973, com Clube de Campo, *Scavone foi titular da cadeira* Nº *18 da Academia Paulista de Letras, e seu presidente por dois termos consecutivos. Sobre ele, Fausto Cunha escreveu: "Concilia a poderosa qualidade literária com o domínio da técnica da ficção científica, e é hoje, como André Carneiro, um autor de nível internacional. Seu último volume de contos,* Passagem para Júpiter, *1971, mostra um enriquecimento da temática e da linguagem narrativa, que já no* Diálogo dos Mundos *colocava-o num plano destacado. Anteriormente,* Degrau para as Estrelas *viera revelar sua vocação para o gênero." E Hélio Pólvora declarou que "Scavone escreve fluentemente, com graça e leveza. Sua prosa tem uma espontaneidade até certo ponto espantosa..."*

Scavone faleceu em 2007.

Quem são aqueles do conhecido mas que ascendem e entram no desconhecido?
E quem são aqueles para a vida e para a morte?

Walt Whitman ("Portais")

Quando o sono é profundo demais, vivemos um lampejo da eternidade.

Aquilo seria a morte? O trânsito imponderável para o nada? Não, não poderia ser assim, pensava ele, e isso porque se apartara de tudo menos da consciência, o que, certamente, era o selo característico da vida. Essa foi a primeira conclusão quando procurou ordenar as premissas do absurdo ato que vivera. Que vivera? Teria mesmo vivido ou os homens de branco teriam razão? Por que não se abalaram ao saberem do acontecimento? Só aqueles olhares irônicos, aqueles risos mal dissimulados, a indisfarçável catadupa de chacotas ante as ideias, gestos e palavras de todos os demais imbecis, dos infelizes que habitavam a casa cinzenta, e que nada mais eram senão fantoches animados pelos dedos e pelos cérebros dos homens de branco. A reação dos inúmeros pares de olhos e mesmo as pílulas, também brancas, que escorreram antes de mais nada do frasco hialino que as continha às centenas, e o grau de passividade ao qual se achava reduzido depois de semanas de suplício e de outras pílulas, gotas e injeções, geravam-lhe agora certa dúvida. Não teria vivido, sim, paradoxalmente vivido, e isso pela existência da consciência, uma fração da morte? Teriam errado seus carcereiros, levado a extremos a tortura a que vinha sendo submetido? Ou então (e a este raciocínio tremia, como se perfurado por milhares de agulhas, com o impacto doloroso de choques elétricos) não passara de criação do seu cérebro, da sua propalada insanidade? Não — e apertava os dedos tão fortemente como se pretendesse triturar as próprias juntas — não. Havia o salva-vidas da consciência, do discernimento, havia sobretudo a questão do número reconhecidamente transcendental, o que não podia ser delírio. Agarrou-se a tal certeza, com a angústia do moribundo ao apegar-se aos estertores da chama que rompe o cubo da escuridão prenunciador da morte. E ele comparava-se ao agonizante, ao náufrago que se debatia, sentindo as ondas cerrarem-se sobre si.

Essa foi a primeira etapa a que chegou ao tentar mais uma vez ordenar com objetividade a sequência dos acontecimentos. E sua dúvida tinha a desvantagem de um traço negativo: não sabia de tudo, ignorava o pormenor desconcertante que desequilibrara as posturas irreais dos homens de branco.

Fora de manhã. Ao acordar olhara o calendário com a borboleta azul em relevo. Da borboleta o pensamento passou à liberdade. Da noção de liberdade e de fuga evoluiu para a contagem dos dias intermináveis, desde que lá estava. Sim, no começo houvera uma doença. Eles tiveram um motivo concreto para a sua internação. E depois? Só aqueles espaços neutros, cuja cronologia era marcada pela alternância da luz solar subindo e descendo na persiana. Se era dia, a escala luminosa percorria o gráfico que eram os reposteiros. Se era noite, eram sons nunca identificados que povoavam o casarão. Se era madrugada — quando então o silêncio descia — ouvia-se o vergastar pungente das ondas, às vezes quebrado pelos gritos também pungentes das aves migratórias. Ele estava ilhado, impossibilitado de falar, de queixar-se, de pedir auxílio. Via-se afogado pela conspiração dos homens de branco que, com certeza, agiam a soldo de Ester e Mateus aliados a Eduarda e outros parentes, desde a morte de Eliana. Telefone, cartas, mensagens, tudo era impossível no casarão, pois, em verdade, nem mesmo sabia onde se achava e a que distância da cidade mais próxima. As explicações de nada adiantavam. Resolvia os testes, seus músculos e nervos atendiam às solicitações de martelinhos e de agulhas, equilibrava-se bem, em pé, depois de múltiplas rotações na cadeira giratória, e seus olhos concentravam-se simetricamente em alvos luminosos que se destacavam como fantasmagorias em salas escuras. Tudo em vão. Os homens de avental branco, de seringas nas mãos e refletores sobre a fronte, parece que não o compreendiam; ou então, o que era sobremaneira grave e inexplicável, já tinham o diagnóstico firmado, como se a ficha estivesse há muito preparada e, como realidade preexistente, antecipasse nele, em sua pessoa, a morbidez que devesse ser aprioristicamente localizada.

Fora pela manhã. Estava decidido. Sabia apenas que essa decisão o revitalizara e lhe dera a certeza de que vivia, de que não era insano, mas sim uma vítima até então abúlica submetida a terceiros, conquanto portadora de uma vontade. Firmado o plano, passara à ação.

Seria antes do almoço, quando todos estivessem ocupados, ocasião essa em que, segundo observara, a vigilância diminuía. Como parte do plano, desde a antevéspera demonstrara inusitada submissão. Quando, integrado na fila, passassem junto ao depósito, sempre de portas abertas, entraria pelo mesmo a dentro. De lá, antes que o fim da fila alcançasse o refeitório, sairia por uma das janelas do fundo, que davam para o jardim. Entre as árvores nunca vira ninguém. A cerca daquele lado era baixa e a pequena distância até o muro facilitava tudo. Antes, quando ainda no depósito — e nisso consistiria o êxito da fuga — atearia fogo em alguma coisa para desviar a atenção do pessoal de serviço. Ah! Como era mesmo o nome? Piromaníaco, sim, agora se lembrava. Riu ante esse detalhe. Tal circunstância não estava anotada em sua ficha. Não fazia mal! O fogo e a evasão haveriam de valorizar mais ainda sua conduta de louco declarado.

Pela posição do sol sobre a persiana verificou que não faltava muito tempo. Um frenesi de impaciência percorreu-lhe os músculos, que eram agora como animais fogosos contidos no início da carreira. A segurança do plano incutiu-lhe forças insuspeitadas, como se houvesse recebido uma transfusão de otimismo e de energia. Eles iam ver. Pegá-los-ia, da mesma maneira pela qual fora apanhado — de surpresa. Depois iria até à casa do advogado e, talvez, até à polícia. Como era mesmo o nome do crime? Sequestro, mantenimento em cárcere privado? Haviam de ver. Na cartada inicial tinham obtido vantagem, tinham sabido utilizar-se do trunfo que fora a sua excessiva generosidade e que dos parentes recebera a denominação capciosa de "prodigalidade". Eles haviam de ver, principalmente Eduarda com seus gatos imundos, suas mesquinharias e seus amantes regiamente pagos. Tinha plena convicção. Fora ela quem, com sua desmedida ganância e falta de escrúpulos, urdira tudo, inclusive a trama judicial.

A luz caminhava pelo gráfico habitual. Quando a sineta soasse, o plano seria desencadeado. Em pé, procedia ao exame final do que levaria. Nada que servisse de arma. Ainda bem que podia fumar! A tolerância incompreensível dava-lhe a vantagem do isqueiro. Uma camisa sobre a outra — podia fazer frio. Um sapato mais usado — a caminhada seria árdua. No bolso, os óculos, os documentos e o relógio, mesmo parado.

A sineta soou.

Ingressou na fila dos conformados. A cada passo o depósito se acercava. A primeira porta era depois da esquina do pavilhão comum. Isso lhe favorecia o plano, pois entraria sem ser visto pelo acompanhante, que sempre vinha em último lugar. Ao dobrar o oitão, correu pela passagem. Embarafustou pela pilha de sacos e viu o recorte de luz da janela dos fundos. Agiu com plena consciência e determinação. Escondido, com os pés ajuntou sacos vazios, restos de caixotes, e lançou o isqueiro aceso. Projetou-se em direção ao recorte ofuscante sem voltar-se, desinibindo-se de qualquer precaução. Saltou sobre as caixas e lançou-se para a janela, sem mais se importar com as chamas que crepitavam começando a inundar o depósito de fumaça espessa e mal-cheirosa.

A cerca baixa. Esqueirou-se sob o arame e não viu ninguém, como previra. Depois o muro. Imbecis! Se do casarão ninguém deveria escapar, como deixaram o muro tão rasteiro e tão branco? Talvez a brancura, a algidez, constituísse determinado tipo de ilusão, de barreira mental, de linha psicológica a envolver um punhado de vontades asfixiadas. Apenas uma linha, um segmento, um traçado geométrico encurralando lesados de espírito, fronteira palpável do racional e do irracional, grifo branco construído pelos homens da mesma cor. Mas para ele era só um muro baixo de alvenaria, de fácil transposição. Mais uma prova concreta de sua sanidade. A barreira circundante não exercia sobre seu cérebro a mesma função inibidora e paralizante que a transformava para os outros em fosso e muralha, paredão e ameia a tolherem todos os impulsos das criaturas do interior do círculo, que nem sequer ousavam desafiá-la, rendendo-se à mera advertência de sua alvura.

Saltava, corria, distendia-se. O suor que o alagava como que lhe lubrificava as articulações, refazendo-o dos dias longos de inatividade. Dos lados e à frente a paisagem turbilhonava em esboços oscilantes. Não sentia as vestes se rasgarem na passagem através da vegetação. Não sentia a pele romper-se em pequenos sulcos açoitada por espinhos, não se dava conta do líquido que lhe porejava na fronte e ardia nos olhos, contribuindo para o confuso entrelaçamento do cenário que formava simbiose com o seu raciocínio. Nem sequer tinha noção do tempo e da distância.

Ao cruzar a faixa de asfalto começou a ouvir perto o embate das ondas. Às bordas da exaustão, o pensamento voltou a ser límpido. Não, pela estrada não. Só depois que a noite caísse. Logo haveria busca. Pelo mar, pela orla da arrebentação, suas pegadas seriam em breve desfeitas. Para o mar, para o oceano, enquanto lhe restassem forças!

A praia era uma linha horizontal que rugia. Galgou a última eminência, sentiu nos lábios a poeira salgada que cintilava ao sol. Só então parou, expectante. Voltou-se, evocando o ponto de partida, as dunas que vencera, a vegetação que se abrira concordando com sua passagem. Traço nenhum dos homens de branco.

Quase tranquilo, antes do novo lance, agora pela orla das águas, deixou-se cair sobre a areia como um paquiderme cansado, premido pela perseguição. A respiração ofegante foi arrefecendo e logo seu corpo cavou um nicho que a marola passou a cobrir. Com água pelo rosto, levantou-se. Não se deu conta de seu estado e recomeçou a caminhada olhando agora o promontório que avultava fendendo a fita espumante da arrebentação. Para lá agora. Depois a espera da noite e, depois ainda, a esteira de asfalto. Na encosta do promontório escalvado seu corpo era apenas uma presença. Um tronco petrificado, um fóssil esculpido na rocha, a carcaça de um albatroz, a tenaz de um crustáceo, o detrito de um argonauta ou a massa gelatinosa de um aglutinamento de dáfnias. Da vida só dava notícia o leve arfar da respiração. As gaivotas se acercavam intrigadas, perturbadas pela enigmática presença.

Ao acordar, o dia terminava. Como se alinhavasse uma prece, postou-se de joelhos vasculhando o litoral, procurando traços dos perseguidores. Mas não distinguiu nenhum indício, nenhum som agressivo e alertador. Só a praia deserta, intocada pelos homens, sem elementos que lhe possibilitassem a identificação geográfica. Não devia ser muito longe do asfalto, que logo o conduziria até alguma cidade. Pôs-se de pé mais confiante e examinou as vestes rotas, as minúsculas tatuagens do sangue seco que cobriam as equimoses. Mesmo molhado, não sentia frio. Ao contrário. A brisa era cálida, estimulante e causava-lhe crescente bem-estar.

Agora, dentro do império da noite, em marcha. Uma vez na estrada, não seria difícil uma condução para o lugarejo mais próximo. Na luz bruxoleante localizou a rodovia que brilhava palidamente como se também estivesse molhada. Não viu sinal de vida e nem mesmo pôde localizar de que lado ficava o casarão. Só, bem ao longe, o ondulado dos fios telegráficos que se perdiam de outeiro. Espantou-se ao pretender avaliar a distância que percorrera. Dois, três, cinco, dez quilometros? Só Deus sabia. Começou a descer o promontório, depois de memorizar bem a posição da estrada. Naquela hora a esteira clara era como um hiato ligando a escuridão da terra à treva do mar.

Mal deu alguns passos, eis que sentiu algo anormal. Voltou-se, alarmado, pensando nos homens do casarão. Crispou os dedos, fincou mais os pés na areia fofa, entreabriu os lábios, mas nenhum som se lhe formou na garganta.

Aquilo era apenas uma forma vagamente definida. Os contornos, os limites, eram dados por uma espécie de fluorescência cambiante que aprisionava um conteúdo escuro e menos visível ainda. Aquilo estava a menos de dez metros e ia se aproximando, com a mansidão de quem flutua. Ele apertou mais os dedos e nem sentiu que caminhou para trás. Os contornos da forma luminescente mais se definiam, e viu que era como uma névoa azul e esgarçada. Aquilo parou a pequena distância e ele pôde ver prolongamentos que se moviam como tentáculos de um cefalópode. Distinguiu também uma luz bem no centro do que seria um corpo. Olhou para os lados, como que se libertando da atração quase hipnótica que a visão lhe impunha. Diluídas pela distância, enxergou ao longe outras manchas iguais, outros borrões luminosos que pulsavam sobre o mar como que cavalgando a crista das ondas. A forma que vinha em sua direção se deteve. Ele teve tempo de ver que outras saíam das águas e se acercavam, iniciando um préstito fantástico. Olhou os contornos daqueles prolongamentos filamentosos que se agitavam como galhos de um vegetal absurdo ou como extremidades de celenterados. Observou que a fosforescência brotava das formas como se fosse um líquido pastoso que as protegia do contato direto da atmosfera, pingando sobre a areia levemente iluminada como gotas escorrendo de um círio. E mal tocada ao chão, a massa se consumia, formando um ligeiro vapor. Quando elevou os olhos viu que outras formas estavam bem perto e iam articulando um semicírculo ao seu redor, o que lançava sobre a areia uma débil claridade. Recuou, sentiu que aquilo possuía uma inteligência, ou pelo menos um instinto, e não logrou conter a frase que era mais um grito, uma súplica do que uma interrogação:

— Quem são vocês? Que querem de mim?

Não obteve resposta. Sentiu que o semicírculo se apertava e se viu possuído de incontrolável pavor a ponto de cair de joelhos. Prostrado, na claridade azulada, como um possesso, admitiu aos brados que era mesmo um insano. Seus gritos histéricos rivalizavam com o troar das ondas.

Foi então que a claridade aumentou. Uma daquelas coisas adiantou-se. Vencido, sem mais recuar, aceitando que tudo o que via era uma ilusão insana, cessou de clamar e se postou estático, o olhar esgazeado, a boca salivosa e arquejante, sentindo a inutilidade de seus estertores. Viu então um dos tentáculos adelgar-se, assumir a postura de um braço e, inesperadamente, traçar na areia os limites exatos de um círculo. O homem apenas olhou sem nada entender. Outro círculo exato e completo foi desenhado e depois o prolongamento tornou à posição anterior junto à aparição. O homem começou a sentir um leve formigamento, uma ligeira vertigem, que agiu sobre seus nervos como um sedativo. Firmou-se de novo sobre os joelhos, e passou a examinar as formas, já agora com curiosidade, sem tomar consciência da metamorfose que se operava em sua conduta. O pavor diluiu-se e viu-se invadido por uma calma repousante, não mais estranhando a presença daquelas coisas inomináveis. Como se estivesse cautelosamente aguardando a ação de um medicamento ou o efeito de um sortilégio, de novo o tentáculo se moveu e desenhou novo círculo, maior que o primeiro. O homem acompanhou o gesto com atenção e viu também que dentro do círculo foi traçado seu diâmetro, separados os quadrantes e mesmo uma tangente, e em seguida uma corda. Ao observar tais detalhes, o que lhe restava de medo se diluiu por completo. Chegando bem perto da figura traçada inclinou-se e também desenhou um círculo imperfeito, separando seus quadrantes. Sentiu então que todas as fantasmagorias se agitaram, como se um frêmito tivesse perpassado por elas. Animou-se, firmou-se resolutamente sobre os pés e lançou de novo a pergunta:

— Quem são vocês? De onde vieram? Que significa tudo isso?

Não obteve resposta. Outros e outros círculos foram se sucedendo, já agora seguidos por uma série infinita de figuras geométricas — triângulos, trapézios, paralelepípedos, polígonos. Cada vez mais perplexo, ele recuou para ter uma visão completa da cena. A forma que estava no centro passou a traçar uma figura diferente: um diminuto círculo rodeado por outros ainda menores.

O homem concentrou nesse desenho toda sua atenção. Já havia compreendido que aquelas coisas não podiam falar mas buscavam uma comunicação. Esqueceu suas desconfianças sobre a possível irrealidade do acontecimento e, cada vez mais tranquilo, acompanhou os ideogramas que o filamento fosforescente rabiscava na areia. Um círculo central com mais nove ou dez ao redor, concluiu ao ver o último traço. Em seguida, o tentáculo passou a traçar círculos concêntricos. Ele então compreendeu tudo, como se tocado por um estado de graça. Sim, aquilo era um esboço do Sistema Solar, não restava dúvida alguma. Aqueles monstros fosforescentes, aquelas formas, não eram produtos de sua imaginação, não eram criações de sua mente enferma e nem mesmo criaturas geradas pelo oceano. Eram coisas, seres vindos de outro planeta!

Animou-se, despojado de qualquer precaução, acercou-se mais das coisas, observando melhor a massa que escorria e era absorvida pela areia.

Mas — raciocinou — se nove eram os planetas, por que a figura apresentava dez círculos menores?

Abaixou-se e apagou com as mãos a representação do que seria o último planeta conhecido, afastando-se em seguida. De novo o tentáculo se moveu e repetiu o traço, mais lentamente do que a primeira vez, recolocando o diminuto círculo além do último que fora traçado.

Ele não controlou a sua deslumbrada alegria. Ficou de pé e falou em tom triunfante, como se estivesse se dirigindo a velhos amigos:

— Sim, agora compreendo tudo. Vocês vieram de um planeta desconhecido por nós, além de Plutão...

Nenhum som veio como resposta. Ele observou porém que os pentágonos, retângulos, octógonos, hexágonos continuaram a ser traçados pelas figuras que, assim procedendo, buscavam uma linguagem universal. Sentiu que sua confiança atingira o máximo. Como acionado por um comando irresistível, levado por súbita inspiração ou impelido por vontade superior, abaixou-se; seu dedo correu levemente sobre a areia e viu, surpreso, que traçava números com agilidade desconhecida de si próprio. Depois, parou. Levantou-se e leu em voz alta:

— Três, catorze, dezesseis...

Repetiu, mais devagar, como que concatenando profundos raciocínios. — Ah! Era como o alívio depois da solução de intrincado problema. Era como a ressurreição de uma imagem perdida da infância.

— Três — fez uma pausa —, catorze, dezesseis... Sim! — gritou exultante. — 3,1416!

Agora se recordava. Era o número transcendental, irracional, o círculo, as linhas traçadas, as relações absolutas e invariáveis da circunferência com seu diâmetro. Sim. Agora compreendia por que a aparição traçava insistentemente secantes, flechas, segmentos de arco e tangentes. Buscava um meio, uma fórmula, uma ponte para a comunicação. Não, não estava louco. Achava-se sitiado por seres inteligentes vindos de um outro mundo e que, obstinadamente, depois de o localizarem, tentavam comunicar-se por meio de símbolos e de representações imutáveis. Que linguagem haveria mais universal que a relação da circunferência com seu diâmetro? Era uma verdade absoluta em qualquer parte do cosmos, e ELES bem o sabiam. Mas — e isso o perturbava — como fora levado a escrever o número transcendental sobre a areia? Talvez uma influência psíquica, talvez telepatia. E a calma súbita que o possuíra? Agora nada mais lhe importava, nem mesmo os homens de branco. Avançou resoluto e riscou um diagrama do Sistema Solar. Depois indicou o terceiro círculo e apontou em seguida para o solo, voltando depois o dedo num gesto largo e lento para o seu peito. Repetiu a operação várias vezes, sempre com os olhos fixos naquelas formas tremulantes que não cessavam de despejar a secreção viscosa sobre o chão, como se fossem se dissolvendo.

Os tentáculos se agitaram e novo desenho apareceu ao lado do seu. Aquilo não era mais um círculo, triângulo ou polígono, mas uma espiral diferente, talvez uma espiral com três centros. Examinou bem a figura e ia levantar os olhos numa interrogação quando sentiu que algo de anormal acontecia: os mudos interlocutores começaram a recuar como se tocados por um único impulso. Sem entender, ele se levantou e sentiu que a calma o ia abandonando com a mesma gradação imperceptível que o subordinara antes. Cada vez mais as aparições se diluíam em direção ao mar e, à medida que se afastavam, ele passou a ouvir num crescendo o marulhar do oceano, que antes desaparecera, dominado. O medo, o pavor, um frio sobrenatural apoderou-se então de seu organismo e fê-lo voltar-se, procurando descobrir a causa que levara as aparições a regredirem para o seu nascedouro. Nas proximidades, nada havia. Mais longe, talvez.

Uma luz forte, mais luzes, um som vago que tinha limites bem distintos do agitar das ondas. Era das bandas da estrada, do lado do asfalto. Mesmo apavorado, compreendeu. Eram os homens de branco. Precisava fugir, correr, precisava de novo refugiar-se, escapar da loucura. Voltou-se para o mar, mas nada viu. Tudo se dissipara com a fluidez de um sonho. Procurou os círculos no chão, as linhas, o número, a espiral. Nada conseguiu distinguir, pois a escuridão era agora única realidade. Tolhido num torvelinho de reações contraditórias, pensou em correr. Mas para onde? Era tarde. Jatos de luz cortavam a praia e os latidos de cães pelo vento, não davam a posição exata dos perseguidores.

A sua revolta desencadeou-se sobre o primeiro dos homens de avental branco que localizou:

— Miseráveis, miseráveis, tão ignorantes que não sabem o que fizeram! Quanto a mim não importa, não importa me aprisionarem, mas espantaram as criaturas! Sim, seus miseráveis, as criaturas, elas fugiram para o mar, desapareceram!

O enfermeiro estacou a pequena distância e apontou-lhe a esteira luminosa duma lanterna. Focalizou um rosto vultuoso e desfigurado, as vestes rotas mal ocultando equimoses e sangue coagulado. Teve medo de acercar-se e resolveu esperar os companheiros e os cães policiais. Mas, mesmo parado, surpreendeu-se com o que ouvia e que continuava em esgares patéticos:

— Venham, seus miseráveis! Estragaram tudo, destruíram a grande oportunidade! Agora, logo agora que a comunicação ia ser possível, vocês, com suas imundas presenças, assustaram aqueles seres provindos de um outro mundo. Esse crime foi muito maior que o cometido contra a minha pessoa.

Outros vultos brancos foram se acercando cautelosamente. Assistiam àquela reação incomum e trocavam comentários sussurantes, pois bem poucas vezes haviam deparado com um tipo tão raro de demência. O indivíduo que deveria ser o chefe deu algumas ordens em voz baixa, sem coragem de aproximar-se, lastimando o acesso que agitava aquele cérebro.

— Não, não se aproximem! Voltem, desapareçam, deixem-me só, deixem-me só! Assim talvez as criaturas voltem, talvez revelem mais alguma coisa, talvez digam de onde vieram. Vamos, voltem, desapareçam, desapareçam!

Dois do grupo agora avançavam com alguma coisa nas mãos, prudentes, como se acuassem um felino.

Ele então compreendeu que seria vencido. Baixou o tom da voz e passou a falar numa súplica pouco perceptível, abafada pelos sons marítimos.

— Pelo amor de Deus! Sei o que estão pensando, que estou louco, que estou furioso, que sou um insano. Mas juro-lhes, não sou nada disso. Estou tão lúcido quanto vocês. Como fui internado? Não serão as fichas que darão a resposta. Esperem, pelo amor de Deus, esperem, investiguem, falem com meus parentes, procurem meu advogado, vejam o inventário, sim, vejam o inventário.

O grupo escutava. O médico jogara fora o cigarro e tomava notas num caderno, à luz da lanterna mantida por um auxiliar. Os enfermeiros não ocultavam risos sádicos e os dois da frente, como uma vanguarda de choque, avançavam palmo a palmo, centímetro a centímetro, aproximando-se do animal encurralado.

— Esperem, escutem um momento só antes de me levarem . Não estou louco. Se completasse minha fuga logo provaria o que digo. Escutem, afastem-se, vocês não sabem o que se passou aqui nesta praia, vocês não sabem! Vi seres de outro mundo, saídos do mar, vindos de outro planeta, mais de um. . .

O lápis corria sobre o caderninho. As luzes de muitas lanternas convergiam sobre a figura patética que se punha agora de joelhos, numa súplica delirante. Os dois avançavam mais depressa, encorajados pela postura submissa.

— Não acreditam, não? Procurem então na areia os traços dos seres, procurem aquela massa incandescente que lhes escorria dos corpos! Vamos, procurem, vejam os círculos, os símbolos, vejam a espiral, vamos. . .

As últimas palavras lhe morreram na garganta antes de cair de bruços. Sentiu quatro tenazes de músculos se fecharem sobre seu corpo, de permeio com um cheiro de álcool e clorofórmio. Não sentiu a picada, e a praia se dobrou num vórtice colorido que se plasmou numa esfera oca de escuridão.

No dia seguinte, o inevitável retorno. O mesmo gráfico de luz a desfilar sobre as persianas. O ciclo alternado dos homens de branco, com suas gotas, agulhas e pílulas e, sobretudo, aquela confusão desconcertante de não se saber vivo, morto, insano ou delirante. As mesmas perguntas pingavam cadenciadas, como filetes líquidos em tortura oriental, cavando sulcos em sua mente:

Teria mesmo vivido o episódio ou os homens de branco tinham razão? A entrevista seria decorrência da fuga, ou tudo se teria passado apenas nas dobras de seu inconsciente? Não teriam errado nas poções, na noite anterior, o que o teria levado mais para o outro lado, bem para junto da morte?

Nada sabia. Todos os raciocínios se atolavam num pélago onde se contraíam duendes, figuras geométricas, o número transcendental, criaturas de branco, reticências, pontos de interrogação, vegetais com tentáculos retorcidos, anêmonas, crustáceos e latidos de cães, luzes cortantes e a substância viscosa escorrendo dos monstros sobre a areia.

Como consequência, a família, responsável pela internação, foi notificada da piora do enfermo. Uma conferência médica teve curso e só o psiquiatra mais jovem — o mesmo que, de caderno na mão, anotara na praia os desabafos alucinantes — permanecera calado, apenas ouvindo. A ficha recebeu novas e minudentes considerações, e nos semblantes de Mateus e de Ester um contentamento positivo anulou temores agora infundados. Teriam antecipado a verdadeira demência, ou teria sido ela desencadeada pelo internamento?

Quanto a ele, apegava-se apenas à derradeira esperança: sua consciência, que considerava o selo característico da vida. Mas, não chegaria nunca a saber tudo. Não saberia que o médico do caderninho voltara no dia imediato ao local; que aquele homem discreto e calado rastejara pela areia em busca de vestígios da massa luminosa que escorrera das aparições; e muito menos teria informes de que grande porção de detritos havia sido encontrada e recolhida em provetas. E nem mesmo chegou a ter o lenitivo do esclarecimento final: a massa informe fora analisada, testada, e o laudo, com naturais reservas, ficara dentro do conhecimento de apenas alguns cientistas que não acharam explicação satisfatória. Aqueles resíduos eram de sílica, sílica da mais pura, como dificilmente poderia ser encontrada na face da Terra.

O jovem de branco, sempre concentrado em seu gabinete, cismava ao cair da tarde com o caderninho e um laudo na mão. Esquecendo-se do cigarro que quase lhe queimava a ponta dos dedos, reconstituía o ato transcendental a que assistira na praia. A função tinha sido ímpar, tão transcendente quanto a descoberta posterior ou o número que fora rabiscado na areia.

— Seres do outro mundo, saídos do mar! Vocês não sabem o que se passou aqui nesta praia. Vi seres do outro mundo, vindos de outro planeta. Não acreditam, não? Procurem então na areia aquela massa incandescente que lhes escorria dos corpos, vamos, procurem...

Podia ver ainda a figura alucinada e ouvir-lhe os brados.

Fechou o caderno e releu o laudo. Largou o resto do cigarro no cinzeiro e olhou para o sol poente: "O homem é feito de carbono. Carbono é a matéria-prima divina que se fundiu na criação. E a sílica, quase idêntica ao carbono? Poderá haver homens de sílica em alguma parte do cosmos?"

SEMINÁRIO DOS RATOS

Lygia Fagundes Telles

Primeiro publicado em 1977, "Seminário dos Ratos" deu título ao oitavo livro de contos da autora. É típico daquela ficção científica — e literatura fantástica — do período 1972-1982, posterior à Primeira Onda da Ficção Científica Brasileira e anterior à Segunda Onda: crítico da tecnocracia do regime militar, alegórico, sarcástico. Dois personagens dialogam às vésperas de um seminário sobre extermínio de ratos, com participação de americanos (como os consultores que animavam a repressão exercida pelo regime). O tema do rato como expressão de resistência a um sistema arregimentador da sociedade, visto em "Sociedade Secreta", de Domingos Carvalho da Silva, reaparece aqui com ainda mais eficiência, penetrando o tema da "revolta da natureza", comum à ficção científica.

Nascida em 1923, Lygia Fagundes Telles publicou seu primeiro livro, Porão e Sobrado, *em 1938. Foi colega de Rubens Teixeira Scavone na Faculdade de Direito do Largo do São Francisco e conviveu com Mário e Oswald de Andrade e Paulo Emílio Sales Gomes. Seu primeiro romance,* Ciranda de Pedra, *apareceu em 1951. O livro de contos* Histórias do Desencontro *recebeu o prêmio do Instituto Nacional do Livro em 1958. Outro,* Antes do Baile, *recebeu o Grande Prêmio Internacional Feminino para Estrangeiros, na França, em 1970. Três anos depois, o romance* As Meninas *recebeu os prêmios Coelho Netto, da Academia Brasileira de Letras, o Jabuti, da Câmara Brasileira do Livro, e o de Melhor Ficção da Associação Paulista de Críticos de Arte.* Seminário dos Ratos *recebeu o prêmio do Pen Club do Brasil. Em 1982, Lygia ingressou na Academia Paulista de Letras, e em 1985 na Academia Brasileira de Letras. Outros prêmios se seguiram, incluindo o Camões, o mais importante da língua portuguesa, em 2005. O último livro da autora foi* Meus Contos Esquecidos *(2005), e seu conto "A Caçada" apareceu na antologia de ficção científica da EdArt,* Além do Tempo e do Espaço: 13 Contos de Ciencificção *(1965). Atualmente toda a sua obra está republicada pela Cia das Letras, do São Paulo, seguindo o sucesso da telenovela* Ciranda de Pedra, *baseada em seu romance homônimo de 1954.*

Ao resenhar Seminário dos Ratos, *quando de sua publicação, Teolinda Gesão Moreno expande o sentido do conto que lhe dá título, para refletir sobre a função maior da literatura: "Porque a literatura não existe para preencher ou enfeitar o mundo, mas para roer a sua falsidade." Uma falsidade que ainda vemos instalada?*

Em 2007, Telles declarou: "Meu conto mais atual é 'Seminário dos Ratos', quase como se o tivesse escrito ontem... Amo meu país, mas isto que está acontecendo, esse horror nas câmaras e senados... Em toda parte se sente isso, a invasão, a falta de esperança, os ratos no domínio."

Que século, meu Deus! — exclamaram os ratos
e começaram a roer o edifício.

— Carlos Drummond de Andrade

O Chefe das Relações Públicas, um jovem de baixa estatura, atarracado, sorriso e olhos extremamente brilhantes, ajeitou o nó da gravata vermelha e bateu de leve na porta do Secretário do Bem-Estar Público e Privado:

— Excelência?

O Secretário do Bem-Estar Público e Privado pousou o copo de leite na mesa e fez girar a poltrona de couro. Suspirou. Era um homem descorado e flácido, de calva úmida e mãos acetinadas. Lançou um olhar comprido para os próprios pés, o direito calçado, o esquerdo metido num grosso chinelo de lã com debrum de pelúcia.

— Pode entrar — disse ao Chefe das Relações Públicas que já espiava pela fresta da porta. Entrelaçou as mãos na altura do peito: — Então? Correu bem o coquetel?

Tinha voz branda, com um leve acento lamurioso. O jovem empertigou-se. Um ligeiro rubor cobriu-lhe o rosto bem escanhoado:

— Tudo perfeito, Excelência. Perfeito. Foi no Salão Azul, que é menor, Vossa Excelência sabe. Poucas pessoas, só a cúpula, ficou uma reunião assim aconchegante, íntima mas muito agradável. Fiz as apresentações, bebericou-se e — consultou o relógio — veja, Excelência, nem seis horas e já se dispersaram. O Assessor da Presidência da RATESP está instalado na ala norte, vizinho do Diretor das Classes Conservadoras Desarmadas e Armadas que está ocupando a suíte cinzenta. Já a Delegação Americana achei conveniente instalar na ala sul. Por sinal, deixei-os há pouco na piscina, o crepúsculo está deslumbrante, Excelência, deslumbrante!

— O senhor disse que o Diretor das Classes Conservadoras Desarmadas e Armadas está ocupando a suíte cinzenta. Por que *cinzenta*?

O jovem pediu licença para se sentar. Puxou a cadeira mas conservou uma prudente distância da almofada onde o secretário pousara o pé metido no chinelo. Pigarreou:

— *Bueno*, escolhi as cores pensando nas pessoas — começou com certa hesitação. Animou-se: — A suíte do Delegado Americano, por exemplo, é rosa-forte, eles gostam das cores vivas. Para o de Vossa Excelência escolhi este azul-pastel, mais de uma vez vi Vossa Excelência de gravata azul. . . Já para a suíte norte me ocorreu o cinzento, Vossa Excelência não gosta da cor cinzenta?

O Secretário moveu com dificuldade o pé estendido na almofada. Levantou a mão. Ficou olhando a mão:

— É a cor deles. *Rattus alexandrinus.*

— Dos conservadores?

— Não, dos ratos. Mas enfim, não tem importância, prossiga, por favor. O senhor dizia que os americanos estão na piscina, por que *os*? Veio mais de um?

— Pois com o Delegado de Massachusetts veio também a secretária, uma jovem. E veio ainda um ruivo de terno xadrez, tipo um pouco de *boxer*, meio calado, está sempre ao lado dos dois. Suponho que é um guarda-costas mas é simples suposição, Excelência, o cavalheiro em questão é uma incógnita. Só falam inglês. Aproveitei para conversar com eles, completei há pouco meu curso de inglês para executivos, se os debates forem em inglês, conforme já foi aventado, darei minha colaboração. Já o castelhano eu domino perfeitamente, enfim, Vossa Excelência sabe, Santiago, Buenos Aires. . .

— Fui contra a indicação. Desse americano — atalhou o Secretário num tom suave mas infeliz. — Os ratos são nossos, as soluções têm que ser nossas. Por que botar todo mundo a par das nossas mazelas? Das nossas deficiências? Devíamos só mostrar o lado positivo não apenas da sociedade mas da nossa família. De nós mesmos — acrescentou apontando para o pé em cima da almofada: — Por que não apareci ainda, por quê? Porque simplesmente não quero que me vejam indisposto, de pé inchado, mancando. Amanhã calço o sapato para a instalação, de bom grado faço esse sacrifício. O senhor que é candidato em potencial desde cedo precisa ir aprendendo essas coisas, moço. Mostrar só o lado positivo, só o que pode nos enaltecer. Esconder nossos chinelos.

— Mas Vossa Excelência me permite, esse americano é um técnico em ratos, nos Estados Unidos também tem muito, ele poderá nos trazer sugestões preciosas. Aliás, estive sabendo que é um *expert* em jornalismo eletrônico.

— Pior ainda. Vai sair buzinando por aí — suspirou o Secretário tentando mudar a posição do pé. — Enfim, não tem importância. Prossiga, prossiga, queria que me informasse sobre a repercussão. Na imprensa, é óbvio.

O Chefe das Relações Públicas pigarreou discretamente, murmurou um "*bueno*" e apalpou os bolsos. Pediu licença para fumar.

— *Bueno*, é do conhecimento de Vossa Excelência que causou espécie o fato de termos escolhido este local: por que instalar o VII Seminário dos Roedores numa casa de campo, completamente isolada? Essa a primeira indagação geral. A segunda, é que gastamos demais para tornar esta mansão habitável, um desperdício quando podíamos dispor de outros locais já prontos. O noticiarista de um vespertino, marquei bem a cara dele, Excelência, esse chegou a ser insolente quando rosnou que tem tanto edifício em disponibilidade, que as implosões até já se multiplicam para corrigir o excesso. E nós gastando milhões para restaurar esta ruína...

O secretário passou o lenço na calva e procurou se sentar mais confortavelmente. Começou um gesto que não se completou.

— Gastando milhões? Bilhões estão consumindo esses demônios, por acaso ele ignora as estatísticas? Estou apostando como é da esquerda, estou apostando. Ou então amigo dos ratos. Enfim, não tem importância, prossiga, por favor.

— Mas são essas as críticas mais severas, Excelência. Bisonhices. Ah, e aquela eterna tecla que não cansam de bater, que já estamos no VII Seminário e até agora, nada de objetivo, que a população ratal já se multiplicou sete mil vezes depois do primeiro Seminário, que temos agora cem ratos para cada habitante, que nas favelas não são as Marias mas as ratazanas que andam de lata d'água na cabeça — acrescentou contendo uma risadinha. — O de sempre... Não se conformam é de nos reunirmos em local retirado, que devíamos estar lá no centro, dentro do problema. Nosso Assessor de Imprensa já esclareceu o óbvio, que este Seminário é o Quartel General de uma verdadeira batalha! E que traçar as coordenadas de uma ação conjunta deste porte exige meditação. Lucidez. Onde poderiam os senhores trabalhar senão aqui, respirando um ar que só o campo pode oferecer? Nesta bendita solidão, em contato íntimo com a natureza... O Delegado de Massachusetts achou genial essa ideia do encontro em pleno campo. Um moço muito gentil, tão simples. Achou excelente nossa piscina térmica, Vossa Excelência sabia? E ele foi campeão de nado de peito, está lá se divertindo, adorou nossa água de coco! Contou-me uma coisa curiosa, que os ratos do Polo Norte têm pelos deste tamanho para aguentar o frio de trinta abaixo de zero, se guarnecem de peliças, os marotos. Podiam viver em Marte, uma saúde de ferro!

O Secretário parecia pensar em outra coisa quando murmurou evasivamente um "enfim". Levantou o dedo pedindo silêncio. Olhou com desconfiança para o tapete. Para o teto:

— Que barulho é esse?

— Barulho?

— Um barulho esquisito, não está ouvindo?

O Chefe das Relações Públicas voltou a cabeça, concentrado.

— Não estou ouvindo nada...

— Já está diminuindo — disse o Secretário, abaixando o dedo almofadado. — Agora parou. Mas o senhor não ouviu? Um barulho tão esquisito, como se viesse do fundo da terra, subiu depois para o teto... Não ouviu mesmo?

O jovem arregalou os olhos de um azul inocente.

— Absolutamente nada, Excelência. Mas foi aqui no quarto?

— Ou lá fora, não sei. Como se alguém... — Tirou o lenço, limpou a boca e suspirou profundamente. — Não me espantaria nada se cismassem de instalar aqui algum gravador. O senhor se lembra? esse Delegado americano...

— Mas Excelência, ele é convidado do Diretor das Classes Desarmadas e Armadas!

— Não confio em ninguém. Em quase ninguém — corrigiu o Secretário num sussurro. Fixou o olhar suspeitoso na mesa. Nos baldaquins azuis da cama. — Onde essa gente está, tem sempre essa praga de gravador. Enfim, não tem importância, prossiga, por favor. E o Assessor de Imprensa?

— *Bueno*, ontem à noite ele sofreu um pequeno acidente, Vossa Excelência sabe como anda o nosso trânsito! Teve que engessar um braço, só pode chegar amanhã, já providenciei o jatinho — acrescentou o jovem com energia. — Na retaguarda fica toda uma equipe armada para a cobertura. Nosso Assessor vai pingando o noticiário por telefone, criando suspense até o encerramento, quando virão todos em jato especial, fotógrafos, canais de televisão, correspondentes estrangeiros, uma apoteose. *Finis coronat opus*, o fim coroa a obra!

— Só sei que ele já deveria estar aqui, começa mal — lamentou o Secretário, inclinando-se para o copo de leite. Tomou um gole e teve uma expressão desaprovadora: — Enfim, o que me preocupava muito é ficarmos incomunicáveis. Não sei mesmo se essa ideia do Assessor da Presidência da RATE›SP vai funcionar, isso de deixarmos os jornalistas longe. Tenho minhas dúvidas.

— Vossa Excelência vai me perdoar, mas penso que a cúpula se valoriza ficando assim inacessível. Aliás, é sabido que uma certa distância, um certo mistério excita mais do que o contato diário com os meios de comunicação. Nossa única ponte vai soltando notícias discretas, influindo sem alarde até o encerramento, quando abriremos as baterias! Não é uma boa tática?

Com dedos tamborilantes o Secretário percorreu vagamente os botões do colete. Entrelaçou as mãos e ficou olhando as unhas polidas.

— Boa tática, meu jovem, é influenciar no começo e no fim todos os meios de comunicação do país. Esse é o objetivo. Que já está prejudicado com esse assessor de perna quebrada.

— Braço, Excelência. O antebraço, mais precisamente.

O Secretário moveu penosamente o corpo, para a direita e para a esquerda. Enxugou a testa. Os dedos. Ficou olhando para o pé em cima da almofada.

— Hoje mesmo o senhor poderia lhe telefonar para dizer que estrategicamente os ratos já se encontram sob controle. Sem detalhes, enfatize apenas isto, que os ratos já estão sob inteiro controle. A ligação é demorada?

— *Bueno*, cerca de meia hora. Peço já, Excelência?

O Secretário foi levantando o dedo. Abriu a boca. Girou a cadeira em direção da janela. Com o mesmo gesto lento, foi se voltando para a lareira.

— Está ouvindo? Está ouvindo? O barulho, ficou mais forte agora!

O jovem levou a mão à concha da orelha. A testa ruborizou-se no esforço da concentração. Levantou-se e andou na ponta dos pés:

— Vem daqui, Excelência? Não consigo perceber nada!

— Aumenta e diminui, olha aí, em ondas, como um mar. . . Agora parece um vulcão respirando, aqui perto e ao mesmo tempo tão longe! Está fugindo, olha aí. . . — Tombou para o espaldar da poltrona, exausto. Enxugou o queixo úmido. — Quer dizer que o senhor não ouviu nada?

O Chefe das Relações Públicas arqueou as sobrancelhas perplexas. Espiou dentro da lareira. Atrás da poltrona. Levantou a cortina da janela e olhou para o jardim:

— Tem dois empregados lá no gramado, motoristas, creio. . . Ei! vocês aí!. . . — chamou, estendendo o braço para fora. Fechou a janela. — Sumiram. Pareciam agitados, talvez discutissem mas suponho que nada tenham a ver com o barulho. Não ouvi coisa alguma, Excelência, escuto tão mal deste ouvido!

— Pois eu escuto demais, devo ter um ouvido suplementar. Tão fino. Quando fiz a revolução, em 32 e depois em 64, era sempre o primeiro do grupo a pressentir qualquer anormalidade. O primeiro! Lembro que uma noite avisei meus companheiros, o inimigo está aqui com a gente e eles riram, bobagem, você bebeu demais, tínhamos tomado no jantar um vinho delicioso. Pois quando saímos para dormir, estávamos cercados.

O Chefe das Relações Públicas teve um olhar de suspeita para a estatueta de bronze em cima da lareira, uma opulenta mulher de olhos vendados, empunhando a espada e a balança. Estendeu a mão até a balança. Passou o dedo num dos pratos empoeirados. Olhou o dedo e limpou-o com um gesto furtivo no espaldar da poltrona.

— Vossa Excelência quer que eu vá fazer uma sondagem?

O Secretário estendeu doloridamente a perna. Suspirou:

— Enfim, não tem importância. Nestas minhas crises sou capaz de ouvir alguém riscando um fósforo na sala.

Entre consternado e tímido, o jovem apontou para o pé enfermo:

— É algo. . . grave?

— A gota.

— E dói, Excelência?

— Muito.

— *Pode ser a gota d'água! Pode ser a gota d'água!* — cantarolou ele ampliando o sorriso que logo esmoreceu no silêncio taciturno que se seguiu à sua intervenção musical. Pigarreou. Ajustou o nó da gravata: — *Bueno*, é uma canção que o povo canta por aí.

— O povo, o povo — disse o Secretário do Bem-Estar Público entrelaçando as mãos. A voz ficou um brando queixume: — Só se fala em povo e no entanto o povo não passa de uma abstração.

— Abstração, Excelência?

— Que se transforma em realidade quando os ratos começam a expulsar os favelados de suas casas. Ou roer os pés das crianças da periferia, então sim, *o povo* passa a existir nas manchetes da imprensa de esquerda. Da imprensa marrom, enfim, pura demagogia. Aliada às bombas dos subversivos, não esquecer esses bastardos que parecem ratos — suspirou o Secretário, percorrendo languidamente os botões do colete. Desabotoou o último: — No Egito Antigo resolveram esse problema aumentando o número de gatos. Não sei por que aqui não se exige mais da iniciativa privada, se cada família tivesse em casa um ou dois gatos esfaimados. . .

— Mas Excelência, não sobrou nenhum gato na cidade, já faz tempo que a população comeu tudo. Ouvi dizer que dava um ótimo cozido!

— Enfim — sussurrou o Secretário esboçando um gesto que não completou. — Está escurecendo, não?

O jovem levantou-se para acender as luzes. Seus olhos sorriam intensamente:

— E à noite, todos os gatos são pardos! — Depois, sério: — Quase sete horas, Excelência. O jantar será servido às oito, a mesa decorada só com orquídeas e frutas, a mais fina cor local, encomendei do norte abacaxis belíssimos! E as lagostas, então? O Cozinheiro-Chefe ficou entusiasmado, nunca viu lagostas tão grandes. *Bueno*, eu tinha pensado num vinho nacional que anda de primeiríssima qualidade, diga-se de passagem, mas me veio um certo receio: e se der alguma dor de cabeça? Por um desses azares, Vossa Excelência já imaginou? Então achei prudente encomendar vinho chileno.

— De que safra?

— De Pinochet, naturalmente.

O Secretário do Bem-Estar Público e Privado baixou o olhar ressentido para o próprio pé.

— Para mim um caldo sem sal, uma canjinha rala. Mais tarde talvez um. . . — Emudeceu. A cara pasmada foi-se voltando para o jovem: — Está ouvindo agora? Está mais forte, ouviu isso? Fortíssimo!

O Chefe das Relações Públicas levantou-se de um salto. Apertou entre as mãos a cara ruborizada:

— Mas claro, Excelência, está repercutindo aqui no assoalho, o assoalho está tremendo! Mas o que é isso?!

— Eu não disse, eu não disse? — perguntou o Secretário. Parecia satisfeito: — Nunca me enganei, nunca! Já faz horas que estou ouvindo coisas mas não queria dizer nada, podiam pensar que fosse delírio, olha aí agora! Parece até que estamos em zona vulcânica, como se um vulcão fosse irromper aqui embaixo. . .

— Vulcão?

— Ou uma bomba, tem bombas que antes de explodir dão avisos!

— Meu Deus — exclamou o jovem. Correu para a porta. — Vou verificar imediatamente, Excelência, não se preocupe, não há de ser nada, com licença, volto logo. Meu Deus, zona vulcânica?!. . .

Quando fechou a porta atrás de si, abriu-se a porta em frente e pela abertura introduziu-se uma carinha louramente risonha. Os cabelos estavam presos no alto por um laçarote de bolinhas amarelas.

— *What is that?*

— *Perhaps nothing. . . perhaps something. . .* — respondeu ele abrindo o sorriso automático. Acenou-lhe com um frêmito de dedos imitando asas. — *Supper at eight*, Miss Gloria!

Apressou o passo quando viu o Diretor das Classes Conservadoras Desarmadas e Armadas que vinha com seu chambre de veludo verde. Encolheu-se para lhe dar passagem, fez uma mesura, "Excelência". . . e quis prosseguir mas teve a passagem barrada pela montanha veludosa:

— Que barulho é esse?

— *Bueno*, também não sei dizer, Excelência, é o que vou verificar, volto num instante, não é mesmo estranho? Tão forte!

O Diretor das Classes Conservadoras Desarmadas e Armadas farejou o ar:

— E esse cheiro? O barulho diminuiu mas não está sentindo um cheiro? — Franziu a cara: — Uma maçada! Cheiros, barulhos. . . E o telefone que não funciona, por que o telefone não está funcionando? Preciso me comunicar com a Presidência e não consigo, o telefone está mudo!

— Mudo! Mas fiz dezenas de ligações hoje cedo. . . Vossa Excelência já experimentou o do Salão Azul?

— Venho de lá, também está mudo, uma maçada! Procure meu motorista, veja se o telefone do meu carro está funcionando, tenho que fazer essa ligação urgente.

— Fique tranquilo, Excelência. Vou tomar providências e volto em seguida, com licença, sim? — fez o jovem, esgueirando-se numa mesura rápida. Enveredou pela escada. Parou no primeiro lance: — Mas o que significa isso? Pode me dizer o que significa isso?

Esbaforido, sem o gorro e com o avental rasgado, o Cozinheiro-Chefe veio correndo pelo saguão. O jovem fez um gesto enérgico e precipitou-se ao seu encontro:

— Como é que o senhor entra aqui neste estado?

O homem limpou no peito as mãos sujas de suco de tomate:

— Aconteceu uma coisa horrível, doutor! Uma coisa horrível!

— Não grita, o senhor está gritando, calma. — E o jovem tomou o Cozinheiro-Chefe pelo braço, arrastou-o a um canto: — Controle-se, mas o que foi? Sem gritar, não quero histerismo, vamos, calma, o que foi?

— As lagostas, as galinhas, as batatas, eles comeram tudo! Tudo! Não sobrou nem um grão de arroz na panela, comeram tudo e o que não tiveram tempo de comer, levaram embora!

— Mas quem comeu tudo? Quem?

— Os ratos, doutor, os ratos!

— Ratos?... Que ratos?

O Cozinheiro-Chefe tirou o avental, embolou-o nas mãos:

— Vou-me embora, não fico aqui nem mais um minuto, acho que a gente está no mundo deles, pela alma da minha mãe, quase morri de susto quando entrou aquela nuvem pela porta, pela janela, pelo teto, só faltou me levar e mais a Euclídea! Até os panos de prato eles comeram, só respeitaram a geladeira que estava fechada, mas a cozinha ficou limpa, limpa!

— Ainda estão lá?

— Não, assim como entrou, saiu tudo guinchando feito doido, eu já estava ouvindo fazia um tempinho aquele barulho, me representou um veio d'água correndo forte debaixo do chão, depois martelou, assobiou, a Euclídea que estava batendo maionese pensou que fosse um fantasma quando começou aquela tremedeira e na mesma hora entrou aquilo tudo pela janela, pela porta, não teve lugar que a gente olhasse que não desse com o monte deles, guinchando! E cada ratão, viu? Deste tamanho! A Euclídea pulou em cima do fogão, eu pulei em cima da mesa, ainda quis arrancar uma galinha que um deles ia levando assim no meu nariz, taquei o vidro de suco de tomate com toda força e ele botou a galinha de lado, ficou de pé na pata traseira e me enfrentou feito um homem, pela alma da minha mãe, doutor, me representou um homem vestido de rato!

— Meu Deus, que loucura... E o jantar?!

— Jantar? O senhor disse *jantar*? Não ficou nem uma cebola! Uma trempe deles virou o caldeirão de lagostas e a lagostada se espalhou no chão, foi aquela festa, não sei como não se queimaram na água fervendo, cruz-credo, vou-me embora e é já!

— Espera, calma! E os empregados? Ficaram sabendo?

— Empregados, doutor? Empregados? Todo mundo já foi embora, ninguém é louco e se eu fosse vocês também me mandava, viu? Não fico aqui nem que me matem!

— Um momento, espera! O importante é não perder a cabeça, está me compreendendo? O senhor volta lá, abre as latas que as latas ainda ficaram, não ficaram? A geladeira não estava fechada? Então, deve ter alguma coisa, prepare um jantar com o que puder, evidente!

— Não, não! Não fico nem que me matem!

— Espera, eu estou falando: o senhor vai voltar e cumprir sua obrigação, o importante é que os convidados não fiquem sabendo de nada, disso me incumbo eu, está me compreendendo? Vou já até a cidade, trago um estoque de alimentos e uma escolta de homens armados até os dentes, quero ver se vai entrar um mísero camundongo nesta casa, quero ver!

— Mas o senhor vai como? Só se for a pé, doutor.

O Chefe das Relações Públicas empertigou-se. A cara se tingiu de cólera. Apertou os olhinhos e fechou os punhos para soquear a parede, mas interrompeu o gesto quando ouviu vozes no andar superior. Falou quase entre dentes:

— Covardes, miseráveis! Quer dizer que os empregados levaram todos os carros? Foi isso, levaram os carros?

— Levaram nada, fugiram a pé mesmo, nenhum carro está funcionando, o José experimentou um por um, viu? Os fios foram comidos, comeram também os fios. Vocês fiquem aí que eu vou pegar a estrada e é já!

O jovem encostou-se na parede, a cara agora estava lívida. "Quer dizer que o telefone..." — murmurou e cravou o olhar estatelado no avental que o Cozinheiro-Chefe largou no chão. As vozes no andar superior começaram a se cruzar. Uma porta bateu com força. Encolheu-se mais no canto quando ouviu seu nome: era chamado aos gritos. Com olhar silencioso foi acompanhando um chinelo de debrum de pelúcia que passou a alguns passos do avental embolado no tapete: o chinelo deslizava, a sola voltada para cima, rápido como se tivesse rodinhas ou fosse puxado por algum fio invisível. Foi a última coisa que viu porque nesse instante a casa foi sacudida nos seus alicerces. As luzes se apagaram. Então deu-se a invasão, jorrando espessa como se um saco de pedras borrachosas tivesse sido despejado em cima do telhado e agora saltasse por todos os lados na treva dura de músculos, guinchos e centelhas de olhos luzindo negríssimos. Quando a primeira dentada lhe arrancou um pedaço da calça, ele correu sobre o chão enovelado, entrou na cozinha com os ratos despencando na sua cabeça e abriu a geladeira. Arrancou as prateleiras que foi encontrando na escuridão, jogou as latarias para o ar, esgrimou com uma garrafa contra dois olhinhos que já corriam no vasilhame de verduras, expulsou-os e num salto, pulou lá dentro. Fechou a porta mas deixou o dedo na fresta, que a porta não batesse. Quando sentiu a primeira agulhada na ponta do dedo que ficou de fora, substituiu o dedo pela gravata.

No rigoroso inquérito que se processou para se apurar os acontecimentos daquela noite, o Chefe das Relações Públicas jamais pôde precisar quanto tempo teria ficado dentro da geladeira, enrodilhado como um feto, a água gelada pingando na cabeça, as mãos endurecidas de câimbra, a boca aberta no mínimo vão da porta que de vez em quando algum focinho tentava forcejar. Lembrava-se, isso sim, de um súbito silêncio que se fez no casarão: nenhum som, nenhum movimento. Nada. Abriu a porta da geladeira, espiou. Um tênue raio de luar era a única presença na cozinha esvaziada. Foi andando pela casa completamente oca, nem móveis, nem cortinas, nem tapetes. Só as paredes. E a escuridão. Começou então um murmurejo secreto, rascante, que parecia vir da Sala de Debates e teve a intuição de que estavam todos reunidos ali, de portas fechadas. Não se lembrava sequer como conseguiu chegar até o campo, não poderia jamais reconstituir a corrida, correu quilômetros. Quando olhou para trás, o casarão estava todo iluminado.

O VISITANTE

MARIEN CALIXTE

Como último "conto praiano" deste volume, temos um texto premiado do capixaba de coração (pois nascido no Rio de Janeiro), Marien Calixte, autor da coletânea Alguma Coisa no Céu *(1985), com cinco histórias de tema ufológico, ilustradas por Wagner César Veiga. (A segunda edição, revista e ampliada, da coletânea saiu pela Ficção Científica* GRD *em 1995.) "O Visitante" foi um dos classificados no Concurso Fundação Espírito Santo, e apareceu pela primeira vez na revista* Ficção Nº *14, de fevereiro de 1977, então editada por Cícero e Laura Sandroni, Eglê Malheiros, Salim Miguel e Fausto Cunha, o crítico e autor de* FC.

Nascido em 1935, Calixte, um radialista especializado em jazz e um dos principais expoentes do haikai no Brasil, possui uma das prosas mais elegantes dentre os nossos escritores de ficção científica. Ultimamente, sua produção de contos tem pendido para a fabulation *— textos absurdistas que apontam para a impossibilidade da literatura mimetizar a realidade —, como testemunha seu último livro de histórias,* Contos Desiguais *(2005). Por outro lado,* Herança do Vento *(2006), reunião dos seus poemas haikais, é testemunho da economia e força do seu lirismo.*

"O Visitante" apresenta uma espécie de contato "não oficial" com alienígenas, e por isso pode ser classificado como uma FC *ufológica, assim como o angustiante "Engaiolado", de Cid Fernandez, também neste volume. O conto de Calixte é um trabalho típico da revista* Ficção *e do* boom *do conto dos anos setenta, a começar pela "erotização que se espalhava por tudo, especialmente pela linguagem", como Miguel Sanchez Neto assinalou. Neto também observa que um dos princípios da Ficção era buscar "uma literatura que recriasse a realidade brasileira... Nela o leitor encontrava textos literários e retratos dos problemas nacionais", e é fácil reconhecer a crônica de uma comunidade pobre, nesta narrativa de Marien Calixte. Na corrente que ele representa, a rejeição ao regime e à tecnocracia associada a ele se manifesta numa crônica da pobreza. De estilo muito elegante e evocativo, traz a marca do "sonho brasileiro" da vida simples e despreocupada, do desejo de harmonia e paz. No conto, o estrangeiro é bem recebido e seu papel é transforma-*

dor e positivo. Também foi publicado na Itália (na tradução de Alguma Coisa no Céu, *com o título de* Sulla pietra daí due Occhi) *e na Alemanha, em 1996 pelas Matzneller Editions.*

Rosa sabia quando ele chegava. O portão fazia um leve ruído, ouvia os passos de som correto calcando o barro e a porta da frente se abrindo silenciosamente, como por encanto. A casa de Rosa situava-se num barranco perto da praia, cercado pelo mato rasteiro e uma árvore, onde se abrigavam cães vadios. A casa nunca tivera cerca e portão.

Já se passara um bom tempo desde que o estranho visitante aparecera pela última vez. Em seu solitário silêncio Rosa perdoava-o, imaginando que ele estaria muito atarefado, cumprindo sua missão em outros lugares.

A última noite em que ele apareceu Rosa se lembrava de cada detalhe, com excitante precisão. Nenhuma diferença das outras vezes, a igualdade elaborada pela mágica da noite. O ruído do portão, os passos chegando à beira da sua cama. Ele ficava ali de pé, com seus grandes olhos boiando na escuridão. Diante da figura do visitante, Rosa permanecia quieta e obediente, enquanto ele movia as mãos como se fosse um mágico. Depois deitava seu corpo morno sobre o dela, como se estivesse aquecido para aquela ocasião. Executava sua tarefa com a perfeição de alguém cheio de confiança e orgulho.

Rosa se recordava com prazer do cheiro bom de alfazema que recendia das axilas do visitante. Quando chegava a esse detalhe, excitando-se até o riso nervoso e tímido, dedicava-se a pensar na surpresa da próxima visita dele. O povo de Conceição da Barra falava de um vento forte que passara pela vila, levantando a areia, vergando as árvores e arrepiando a palha dos barracos. Alguém já comentara a respeito de uma bela luz que descera do céu. Ela não entendia o que o povo dizia e nenhuma outra preocupação ocupava sua mente. Rosa até se ria baixinho do povo da vila e pedia a Deus que o seu amável visitante noturno nunca dividisse o cheiro bom de suas axilas com as mesquinhas mulheres que conhecia.

Passaram-se dois anos desde que morrera o marido de Rosa. João era o seu nome. Pescava para viver. Numa manhã sem sol e com o vento solto como doido, saiu ao mar sem volta. É certo — pensava ela —, João fora um marido como qualquer homem de sua natureza pode ser para uma mulher, quando se vive das possibilidades da natureza.

O grande mar era o seu perigoso ganha-pão. João carregava um forte cheiro de cachaça, sempre nervoso como um peixe ferrado no anzol.

Rosa lembrava-se disso ao comparar João com o seu vigoroso amante, arrepiando-se só em pensar no cheiro bom de alfazema e no ritmo silencioso que o visitante fazia sobre seu corpo, magoando-a de prazer. No seu íntimo ela sabia que gostava mais do incerto visitante, de quem guardava a imagem dos grandes olhos, como não vira ainda em homem algum.

O Rumor do Corpo

Uma língua de fogo lambendo o corpo e abandonada na pequena cama, Rosa descobrira uma nova expectativa durante o passeio das mãos sem rumo pelo corpo nu. A saliência em sua barriga denunciava algo mais do que seu corpo. Depois dessa noite, a lua moveu-se por todo o céu e o mar levou a areia para muitas direções. Solitária, gemendo e suando como um animal, Rosa deu à luz uma criança. A vila toda correu para ver Rosa e seu filho. A casa se inundou de gente. No barro, muitas marcas de pés se misturavam e o mato rastejava sob o vaivém dos curiosos. Todos queriam conhecer o feito materno que o pranteado João não permitira à mulher, durante os quatro anos em que viveram sob aquele mesmo teto. Na casa que João construíra, Rosa agasalhava agora um menino, deitada sobre o colchão de palha, coberta por panos descoloridos.

O filho de Rosa tinha os cabelos dourados. Sobre a sua cabeça parecia que se derramara ouro. A pele clara e brilhante do pequeno e expressivo rosto destacava os grandes olhos azuis. Rosa preservou um silêncio de encantamento, enquanto ouvia as mulheres perguntando, entre si, como se dera aquela extraordinária maternidade.

Passados os primeiros dias do azáfama na vila, o enxame de suposições entrou em agonia. A casa de Rosa perdeu o intenso movimento, ninguém mais se embarafuscava por ali. Em busca de trabalho, Rosa abandonou a cama, deixando o menino de grandes olhos azuis e cabelos dourados, como um príncipe de algum conto de fadas que ela jamais lera.

Rosa jamais carregava seu filho, com receio de mau-olhado. O menino cresceu forte, sem sofrer qualquer doença, despertando a inveja das mulheres que caçoavam dele e de sua mãe. Ele nunca chorava, tinha sempre a aparência saudável, despertando os sussurros da maledicência. Seu nascimento chegou a ser atribuído a um milagre de Nossa Senhora dos Navegantes, porque o marido de Rosa morrera no mar. Mas a atribuição do milagre logo perdeu a graça, em meio à trama de todas as tardes, nos bares da vila, onde entre copos de cachaça, risos e cusparadas, falava-se sem parar do filho bonito de Rosa, quem seria o seu pai e de onde viera.

Os homens tentaram se aproximar de Rosa, empurrados pelo volúvel instinto masculino. Ela mantinha-os bem longe, com resistente desinteresse. Alguns deles, com a imaginação favorecida pelo álcool, chegaram a dizer que haviam dormido com Rosa. Mas pouca era a sua convicção. Assim, a maternidade da mulher do falecido João tornava-se cada vez mais forte na imaginação de todos.

Rosa quase perdera na memória a última noite que ele viera. Permanecia em sua lembrança o cheiro de alfazema e os sons dos passos, latejando em seus ouvidos, esperando a cada noite pelo visitante, num ritual de paciência, como quem acompanha os movimentos de uma planta que nasce. Sua vida continuava tranquila como um rio em leito de barro liso.

Cresceu depressa o filho de Rosa, mais que qualquer criança de sua idade. Sem nunca ter ido à escola, indiferente ao mundo, desenhava estranhos traços na areia da praia. Jamais falava, dedicando todo o seu tempo a ficar sentado sobre as pedras da praia com os pés enfiados na areia e os olhos fixos no horizonte. À noite, passava as horas contemplando o céu, como uma estátua fincada no chão. Nessas ocasiões, olhava demoradamente para as mãos, como se elas contivessem algum segredo. Rosa se punha de longe a admirá-lo, aquecida pelo convencimento de ser a mãe daquele extraordinário jovem, cujo corpo ia cada vez mais se assemelhando ao seu amado visitante. Alimentada pelo devaneio, deixava-se corromper pela inércia e promovia o seu tempo nessa lenta fixação.

O filho de Rosa vivia à distância da curiosidade da vila e dele já se contavam algumas histórias. Dizia-se que um pescador, que o tentara agarrar na praia, desaparecera no mar. Alguém era capaz de jurar que teria visto o filho de Rosa jogar o homem para além das ondas com apenas um gesto de mão.

O Calor da Noite

Na casa de Rosa só havia uma cama, a mesma que o falecido João fizera sonhando com ela. Mas isso fora há muito tempo. Pobreza e preguiça juntaram Rosa e seu filho no mesmo calor, sem dizerem qualquer palavra. À noite contemplava-o enternecida, enquanto ele, deitado de costas, permanecia com os olhos fixos na frágil cobertura da casa, como se ainda estivesse vendo o céu que todos os dias apreciava na praia, por longas e silenciosas horas. Rosa aquecia o corpo à espera do visitante, corroída pela saudade e as vibrações do desejo. Envolvida pela lembrança do cheiro de alfazema, Rosa concedeu o prazer de seu corpo ao filho.

Os gestos foram simples. O corpo do filho sobre o seu lembrava-lhe o visitante. A memória de Rosa rondava a lembrança da inesperada felicidade que surgira em sua vida, desde que ouvira, pela primeira vez, o ruído do portão se abrindo e os passos de som correto chegando à beira da sua cama.

O filho de Rosa adotou um novo hábito. Já não passava todo tempo na casa com a mãe. Saía sem fazer ruídos, consumindo o dia e a noite na quietude conivente da vila, ampliando seu próprio mistério.

Outras luas e marés se moveram até que Rosa ouviu falar de várias mulheres que deram à luz belas crianças de pele muito alva e olhos azuis. Na vila ferviam os boatos, enquanto Rosa permanecia confinada ao silêncio determinado por sua quieta alma. Para ela todas as coisas eram vãs e alheias, nada poderia mudar o altivo tédio do seu coração.

Rosa foi visitar cada uma das mulheres que tiveram estranhos filhos. Notara, em seus rostos, uma inusitada felicidade. Rosa compreendia tudo isso.

O ar da vila recendia a alfazema. Era todo o encanto possível que o mundo reservara para ela.

UMA SEMANA NA VIDA DE FERNANDO ALONSO FILHO

JORGE LUIZ CALIFE

Este foi o primeiro conto escrito pelo autor, tendo sido classificado no I *Prêmio Fausto Cunha de Ficção Científica, concurso promovido pelo Clube de Ficção Científica Antares em 1984. Influenciado pelas ideias científicas de Carl Sagan (1934-1996), Calife narra as impressões de um brasileiro em Vênus, enquanto o planeta passa por um turbulento processo de terraformização — a adequação de um outro planeta às condições encontradas na Terra. O narrador é um profissional angustiado com os limites do seu pequeno mundo funcional. A colonização planetária é descrita sem* glamour, *que é transferido para as suas fantasias de fuga e de reencontro com o sol.*

*Jorge Luiz Calife é um dos poucos autores brasileiros dedicados àquele ramo do gênero conhecido como "*FC hard*", em que a ciência (exata) e a tecnologia têm uma presença mais enfática. Sua* Trilogia Padrões de Contato *— composta dos romances* Padrões de Contato *(1985),* Horizonte de Eventos *(1986) e* Linha Terminal *(1991), e publicada em um único volume em 2009 pela Devir — é considerada um clássico dessa vertente no Brasil, apresentando uma densidade de informações científicas que viria a ser característica da nova* space opera, *dez anos mais tarde. Seu primeiro livro de contos,* As Sereias do Espaço, *foi publicado em 2001. "Uma Semana na Vida de Fernando Alonso Filho" também foi publicado na revista francesa (editada por Jean-Pierre Moumon)* Antarès—science fiction et fantastique sans frontieres *Nº 31, em 1988, como "Liquidité", e em 2001 no número 9 da revista brasileira* Quark *, criada por Marcelo Baldini.*

SEGUNDA-FEIRA

Lá fora a chuva contínua, intensa e imutável. Chove como se o céu inteiro se dissolvesse em água. Água que cai em cortinas intermináveis, escorre pelas rochas negras até desintegrá-las em areia preta e pastosa. Areia que se acumula em montículos e charcos até que a chuva os transborda, desmancha e carrega para aqui e ali.

Está chovendo a cinquenta e oito anos e nunca parou. Dizem que ainda vai chover duzentos anos e é isso que angustia. A gente fica aqui olhando a chuva lá fora, tentando enxergar alguma coisa neste universo aquoso. Vendo apenas os vultos dos homens e das máquinas, como seres pré-históricos. Leviatãs afogados no dilúvio.

Começa-se a sonhar com sol e céu azul. A desejar alguma coisa que não seja a chuva, alguma coisa que não tenha relação com água, frio e umidade. E quando afinal se sonha parece exatamente isso: uma ilusão, uma fantasia, como se jamais houvéssemos conhecido outra vida que não esta. Como se a chuva fosse a única realidade concreta e nada mais existisse.

Dentro dos habitáculos as luzes devem ficar sempre acesas. O dia e a noite lá fora não passam de um jogo de substituição entre a escuridão e o crepúsculo acinzentado. Existimos em completa dependência de nossos refúgios, as conchas pressurizadas de nossas moradias, que brotam da paisagem afogada como fungos de plástico branco, sempre se multiplicando como se proliferassem da água e da lama.

E nós vivemos lá dentro como caramujos presos à concha. Dando graças ao isolamento acústico que nos permite dormir e manter um pouco a sanidade contra o tamborilar interminável do aguaceiro.

Os holocubos dizem que Vênus já foi quente como um forno, mas isso foi em outra realidade que nada significa para nós. Antes que os homens semeassem as nuvens com bactérias que comeram o dióxido de carbono e expeliram oxigênio. Antes que os jóqueis do espaço empurrassem cabeças de cometas para bombardearem o planeta indefeso, liberando a energia e o hidrogênio que se combinou ao oxigênio para ajudar na produção desta chuvarada interminável.

Os homens do Projeto Sagan dizem que isto vai tornar Vênus um mundo gêmeo da Terra, com uma paisagem de oceanos, sol e céu azul. Talvez seja, só que isso fica para os homens que virão depois de nós, quando o nosso pó fizer parte da lama negra lá fora e nossos sonhos e esperanças já tiverem há muito se afogado na escuridão.

Nós somos os pioneiros. Aqueles que devem viver uma existência aquática, convivendo com o dilúvio dia a dia, sem ver a luz do sol a não ser sob a forma de uma claridade cinzenta e mortiça. Uma luz filtrada através das cortinas de chuva, das nuvens e do solo negros, tentando iluminar uma paisagem sem cor. E somos também prisioneiros, cercados por paredes, plástico e luzes artificiais. Respirando ar canalizado, condicionado, reciclado, como a comida que se come.

Às vezes dá vontade de sair correndo lá fora, debaixo da chuva apenas para se encharcar e desabafar, mas isso é impossível. O conteúdo de dióxido de carbono na atmosfera ainda é sufocante e a água contém muito ácido sulfúrico deixado pelas nuvens.

Só podemos sair de nossos cogumelos dentro das armaduras pneumáticas, igualmente de plástico branco. Vendo a chuva escorrer pela viseira do capacete e respirando o ar enlatado do *biopack*, o que é pior do que ficar aqui dentro, só olhando pelas vigias.

Viramos parasitas das máquinas, híbridos de carne e plástico, incapazes de uma existência independente. Fico olhando para os vultos volumosos, arrastando-se sobre o caos enlameado lá fora e penso como eles se parecem tão pouco com seres humanos. São como os monstros da velha ficção científica. Como paquidermes aquáticos, pastando num universo de lodo e fungos brancos. Bonecos sem sexo e propósito algum que não o de viver mais um dia sob a chuva.

Um deles é minha esposa, que volta para mim no final de cada dia.

Patrícia é a mulher mais adorável que um homem poderia desejar, mas a maior parte do dia ela se mete num daqueles trajes para trabalho externo e vira outro monstro biomecânico. Indistinguível dos outros a tropeçar na lama lá de fora.

E eu guardo a memória dela como se fosse um tesouro precioso. Tendo fé que o milagre vai se repetir e a criatura que eu amo e desejo brotará outra vez do seu casulo mecânico, como larva saindo para a luz e o calor. Eu a ajudo a se limpar e se vestir, colaborando para que se torne humana novamente, para que esqueça que na maior parte do dia ela é apenas o recheio de carne para um pesadelo de servomecanismos e tubulações a envolvê-la, usando-a como sistema nervoso e cérebro. O que nos salva é que Patrícia não se deixa abalar. Aceita tudo com uma resignação de mártir, conservando sua feminilidade como um refúgio do final do dia.

Nosso espaço é pequeno. Um lar que não passa de uma cabine de seis metros de circunferência, com todos os confortos da tecnologia moderna cercando o beliche, a mesa de refeições e o lavatório.

Há uma profusão de formas de acrílico e metal cromado, eficientes e elegantes, feitas por *designers* pagos a peso de ouro. Utensílios que cuidam de nossa higiene, alimentação e repouso, que se integram à arquitetura interna com suas formas arredondadas e fluidas, quase orgânicas. Foi tudo estudado e planejado para que os colonizadores não pirassem antes de terminar o contrato de oito anos, e não há dúvida de que funciona. A taxa de suicídios é baixa e os casos de colapso nervoso podem ser removidos e tratados com discrição. Sem causar comentários ou perguntas embaraçosas.

Não é grande consolo. Sabemos que se conseguirmos sobreviver neste charco durante oito anos poderemos voltar à Terra e viver às custas do governo. Oito anos parece tão pouco quando se assina o contrato, e se nos tornamos ligados a alguma pessoa, como eu e a Patrícia, fica difícil desistir. Ela é minha esposa, se eu desistir ela desiste e não quero que fracasse por minha causa. Sei como tem sido difícil para ela, mas ela tem aguentado, se acostumado e se integrado a esta vida sombria, sonhando talvez com o futuro despreocupado que este martírio vai nos garantir.

Se não morrermos e terminarmos enterrados aqui. A taxa de frete é alta demais para se devolver cadáveres à Terra.

Não adianta pensar no pior. Tenho que aguentar, eu não sei o que Patrícia pensaria de mim se eu desistisse. Afinal, se uma mulher jovem e bonita como ela pode aguentar esta vida, por que eu não posso? Por que tem que me dar nos nervos viver esta existência de molusco, dormindo e acordando dentro de uma concha de plástico, vendo a chuva lá fora como se fosse a própria imagem do eterno?

Talvez se eu parasse de pensar na chuva... Se tentasse me concentrar nos videojogos, mas é tudo tão deprimente.

Um dos jogos mostra um camarada preso num labirinto. Ele fica tentando sair o tempo todo, mas é inútil. Há uma infinidade de obstáculos e quando no final ele encontra a saída, ela se revela apenas uma passagem para um novo labirinto e um novo jogo.

Seria bom se o meu trabalho me distraísse, e realmente ele distrai. Só que os sismógrafos são completamente automáticos, exigindo minha atenção só duas horas por dia. Restam vinte e duas horas para dormir e pensar. Dormir e viver uma vida da qual oito horas podem ser compartilhadas com minha mulher.

Terça-Feira

Hoje os sismógrafos registraram uma série de abalos. O computador acha que não passam de ligeiras acomodações do solo, mas eu fico preocupado.

A chuva continua caindo lá fora, cada gota golpeando o solo como um minúsculo martelo. Bilhões de minúsculas marteladas que não param nunca. Alguma coisa pode ceder...

A lançadeira chegou, trazendo suprimentos e correspondência. Muita coisa pode ser transmitida via canal *laser* e impressa em fac-símiles, mas quando se trata de pequenos volumes e encomendas, dependemos inteiramente do elo físico que as espaçonaves mantêm com a metrópole.

Nos anúncios da companhia, uma lançadeira espacial é sempre um poema aerodinâmico erguendo-se do fogo e do estrondo da criação. Talvez seja, lá na Terra. Aqui, elas não passam de um foco de luz baça, caindo das nuvens como bola de fogo e então uma forma escura. Um pterodáctilo pré-histórico que se recorta em meio ao *spray* e as rajadas de vento, baixando como espectro negro sobre a plataforma de pouso. Ainda assim constituem a lembrança de que existe um mundo de luz e horizontes infinitos, uma existência de paraísos secos e iluminados além deste inferno aquoso em que nos encontramos.

A chegada da nave faz com que me recorde do sonho que tive. Algo que traz consigo o remorso.

Há coisa de um mês, quando a lançadeira chegou, fui até a área de embarque apanhar um cassete com o novo programa de leitura geológica por ressonância. Havia uma tripulante com uma videoprancheta checando fichas de desembarque, e sua imagem ficou gravada em minha mente. É certo que ela era uma moça atraente, mas isso não explica porque tenho sonhado com ela tão insistentemente. Eu adoro Patrícia, ela é a esposa que sempre desejei ter e o fato de sonhar com a outra mulher me deixa com uma sensação de mal-estar.

Talvez a imagem da astronauta, com seu uniforme elegante e decorado, seu ar de independência e dignidade evocando imagens da vastidão luminosa onde vive, tenham captado minha imaginação subconsciente. Patrícia pode ser mais real e sexualmente mais desejável que a garota das espaçovias, mas Patrícia vive comigo na escuridão e na lama enquanto a dama de branco e dourado passa sua existência entre as estrelas.

O programa psicanalítico do computador doméstico acha que tudo não passa de meu desejo de fuga e ascensão. A garota da espaçovia representando tudo aquilo que me é negado na presente existência. Uma resposta às minhas aspirações de liberdade e conquista, e a preconceitos sexuais enraizados desde a infância. Tive uma educação religiosa e sinto-me culpado pela vida sexualmente desinibida que desfruto com Patrícia. Daí o sonho com a fuga e um sexo sem culpa com uma criatura limpa e celestial.

Explicações à parte, continuo me sentindo responsável pela traição mental à minha esposa. Algo que o Unidata explica como um desejo latente de autopunição. Não vou discutir com alguém que possui um *software* autenticado pela Universidade de Viena, e se tenho culpas a resgatar estou no lugar certo.

Quarta-Feira

Houve outro abalo esta noite e os registradores de nível acusam que o solo cedeu dez centímetros sob os módulos seis, oito e doze. Fico pensando no que aconteceria se houvesse um deslizamento de grande porte. As conchas dos módulos residenciais são simplesmente depositadas sobre o solo, já pré-fabricadas.

Não existe solidez nesta lama para qualquer tipo de escoramento ou alicerces. Se o terreno ceder, como aconteceu anos atrás em Ishtar, podemos terminar no fundo de uma grande cratera, sob toneladas de lama, presos em nossos habitáculos herméticos convertidos em tumbas pressurizadas.

Levariam semanas para nos localizar e desenterrar e até lá já teríamos sufocado. Sistemas de suporte de vida não resistiriam a uma situação dessas.

Quinta-Feira

Falei com o chefe da geologia, mas ele achou meus temores infundados. Toda esta região foi esquadrinhada com sensores de varredura e feixe de laceriônicos LASCAN. Segundo ele a administração não correria o risco de estabelecer um povoado em área de solo instável.

Falei com Patrícia e ela também achou que a administração sabe o que faz. Chegou mesmo a me censurar dizendo que eu devia ocupar minha mente com exercícios mais saudáveis. Para ela, minha "fantasia apocalíptica" não passa de uma tendência mórbida que deve ser sufocada imediatamente.

Evito pensar na coisa, mas não tenho muito sucesso. A chuva continua lá fora, os filetes de água escorrendo na vigia como coisas vivas. Serpentes líquidas, coleantes e intermináveis.

Fico olhando a chuva. Às vezes ela cai quase na vertical, embora a regra seja uma inclinação para sudoeste. Acho que o ângulo de incidência médio das gotas é de quinze graus para fora da vertical. Podia até bolar um programa de computador para calcular o ângulo exato com que as gotas incidem no solo, ou o tempo de duração de um filete individual sobre a vidraça, mas acho que seria muito deprimente.

Sexta-Feira

O problema da instabilidade do solo continua me incomodando. Vi todos os holocubos sobre o comportamento do solo em condições de precipitação pluviométrica constante e há uma conclusão inescapável:

Não há condições absolutamente estáveis e qualquer estudo geológico perde a validade após um certo tempo, devido à formação de lençóis subterrâneos. Eles carregam os sedimentos formando imensos domos sob a superfície. Túneis e cavernas que podem ceder sem aviso. Tentei conseguir uma comparação entre levantamentos de relevo feitos por satélites em órbita, com intervalos de seis meses, mas a informação não é fornecida sem um código de acesso restrito.

Podia pedir ao diretor da geologia, mas ele foi o primeiro a me recomendar que esquecesse o assunto. Se eu fosse mesmo aquele gênio do computador poderia tentar uma infiltração na interface, usando um programa de busca por combinações aleatórias.

Patrícia e eu nos amamos com a intensidade de costume, mas continuo sonhando com a garota da lançadeira. O nome dela é Katerina. Não perguntei mas vi a plaquinha de identificação. A lançadeira será nossa única chance de sobreviver se o desastre nos apanhar. Poderíamos correr para a plataforma e tentar decolar antes que tudo viesse abaixo, mas a questão é se a tripulação esperaria numa situação dessas.

E seria o cúmulo da sorte se o solo resolvesse ceder com uma nave na plataforma. Elas só chegam uma vez a cada dois meses e não ficam mais do que doze horas. O tempo exato para reabastecer e carregar.

Sábado

Fico pensando se não seríamos mais felizes ficando na Terra, e chego a uma dupla conclusão: Sim — no meu caso particular — não — no caso geral da humanidade. Quase explodimos tudo, o planeta inclusive, quando deixávamos nossa agressividade voltada contra nós mesmos. Era preciso sair da casca, "deixar o berço", como dizia aquele russo. Voltar o nosso caráter briguento contra o Universo aqui fora.

O Cosmos é o adversário ideal. Ele nunca se esgota, está sempre à espreita e nós podemos gastar nele as energias de nossa raça recém-chegada.

Podemos expandir nossa esfera habitável, moldando mundos às nossas necessidades, criando outros a partir do vazio e dos minerais frios. Até que nos tornemos velhos e sábios e possamos tomar um lugar de direito no firmamento, encarando as estrelas não como adversárias, mas como companheiras de luta. Como velhos inimigos que, com o tempo, acabam por se respeitar e admirar.

Não havia opção. A escolha foi feita quando cobrimos o mundo com a civilização técnica, criando coisas como medicina e higiene para eliminar fatores que mantinham a população reduzida aos níveis compatíveis com a biosfera terrestre. Criávamos assim as condições que exigiriam a busca de novos mundos antes mesmo que os primeiros aviões de madeira tivessem voado.

Tudo muito bonito quando se pensa em termos de humanidade. O problema é quando descemos ao nível do indivíduo. Eu, por exemplo, não sou agressivo. E sempre fui do tipo viva-e-deixe-viver, e tudo que eu queria na vida era poder morar numa daquelas residências aéreas lá da Terra. Elas são como essas conchas plásticas em que vivemos aqui. Só que são equipadas com antigravidade para flutuarem entre as nuvens do céu. O horizonte azul perdendo-se em todas as direções e os raios do sol entrando pelo teto de plástico polarizado.

Pena que os módulos aéreos custam tão caro e um sujeito como eu tenha que passar anos neste inferno, até se tornar um novo-rico e poder virar eremita celeste num oceano de nuvens.

É isso que me mantém em pé. Deslizando nas correntes de jato da estratosfera como deuses olímpicos, com os panoramas mutáveis de um mundo inteiro aos nossos pés. Cercados de todo o conforto que o dinheiro pode comprar e confiar numa concha aérea de plasteel.

Só isso justifica esta existência em função do futuro, onde o aqui e agora se prolongam como uma tortura interminável. Um purgatório com todos os acessórios de um inferno e os prêmios e a redenção convertidos em mais um item evasivo, a acenar tentadoramente nos sonhos sempre interrompidos.

É preciso ter esperança, ter fé e manter a cabeça fria para que tudo não termine num leito branco de hospital, num quarto acolchoado ou na escuridão derradeira. Sobreviver, essa é a palavra. O mundo sempre foi dos sobreviventes... Ontem como hoje, e ainda vai ser por muito tempo...

Domingo

Patrícia retornou de uma expedição à Terra de Afrodite. Partiram ontem na Lagarta, um comboio articulado movendo-se sobre uma monoesteira, e só voltaram hoje.

Chegou dizendo que precisava de um banho quente e foi direto para o chuveiro. Fiquei preparando uma refeição aquecida para ela, quando a coisa finalmente aconteceu.

A sensação do solo cedendo é horrível. Lá atrás o módulo Delta escorrega num alude, enquanto a lama escoa por baixo. O chão transformado em cascata pastosa, mergulhando num declive cada vez mais íngreme...

Ouço Patrícia gritar no banheiro e consigo retirá-la de sob a cortina do chuveiro, que desabou. Nosso módulo cede, as luzes se apagam e as lâmpadas de emergência lançam um brilho avermelhado sobre uma confusão de objetos que caem das mesas e prateleiras. Arrasto Patrícia, nua e ensaboada, pelo tubo de conexão, vendo a cidade de cogumelos plásticos à nossa volta se tragada pela lama, numa visão de pesadelo. Nunca senti tanto pavor em minha vida.

A plataforma de pouso oscila adiante. A nave agarrada sobre ela como um imenso pássaro negro tentando se equilibrar. A qualquer momento tudo pode escorregar, mas não há tempo para refletir sobre isso.

Sinto Patrícia sufocada de pavor ao meu lado, e isto me conforta um pouco. Saber que não estou vivendo este pesadelo sozinho. O momento se alonga.

Segundos parecem minutos, enquanto o tubo de conexão resiste, e então chega aos nossos ouvidos o ruído do plástico se rasgando, do ar escapando. A plataforma cede, cai dez metros, mudando a inclinação do tubo, que se dobra e arrebenta como tromba gigantesca.

Agarro-me ao plástico flexível da conexão, mas a mão ensaboada de Patrícia me escapa. Vejo-a rolar pelo tubo abaixo, sugada pela boca voraz da despressurização, e grito inutilmente.

Um turbilhão de lama e água ácida sobe borbulhando. Vejo Patrícia, se arrastando lá no fundo, braços e pernas abertos numa tentativa desesperada de encontrar um ponto de apoio, e afinal a lava fervente a alcança e absorve. Sou atirado de encontro à comporta que tentávamos alcançar quando a plataforma cedeu, e consigo abrir o fecho. Estendo a mão para trás e grito, mas Patrícia não existe mais.

No lugar dela há uma coisa grotesca. Um boneco de lama gosmenta que se agita de modo incoerente. Uma figura assexuada, sem rosto, que se agita num bater de braços e pernas até sumir na massa de lama a avançar gorgolejando. Vem me tragar como um monstro. Vejo algo que parece uma perna ainda se agitando debilmente no caldeirão de lodo que parece ter vida, e não resisto mais. Entro e tranco a porta atrás de mim, fugindo pela comporta de embarque.

A nave não decolou e uma tripulante me ajuda a entrar. Ela parece tão bela, de uma beleza madura e sóbria, diferente da graciosidade juvenil da minha Patrícia.

Afasto rapidamente a imagem da forma inumana, englobada pela lama pegajosa, e me fixo no rosto sereno, nos olhos azuis como a Terra, sob uma franja dourada. Olhos que me encaram com urgência e seriedade.

No choque nem reconheço Katerina, que me ajuda a entrar na cabine acolchoada, e entrega-me ao abraço firme mas suave de um dos sofás de aceleração.

Não há sinal de outros tripulantes a bordo. O interior da nave me atinge com uma sensação de precisões matemáticas, embaladas num *design* sofisticado. Luzes indiretas, fiação e canalização ausentes. Tudo o que possa ofender a vista oculto sob painéis de plástico com desenhos artísticos. Revestimentos acolchoados nas arestas, cores pastel produzindo um efeito calmante. A lançadeira é pequena, e sua cabine de passageiros abre-se para a ponte de comando.

Posso ver Kate deslizando para o seu assento com a elegância de uma bailarina. Vejo-a fechar as garras aveludadas dos fixadores ao redor da cintura e colocar o *pickup* do comunicador sobre a touca de cabelos dourados. Os motores estrondam, a pressão da decolagem me empurra no assento. Estou salvo, mas a idéia custa a registrar-se em minha mente atordoada. Sinto uma espécie de embriaguez, uma lassidão crescente a me esvair de toda emoção.

Katerina parece uma virtuose do teclado. Seus dedos movem-se com precisão de *expert* sobre um desenho de teclas coloridas. Figuras geométricas belas e fugazes em cores vivas sobre as telas. Elipses de escape, trajetórias de encontro, curvas de consumo de combustível. O tempo escoa e de repente a ausência de peso me atinge sem aviso. A nave cortou os motores no ponto mais alto da curva de ascensão e as braçadeiras impedem que eu flutue na cabine.

Tento controlar meu estômago e a súbita sensação de sangue fluindo para a cabeça. Vem uma euforia, enquanto os ouvidos zumbem e a visão parece se tornar mais clara. Katerina sai de seu posto e caminha cuidadosamente sobre o tapete adesivo. Quero agradecer-lhe, sinto-me atraído por ela, mas não passo de um peixe fora d'água. Nem saberia me mover, acabaria girando no ar de modo ridículo.

A sensação de superioridade que a astronauta me transmite é esmagadora. Ela parece tão senhora de si e de seu mundo, um mundo onde eu não passo de um refugiado tirado da lama. Molhado e amarrotado, encolhido na minha poltrona, enquanto esta dama das alturas se move com elegância, em seu uniforme limpo, tratando-me com uma cortesia profissional.

O casco despolariza, tornando as paredes transparentes como vidro, e a vertigem me arrasta por alguns segundos. Fico ofuscado e afinal consigo ajustar minha mente à vastidão sem limites ao redor.

O Sol inunda a cabine de luz, fazendo cada detalhe saltar nítido, brilhante. Diretamente acima, Vênus é um teto côncavo de nuvens contínuas, refletindo a luz do Sol com um brilho de campo de neve. O horizonte é nítido, como uma película de luz cortada à faca. Abaixo e em todas as direções o espaço parece um nada tinto, onde as estrelas desaparecem ofuscadas pela glória do planeta acima.

A nave deve ter entrado em órbita com o teto da cabine voltado para baixo e o nariz levemente inclinado para o horizonte. O Sol continua erguendo-se como um foco de arco elétrico. Posso ver o aro luminoso da corona, no ponto em que o material do casco bloqueia a luz mais intensa, e então um pisca-pisca chama a minha atenção do outro lado.

Não sabia que já estávamos tão próximos da nave-mãe, o hotel flutuante móvel que viaja ano após ano entre os planetas internos, lançando e recolhendo os pequenos veículos atmosféricos que conduzem homens e máquinas.

Visto daqui parece um enfeite, um móbile criado por um artista trabalhando com cristal e metal cromado. Um edifício prismático, com andares superpostos, cheios de janelinhas iluminadas. Girando ao redor do eixo longitudinal para produzir uma gravidade de mentira para os seus habitantes. Abaixo, uma lança de metal se projeta no abismo, suportando cachos de módulos de serviço, tanques de combustível e o reator de fusão termonuclear. Pequenos trenós de gravidade zero evoluem ao redor, como insetos de uma colmeia. Abelhas operárias verificando a integridade do casco, a blindagem do reator, efetuando reparos enquanto o condomínio volante, o apartamento cósmico cresce girando à nossa frente, saltando ao nosso encontro em toda a sua complexidade e beleza.

O sinal eletrônico do despertador me joga de volta à realidade e os detalhes se esfumam. A realidade do sonho voltando às profundezas reprimidas de onde saiu.

Sufoco uma angústia crescente que me aperta o peito. Vejo Patrícia, se arrumando para sair, terminando de ajustar seu corpo no interior da armadura *cyborg*. Chove lá fora e os contornos de meu quarto, na colônia Vênus, tornam-se novamente nítidos. Levanto mecanicamente para a rotina diária. Digo "bom dia" à coisa mecânica em que se tornou minha esposa e vou verificar os gráficos do computador.

Não houve novo abalo. As projeções indicam estabilidade por tempo indeterminado. O bonequinho do vídeo-jogo entra em novo labirinto e começa a evitar obstáculos. Lá fora a chuva continua, intensa e imutável...

MESTRE-DE-ARMAS

BRAULIO TAVARES

Um dos mais respeitados autores brasileiros de ficção científica, Braulio Tavares venceu em 1989 o Prêmio Caminho Ficção Científica, concurso promovido pela maior editora de Portugal, com o livro de contos A Espinha Dorsal da Memória, *publicado na coleção Caminho Ficção Científica naquele ano e agraciado com o Prêmio Nova de Melhor Livro de Ficção Científica no ano seguinte. O livro traz contos avulsos de* FC, *fantasia, horror e fantástico literário na sua primeira parte, e uma sequência de histórias interligadas com certa continuidade de situações — o que no campo da* FC *se costuma chamar de* "fix-up" *—, na sua segunda parte. "Mestre-de-Armas" faz parte desse* fix-up, *e recebeu o Prêmio Nova de Ficção Científica para Melhor Ficção Curta, em 1990.*

A segunda coletânea de Tavares chamou-se Mundo Fantasmo *(1994) e seu primeiro romance,* A Máquina Voadora: História do Sapateiro Gamboa e de sua Maravilhosa Máquina de Voar *(1994). Em 1999, publicou o livro de poemas* O Homem Artificial.

No século XXI *ele tem se dedicado a organizar antologias para a Editora Casa da Palavra, do Rio de Janeiro:* Páginas de Sombra: Contos Fantásticos Brasileiros *(2003),* Contos Fantásticos no Labirinto de Borges *(2005) e* Freud e o Estranho: Contos Fantásticos do Inconsciente *(2007), todas muito bem ilustradas por Romero Cavalcanti. Seu conto mais recente foi publicado em* Ficção: Revista de Contos *Nº 15 (2006).*

"Mestre-de-Armas" é outra narrativa com um quê de New Wave *— movimento que esteve em voga de meados da década de 1960 até a primeira metade da década de 1970, na Inglaterra e Estados Unidos — na sua evocação do mítico e na desconstrução irônica da glória militar e da expansão humana no espaço, tema tão caro à* FC *da* Golden Age. *Sobre ele o premiado escritor Nelson de Oliveira disse: "Esse conto, admirável como os de José J. Veiga e Samuel Rawet, merece constar de qualquer antologia dos melhores contos brasileiros, dentro e fora da* FC."

Eu abri meus olhos, e vi meu rosto pela primeira vez. Essa imagem sumiu e surgiram vários homens, vestindo uniformes diferentes apenas na cor; esses homens colocaram a primeira estrela em meus ombros, a estrela de Instrutor. Disseram que meu corpo estava aprovado, que tinha mostrado em si o pulsar forte da verdadeira vida; e que agora estava na hora de me ser dada uma alma. Puseram-me numa cabine e ali fiquei durante um tempo que me pareceu sem fim, um tempo que quando mais se estendia mais se alargava; liguei-me às máquinas que tinham, e eram muitas e belas. Através daqueles microssensores cavalguei uma horda de almas que julgavam me cavalgar; retornei a algumas para examiná-las melhor; escolhi uma, marquei seu código, recebi-a.

Depois fui à presença de um homem que me apertou a mão e disse: "Sou Escudeiro do Mestre-de-Armas. Um Mestre-de-Armas comanda dez Escudeiros como eu e dez Instrutores como tu. Cada Instrutor tem uma nave para si, com quinhentos Combatentes, e essa nave é administrada por um dos Escudeiros. O Mestre se teleporta entre essas dez naves; está praticamente presente em todas o tempo inteiro. Um Instrutor é um Combatente como tu, que se destacou entre os outros, e que antes de partir para o Duelo dirige os testes de um outro grupo. Um Mestre-de-Armas é um Instrutor que foi tornado imortal, por merecimento. Pode ser o teu caso... Só vai depender de ti."

Levaram-me a uns aposentos. O armário estava cheio de uniformes diferentes; examinei-os todos, eram feitos sob medida para mim. Corri a porta do armário de alimentação: as etiquetas e os rótulos que vi me despertaram uma boa Memória; não me ocorria nenhuma imagem ou fato, mas brotava uma boa sensação. Deitei-me naquela cama, estirando as pernas, as mãos cruzadas na nuca: o teto era um céu estrelado, um céu de verão onde as estrelas eram estrelas avistadas por olhos míopes, estrelas cheias de raios, e não aqueles pontos cuja única vantagem é a nitidez... As frases terrestres me vinham de jorro ao pensamento, fui me acostumando. E, como se fosse pouco, havia umas palhas de coqueiro a compor o quadro, farfalhadas por uma brisa tropical... Eu gostei de pensar isto: farfalhadas por uma brisa tropical. E nuvenzinhas brancas. Estendi o braço e toquei no teclado desenhado na parede, troquei aquilo pelo céu de uma tempestade no Ártico; depois por uma manhã nublada com gaivotas em voo rasante; depois por um crepúsculo com vários sóis. Isso me encantava, porque era meu primeiro dia após receber minha alma terrestre; mas fui ficando cansado, desliguei o teto, adormeci pela primeira vez, e foi ainda mais estranho que acordar.

*

Estavam todos ali à minha frente, à frente do palco de onde os olhávamos: eram cinco blocos de Combatentes, em dez por dez. O Escudeiro, ao microfone, descreveu o funcionamento da nave, os meios de locomoção em seu interior, o sistema interno de comunicações, as áreas de exercícios, a organização dos alojamentos e dos refeitórios. O Escudeiro era também terrestre. No instante em que pensei isto outro pensamento se apresentou, informando: "Todos os Escudeiros o são." Essa era a Memória Informativa, que faz parte da alma que recebi, e só surge quando necessária. Já a Memória de Sentimentos surge independentemente de precisarmos dela ou não. A energia-em-ida das ideias, a quem é preciso caçar; e a energia-em-vinda das emoções, contra as quais convém se proteger. Pensei estas frases e fiquei sem saber se de fato as pensara, ou se era mais Memória. Tanto faz. Agora, tudo quanto faz parte de mim sou eu.

Eu também sou terrestre de corpo, e a alma que recebi era terrestre. Olho os batalhões enfileirados em dez por dez: pelo menos dois terços são também terrestres, e o resto se compõe de humanoides de várias raças. É preciso, no entanto, considerar terrestres todos eles; um terrestre não é quem é feito com células terrestres, ou quem nasce na Terra. "É quem luta pela Terra", conclui o Escudeiro. Todos batem forte com os pés no chão, esquerdo-direito, esquerdo-direito. Sinto um arrepio no corpo inteiro; eu conhecia aquele som, eu já tinha sido Combatente.

Depois, no quarto, conferi as informações sobre eles. Eram trezentos e setenta e três terrestres e cento e vinte e sete humanoides; entre os terrestres, duzentos e dois homens e cento e setenta e uma mulheres. Cada um era o produto de espermatozoides e óvulos recolhidos aleatoriamente no Banco de Tipos, seguindo-se então um processo de *vita in vitro*, nascimento, educação e vida-em-horda. Quando completam quinze anos, um novo sorteio decide se serão Combatentes e deverão subir até aqui, até às naves.

Em minha segunda noite não durmo; ocorre-me que me assemelho ao vampiro, um ente mítico terrestre que, segundo a lenda, jamais dormia. Enquanto os Combatentes dormem em seus alojamentos com o corpo ligado aos microssensores, eu também ligo meu corpo aos meus e começo a passear por todos, detendo-me em cada um por vez, sem lhe saber o rosto, sem poder no dia seguinte distingui-lo de qualquer outro: durante essa noite eu passeio em todos, sopeso suas emoções, vejo aqui coragem, ali medo, vejo em toda parte a vontade de ficar com vida o maior tempo possível. Não são homens nem mulheres ainda, são quase iguais, são partes de uma psicolmeia, são humanos e humanoides ainda não tornados pessoas e, portanto, ainda no ápice de sua entidade-id; ainda desconhecem a plenitude da palavra *eu*, são tranquilíssimas feras (saboreio essas frases terrestres), máquinas vivas de sobreviver.

No outro dia, audiência com o Escudeiro. Há todo um ritual: determinadas roupas, gestos, palavras, e tenho antes que assistir várias gravações no Ideovídeo.

Mandou-me entrar. Entre nós havia uma mesa. À frente dele, uma pasta cheia de papéis. À minha frente, mas quase no meio da mesa, uma bandeja cheia de frutos terrestres, miúdos, todos diferentes, mas todos vermelhos com pontinhos escuros, a base amarelada, e tendo nessa extremidade um pedúnculo de folhinhas verdes que o Escudeiro arrancava num gesto preciso e punha de lado, levava em seguida o fruto inteiro à boca, na ponta de dois dedos, como se me indicasse de que modo proceder. Os terrestres dizem às vezes três ou mais coisas com um só gesto. Ele estava me dizendo: vê, não estão envenenados. Ou: vê, este gesto vem sendo lapidado há milênios. Ou: vê, sei que é a tua primeira missão como Instrutor, precisas começar a pensar na morte.

Um Combatente tem de sobreviver a todos os testes para ganhar uma alma; até então, é como se a morte não existisse. O gesto da morte é apenas um gesto a mais. Passamos a infância nas psicolmeias, fervilhantes viveiros onde praticamos ginástica, esportes violentos ou graciosos, ações coletivas. . . O Escudeiro exortou-me a ser bravo, a não temer a morte, repetiu a Lei: um Mestre-de-Armas é um Instrutor que foi tornado imortal. . . Não falei nada. Ele me estendeu as pastas com documentos, disse que aquilo era minha história, meu desempenho, meu currículo, minha folha de serviços, entendi? Sim, senhor. Que os lesse nessa noite e os devolvesse amanhã, era proibido mostrá-los, mas a nossa equipe tinha de ser a melhor de todas, e ele achava que quanto mais dados eu tivesse, melhor. Disse: vai, leva isso, a audiência está encerrada.

No teto do meu quarto vejo agora nossas dez naves, acopladas à Base Orbital de Buridan-3, terceiro planeta do sol Buridan, um sol muito semelhante ao da Terra. A humanidade terrestre tem em Buridan a sua décima oitava Estação. As Estações são os Portais sucessivos em uma linha de Hipertempo, e através delas a humanidade vem se espalhando há milênios. Da Terra saltam para o sistema as estrelas duplas Odin; daí para o sistema de Craven, com quatro estrelas, e onze planetas habitados; daí salta-se para o sistema de Eloi; e o novo salto às escuras leva a Miraceli; e assim vinham os homens há um tempo sem conta, eternamente na mesma ordem, Estação sucedendo a Estação, e a décima oitava é Buridan, o mundo em que nasci.

Cada salto era sem volta, sem retorno possível; os homens despediam-se para sempre da Estação onde tinham nascido, e saltavam para a próxima, que ninguém entre eles podia imaginar qual era. Essas Estações, esses sistemas, estavam irregularmente espalhados pela Galáxia: uns próximos, outros afastados, e nem mesmo uma cultura grau dezoito como a nossa tinha discernido entre esses pontos algum tipo de padrão. Em todo o caso, sabia-se que eram pontos topologicamente contíguos, e quando um dia fosse possível ordená-los a humanidade deixaria de se arrastar ao longo de uma linha unidimensional do Hipertempo — poderia se deslocar nesse Hipertempo em mais de uma direção. Alguns homens pensavam: o que haverá na próxima Estação? Talvez lá, justamente *lá*, tivesse surgido uma nova e fantástica descoberta... Saltavam.

Nós não saltaríamos jamais; não para onde os viajantes saltavam, depois de chegar à Estação Buridan. Na data marcada, as naves com os nossos Combatentes se encontrariam num ponto qualquer do espaço com uma nave dos Intrusos, que a levaria consigo para um Duelo, como era sua tradição. Os Combatentes que participavam dessas façanhas pediam para ir duelar na Estação-17, Nikto; outros escolhiam Miraceli, a Estação-5; e outros, mais ousados ainda, pediam para ir morrer na Terra.

Tenho os olhos abertos, e os fones em meus ouvidos, continuam desfiando as descrições, os relatos, as leis. Sobre minha cabeça flutua a imagem da Estação Buridan, onde estou, um imenso pentáculo com uma nave acoplada em cada um dos lados de suas cinco pontas. Amanhã teremos nosso primeiro teste, que será escolhido pelos Escudeiros e posto em prática pelos Instrutores. Preciso me sair bem... Caso o atual Mestre-de-Armas decida saltar para a próxima Estação, um dos Instrutores será escolhido para ocupar sua vaga — e tornar-se imortal. Dizem os relatos que há grande possibilidade de que isso ocorra agora, nesta geração (cada geração abarca um ano, desde quando os

Combatentes são sorteados e arrancados às psicolmeias até à vinda dos Intrusos, e a partida sem volta para o Duelo).

Os Escudeiros escolheram um teste que estava no arquivo há muito tempo mas era raramente usado: um labirinto de campos de força, num vasto espaço cúbico com dois quilômetros de aresta. O cenário era uma vasta cavidade branca, o chão como um gelo ártico, o quadrado negro dos emissores destacando-se na superfície. Os Combatentes desciam de uma nave imóvel, deixavam-se cair pelas aberturas invisíveis; quando caíram os últimos aquilo já era um vagaroso fervilhar de corpos minúsculos, como vermes numa carne, pensei em sobressalto, como vermes numa carne. Passaram horas nadando naqueles tubos; e havia uns truques geométricos para armadilhar os mais sugestionáveis, ou então truques como o de (é uma Memória, eu nunca vivi isso, mas está vindo a mim) o indivíduo que entra num corredor do labirinto onde a luz passa do vermelho para outras cores e por fim o violeta, depois do que o corredor fica estranhamente escuro e ele continua, continua, até o corredor banhado de raios gama... Tive um sobressalto maior e afastei essa Memória, a energia-em-vinda dela era muito forte.

Dos que passaram sobrou uma turma boa, senti o quanto eram obstinados, eficientes, o quanto tinham sorte, o quanto tinham a vida a seu favor. O número de baixas (algumas dúzias) ficou maior do que a média prevista pelos Escudeiros; anotei. O segundo teste iria demorar uns dias, enquanto isso receberíamos pelo Ideovídeo a transmissão dos testes de algumas das outras equipes.

Escolhi uma mulher. Uma Combatente de cabelos claros, uma boca diferente, um jeito de mover os ombros que a tornava quase-pessoa. Conforme a tradição terrestre, escolhi-a e calei. Nessa noite fiquei em meu alojamento; no teto do quarto coloquei um programa com trinta e dois minutos de um amanhecer terrestre, que chegando ao fim dava marcha à ré e se reproduzia às avessas, era como um sol chegando, vendo aquilo tudo e resolvendo voltar, desistindo.

Lembrei o dia da apresentação, os batalhões enfileirados, as instruções secas do Escudeiro ao microfone, a holoface do Mestre, um rosto com seis metros de altura, fitando e vendo tudo que acontecia em dez salões de dez naves, sem dizer nada, apenas acompanhando as cerimônias, os olhos com uma expressão desapaixonada, como se estivesse ali apenas verificando se o que tinha sido posto a funcionar funcionava mesmo. E quando o Escudeiro me cedeu o posto, eu me adiantei e fiz o meu discurso, sem saber o que minha boca iria dizer até ao momento em que cada palavra era enunciada, e a voz saía redonda, sonora, na firmeza certa, sem um tremor, modulando com desembaraço as longas frases e traçando com graça as curvas das ênfases; dali eu não distinguia olhos nem rostos, mas o calor deles aumentava e chegava até mim, até que saudei, o punho erguido no ar: *Combatentes*, gritei, *boa morte!... Boa morte!*, gritaram os punhos erguidos.

O segundo teste era o de combate aberto. Minhas Memórias dele não eram muito claras. A parte inicial consistia em emissões de Ideovídeo com descrições da Terra Antiga, relatos, descrições, ficções; os Combatentes aprendiam palavras como Mesozóico, Cretáceo, aprendiam a distinguir a vegetação, os animais menores, experimentavam-se respirando aquele ar diferente, viam pela primeira vez os seres que imperavam nos pântanos dali. Na reunião de preparação a mulher pediu uma pergunta, concedi. Ela disse: Mas, se esta guerra. . . Eu corrigi: "Guerra não, este duelo." Ela consertou: "Mas, se este duelo é com os Intrusos, se é a eles que vamos enfrentar, por que essas criaturas no meio, por que ter de abatê-los também? Eu disse: Está nos relatos, nós escolhemos o local do duelo, e pedimos a Terra; coube aos Intrusos escolherem as armas, e as armas serão esses seres." Transportamos os Combatentes para o terceiro módulo da nave, onde o cenário estava todo pronto, uma ilha com trezentos quilômetros quadrados cercada por oceano de água e sal, coberta de selvas e atoleiros, e doze droides T-Rex à solta, programados para resistir à invasão. Destruímos cinco deles, um bom número em comparação com a média final de todas as equipes, que foi de quatro ponto três.

Ao visitar os feridos na enfermaria parei ao lado do leito da mulher. Eu tinha na véspera examinado as gravações dos rituais. Tomei a mão dela na minha, segurei-a em silêncio, enquanto os outros observavam tudo, meio à distância. Aquele gesto significava que iríamos juntos ao duelo, caso ela sobrevivesse às outras provas. Repetir esses velhos gestos terrestres me emociona, as Memórias borbulham. Penso que aquele instante não é só meu, que estou repetindo algo para mantê-lo vivo, passá-lo adiante; sou o mero trampolim para que um gesto milenar tome impulso e salte através do Tempo — lá vem ele, passa através de mim, sumiu, lá se foi. Eu o vejo vindo do futuro ("vou erguer a minha mão e tomar a mão dela"), me atravessando, e sumindo no passado ("tomei-lhe a mão, já a soltei"); mas esse é o tempo do indivíduo. No tempo da Espécie o gesto vem do passado (as Memórias que herdei, e as gravações do Ideovídeo que seis vezes por dia impregnam mais fundo minha alma em mim) e através de nós se prolonga e desliza para o futuro (esse gesto milenar, repetido por mim, aumenta sua chance de varar mais milênios). Por isso entre nós vale menos uma vida que um gesto, porque ao longo das infindáveis linhas do tempo há um desses gestos que será importante, há uma dessas palavras que um dia será pronunciada na hora certa e mudará a sorte dos terrestres, mudará o rumo dessas guerras sem ódio com os Intrusos. . . Não sabemos que gestos e palavras serão esses, mas passamos adiante tudo que temos, a vida emerge pronta das Memórias, e cumpre-se. Olhei novamente o cabelo da mulher, os ferimentos em seus ombros, os pés maltratados que emergiam do lençol. Pousei minha mão sobre um deles, era a primeira vez que eu tocava um pé; ela fechou os olhos, abriu-os de novo; era minha.

O teste seguinte de cada equipe seria de escolha de cada Instrutor. Fui aos arquivos, e durante a busca ocorreu-me uma Memória: conduzimos a nave até Buridan-2, o segundo mundo do sistema. O Escudeiro, de início, avisou que era impossível, que o planeta estava desativado desde que a selva avançara sem razão aparente e apodrecera os laboratórios, as bases e os campos de testes. Mas a Memória a que eu agora recorria fazia menção a uma equipe que tinha ficado lá, recuperando um dos campos; tentou-se o contacto com eles, foi conseguido. Era um bom prenúncio, porque eu sabia que aquele era um teste de sorte, um teste decisivo.

A selva tinha crescido mesmo. Quase não reconheci o lugar. Tinha uns animais novos, com carapaças, emitindo sons. Esporos. Fungos rápidos que não perdoavam cinco minutos de imobilidade. E havia insetos, tantos que minha Memória se inquietou: estava tudo muito diferente, estava muito pior.

Mas já estávamos lá, de modo que dei um desconto nas provas costumeiras, e soltamos os Combatentes em grupos de cinco, para que pudessem se carregar durante o sono; e o prazo previsto para uma nave recolher os sobreviventes, nos vários postos de espera, foi ampliado de dois para cinco dias.

Isso os ajudou. Os que chegaram de volta aos postos vinham em tal estado que me admirei de terem voltado tantos; mas uma variável aleatória tinha se voltado contra mim. No primeiro teste eu perdera cento e vinte, no segundo setenta e oito; mandei trezentos e dois para a hileia de Buridan-2 e só me regressaram trinta e seis. No cômputo final, comparando-se com os testes escolhidos pelos outros Instrutores, resultava que o retorno médio, nas outras naves, acabou sendo de duzentos e vinte ponto sete. Minha equipe tornou-se a menor de todas, e o Escudeiro me chamou.

Havia uma bandeja de frutos, só que desta vez amarelos, todos iguais. Imitei os gestos dele e passei a saboreá-los, eram também muito bons. Ele quis saber por que eu tinha escolhido aquele teste; falei que devido às minhas Memórias. Ele disse que nunca tinha visto tantas mortes em todos os seus anos como Escudeiro; e mostrou os cabelos brancos. Eu fiquei calado. Depois disse: Senhor, o índice de retorno esperado em cada nave é esse, em torno de dez por cento. Ele disse: "Dez por cento do total, mas você recebeu quinhentos e só tem agora trinta e seis." Eu disse: "Senhor, eu garanto, se só ficarem cinco valerão por cinco mil." A audiência foi terminada.

A mulher retornou manchada de sanguessugas, ferroadas de vespas, inchada de mosquitos, febril, tossindo; sobreviveu aos outros quatro do seu grupo, foi a primeira mulher a atingir um posto de espera, e a oitava na classificação geral.

Eu sabia o motivo da preocupação do Escudeiro. Eu passava pelo menos metade dos meus dias mergulhado em gravações de Ideovídeo em que eu próprio aparecia; descobri isso quase por acaso ao mexer no meu equipamento, pedi meu próprio código para verificar uns cálculos e descobri que em meu canal de Ideovídeo havia gravações de pelo menos quinze dos meus dezessete anos. Revi-me criança, depois lutando, ou descendo corredeiras, ou dançando; e depois, já Combatente, atraindo um droide para uma areia movediça, ou. . .

Em nossa cultura, o aleatório tem algo de sagrado. Perseguimos a eficiência, mas o que louvamos é a sorte. Essa variável estava se voltando contra mim, e eu me sentia amputado, surdo ao passado, cego ao futuro. Eu era uma pessoa ainda muito recente, um resto de bicho, um começo de rosto, despregando-me da gosma confortável de ser coletivo como na psicolmeia, onde éramos sincronizados, orquestrais, às vezes juntávamos dois grupos de dez e ficávamos conversando como duas pessoas, aquelas dez vozes erguendo-se e alteando-se uníssonas, todos improvisando juntos e simultâneos as mesmas palavras. . .

Não é nisso que devo pensar. *Sorte.* Tenho visto, além de mim mesmo, gravações sobre a corporação dos Escudeiros. Aprendi algo sobre seus hábitos (lá embaixo, no planeta, não sabíamos nada sobre isto, estas naves com estes homens no seu interior; não sabíamos o que eram naves ou o que era a Terra ou os Portais ou os Intrusos; só os que se tornam Combatentes têm acesso a esses conhecimentos, mas nunca descem de novo ao planeta para contar a história). Os Escudeiros prezam muito a variável aleatória, o fator desequilibrante, a segunda lua, a terceira margem do rio, o sexto lado do pentágono. Cultuam a sorte. Faziam-me participar de avaliações durante pelo menos duas horas todos os dias: escolher um objeto entre muitos, apertar botões ao acaso, jogar dados e roletas, apostar em números. . . testes de random-positivo.

O próximo teste para os Combatentes era a criação da ego-área, a mente enfeixada numa só e que daí por diante assumiria o controle pronta para receber a alma. Aplicamos alguns miligramas de lisácido em cada um, e os colocamos nas cabines da centrífuga; uma vez em movimento, seriam submetidos a uma programação contínua para preservar-lhes os reflexos, os comandos, a capacidade de reter Memórias e tomar decisões. Quarenta e oito horas girando, com alimentação endovenosa, sob estimulantes, sob pressão, e sendo forçados a manter a consciência, porque os fones de ouvido estariam proferindo os comandos, e a voz teria de responder ao microfone, ou os dedos teriam de premir as teclas corretas, girando, girando, girando. Um ou outro estourava.

Passaram quase todos; a mulher não passou. Vi quando a trouxeram numa padiola, o cabelo arrastava pelo chão e a boca vertia saliva, o olhar chapado em duas dimensões, mongol. O Escudeiro ergueu os olhos da cifra final: vinte e um homens, sete mulheres; dezesseis terrestres, doze humanoides. Perguntou: "Por que essa mortandade toda?" Eu disse: "Senhor, são os testes." Ele disse: "Sabes que fomos a antepenúltima equipe, que só duas foram piores do que nós?" Eu disse: "Lamento, senhor."

Mas aquilo já era quase o final. Aqueles vinte e oito tinham sido aprovados, tinham tido sorte, tinham em si o pulsar forte da verdadeira vida, e agora estava na hora de ganharem uma alma, libertarem-se de vez da colmeia, conhecerem a solidão. As semanas após o último teste foram preenchidas por treinos com equipamento, com as unidades de comunicação, a preparação dos acampamentos e das estações, a alimentação, a medicina. E mais material sobre a Terra Antiga, onde iríamos enfrentar as armas dos Intrusos.

Fizemos então os implantes de superfície: informações sobre os Intrusos, praticamente tudo que tínhamos até àquela data. Como encontraram por acaso os homens da Terra Nova, os quais já iam por conta própria ao espaço, e como lhes ensinaram o salto no Hipertempo, o acesso aos outros pontos da Galáxia. Os terrestres construíram o primeiro Portal do Hipertempo e foram parar em Odin, um sistema de estrelas duplas onde construíram penosamente a Estação-2. Durante a colonização desse sistema, os terrestres perceberam que o Portal era apenas a seção de um tubo onde se corria numa só direção, de modo que em Odin o Portal trazia terrestres sem parar, mas os que nele embarcavam pela segunda vez não rumavam de volta à Terra, e sim para algum lugar desconhecido. A maioria recusava; o medo de jamais voltarem à Terra ofuscava em suas mentes até mesmo o medo de morrer, e eles preferiam ficar em Odin, esperando uma solução. Mas os que entravam no Portal em Odin iam emergir no sistema de Craven, com quatro estrelas, onde começaram a colonizar os onze planetas, e onde construíram a Estação-3.

Nós que somos uma cultura grau dezoito, ficamos às vezes a imaginar se uma cultura grau cinquenta, com quarenta e nove Estações a lhe fornecer História, irá um dia se lembrar de nós. "Eram os Combatentes", dirão, "os Combatentes de Buridan; nenhuma outra raça matou tantos Intrusos, nem antes nem depois." Nós não saberemos disso. Ficaremos aqui, de pé diante do Portal, que de um lado nos liga com Nikto, a Estação-17, num trajeto só de vinda; e de outro nos leva para o abismo, para a provável Estação-19, que não sabemos qual é, nem como será.

Provavelmente os homens de lá caçarão os Intrusos, como nós... e só algumas vezes terão conseguido, como os nossos, pôr os olhos nesses inimigos ocultos, que a cada vez têm uma forma diferente: moluscos, cristais de minério, cristais de energia, antropoides de uma habilidade feroz, psiplantas. Os terrestres os perseguiam e os exterminavam às cegas em qualquer ponto ao longo da linha das Estações, sempre recorrendo a técnicas diferentes. Em Miraceli, Estação-5, usavam-se invocações mágicas; em Turmalion, Estação-10, feixes de ultra-sons. Em Buridan, vivia-se apenas para colonizar o solo árduo do planeta, e para os Duelos periódicos, quando uma nova geração de Combatentes estava pronta, e a nave dos Intrusos despontava nas telas de radar.

Desta vez não havia bandeja com frutos, a mesa estava vazia, e o Escudeiro tinha um aspecto cansado. Disse que as dez naves estavam, no final dos testes, com uma equipe total de trezentos e onze Combatentes; e que no dia seguinte o Mestre-de-Armas se reuniria com os Escudeiros para escolher, entre os Instrutores, aquele que deveria sucedê-lo. Disse também que eu deveria indicar, entre os meus vinte e oito Combatentes, o Instrutor que me substituiria quando partíssemos para a Terra Antiga.

Fizemos os Implantes profundos. Não bastava saberem quem eram e saberem quem eram os Intrusos. Era preciso implantar-lhes na mente as estruturas-de-impulso capazes de superar o medo da morte que dali em diante os acompanharia: dávamos a essas estruturas nomes tradicionais, como o Sentido de Finalidade, a Imaginação, a Fé, a Vontade de Realizar, o Impulso Modificador. No final de tudo, o amor pelo Jogo; e as regras do Jogo.

A imortalidade, disse o Escudeiro, é o sonho de todas as raças, e nenhuma delas domina esse sonho, nem mesmo os Intrusos; somente nós. Eu o escutava com um receio inexplicável; de minhas memórias estava brotando a sensação de pisar terreno sagrado. A imortalidade, continuou ele, não significa a eternidade, e sim uma vida prolongada indefinidamente, através de drogas, de banhos moleculares, de biólise, de tal modo que apenas a morte violenta poderia interrompê-la. Sabia eu por que só os Mestres-de-Armas tinham esse direito? Respondi de acordo com a lei: que os Mestres-de-Armas tinham sido Instrutores, e antes de serem Instrutores tinham sido Combatentes; cada um deles era o melhor guerreiro de sua geração. Ele retrucou com suavidade: “Sim, é isso, mas é mais do que isso, e chegou a hora de ficares sabendo.”

Todos os Combatentes são imortais, disse ele: todos, ao chegarem à Base Orbital em forma de pentáculo, se submetem ao mesmo tratamento, quando ainda não têm alma; todos viveriam para sempre, não houvesse os duelos. Só o Mestre-de-Armas, disse ele, vive para sempre — porque sua missão não é lutar e morrer, e sim estar presente nas naves, ser um ídolo, um símbolo. Só morreria se alguém o matasse, e os Escudeiros cuidam para que isso não aconteça; ou se matasse a si próprio, e contra isto ele recebe um Implante; ou por acidente, o que é raro. Tive dificuldade para entender aquilo. Perguntei o que ia acontecer ao Mestre atual, uma vez que ia ser substituído. O Escudeiro respondeu: Geralmente saltam em busca da Estação-19; há uma lenda entre os Mestres-de-Armas falando de um deles que conseguiu voltar, e diz essa lenda que a Estação-19 chama-se Torbus, e travam-se ali belos combates, e os Mestres-de-Armas que buscam a morte podem encontrá-la sob aquele sol azulado, naquele planeta cheio de torres vazia deixadas pelos Intrusos, onde vivem humanoides tecelões e pastoris.

Acho que foi naquele instante que minha alma se instalou de vez em mim. Brotou-me uma Memória intensa, a mais intensa de quantas tinha recebido até então, uma Memória de Sentimento que era uma mistura da alma que eu recebera com as vontades de que meu corpo era capaz. Essa Memória me passou uma carga violenta de desejo, de não precisar viver, de querer somente os combates, o fascinante horror de estar-matando: os gritos dos que morrem a meio passo de distância, o gorgolejar do sangue, o vácuo impactante das explosões, o bafo das chamas, feras rugindo, a porta da nave Intrusa que se abre e dali surge algo. . .

Emergi, num sobressalto. O Escudeiro me perguntou o que eu acabara de ver. Minha voz estava fraca quando respondi: "Vi, senhor, a única vida que vale a pena ser vivida." Ele se ergueu e disse: "Pois terás de esquecê-la, porque essa vida será a deles, a tua é a imortalidade. Foste o escolhido, ajoelha-te, nós te nomeamos Mestre-de-Armas."

São cinco blocos de Combatentes, alinhados em dez por dez. São dez salões iguais à minha frente, e em cada um deles um Escudeiro de cabelos brancos explica o funcionamento da nave, explica o regulamento, os estatutos, as leis. Lembro-me do dia em que eu estava ali, com quinze anos de idade como todos os outros, e meus pés calçados de botas bateram, esquerdo-direito, esquerdo-direito, esquerdo-direito. Lembro do outro dia em que, já Instrutor, bradei meu discurso. Agora olho esses dez salões cheios de meninos que irão duelar. Desde que me tornei Mestre-de-Armas, trinta e duas gerações deles passaram aqui, diante dos meus olhos, fitaram de longe esta minha imensa holoface que os examina e inveja. Eu comando dez naves, em todas elas, enquanto decido. . . se saltarei ou não em busca de Torbus (se é que Torbus existe), em busca da única vida que vale a pena ser vivida.

Agora os dez Instrutores terminam ao mesmo tempo o seu discurso, bradando as mesmas palavras, as mesmas que bradei um dia. Os cinco mil punhos fechados se erguem no ar; e eu murmuro baixinho: *Combatentes, boa morte!*

O FRUTO MADURO DA CIVILIZAÇÃO

Ivan Carlos Regina

O engenheiro (e enólogo) paulista Ivan Carlos Regina foi o lançador, em 1988, do "Movimento Supernova", mais conhecido como "Movimento Antropofágico da Ficção Científica Brasileira", um esforço, inspirado pelo "Manifesto Antropofágico" modernista, de encarar criticamente a influência estrangeira e de buscar estratégias formais de abordagem do contexto brasileiro pela FC. *O "Manifesto", que foi, de fato, a primeira iniciativa conceitual da ficção científica brasileira, está reproduzido na coletânea do autor,* O Fruto Maduro da Civilização *(Edições* GRD*, 1993), assim como este texto curto, que lhe dá o título. Tocado pelo ethos da contracultura das décadas de 1960 e 70, Regina expressa em seus contos o desencanto com a vida moderna. Influenciado por nomes da* FC *como Philip K. Dick, Robert Sheckley e Stanley G. Weinbaum, além dos modernistas brasileiros e de movimentos como o concretismo na poesia e a tropicália na música. Sua escrita é repleta de símbolos e de experimentos formais, misturando poesia, teatro, ensaio e outras formas. "O Fruto Maduro da Civilização" se configura como um exercício poético em torno de imagens biocibernéticas, de rara força expressiva, um dos textos que fizeram de 1993 um ano extraordinário para a* FC *brasileira. Nenhum texto deste livro é mais ousadamente "fronteiriço".*

Contos do autor também apareceram nas antologias Enquanto Houver Natal... *(*GRD*, 1989),* Outras Copas, Outros Mundos *(Ano-Luz, 1997),* Estranhos Contatos: Um Panorama da Ufologia *em* 15 Narrativas Extraordinárias *(Caioá, 1998) e* Vinte Voltas ao Redor do Sol: Uma Antologia Comemorativa *(*CLFC*, 2005).*

1 — *Agora*

Das bocas tímidas de esgoto, do cheiro escorrido das fossas, das lágrimas dos desesperados, dos azulejos sujos dos hospitais, do labirinto da loucura, o fruto maduro da civilização te olha, com um olho gordo, uma ferida na sobrancelha e um corpo gasto com dois pólos, uma pilha elétrica e uma cabeça coberta por um chapéu formado por todos os jornais do mundo.

2 — *Seis meses*

Nasceu fofinho, uma bolinha de carne rosada e saudável, muito embora sua mãe fumasse e seu pai puxasse fumo quando adolescente.

No hospital pegou icterícia, mas isso é normal, uma dose de antibiótico resolveu tudo.

Mamou no peito da mãe três meses passando imediatamente ao leite em pó.

É só.

3 — *Agora*

O que faz um programa rodar errado quando a programação é perfeita é a influência do fruto maduro da civilização.

Talha leite, diminue o teor de dureza do aço, muda a valência do átomo, atrita moedas, engasga o presidente e fura a camisinha.

4 — *Seis anos*

Aos seis anos na escola, muita coca-cola, no lanche chocolate, bochecha corada, chute na bola e TV. Um olhar que se insinua distante, uma sensação de abandono, medo do escuro.

Uma desilusão como uma folha de outono.

5 — *Agora*

Uma raiva que é a capacidade, um ódio que engedra uma rosa de esporos, dez mil vermes alinhados na sombra, à espera de ação.

6 — *Doze anos*

Uma calça molhada de esperma, um dia sem comer. Um baile de suéter, uma coca-cola, um misto quente, um lenço, uma cheirada de éter.

Muito som, uma distinção que não sei se é o melhor, um pensamento vazio, oco, sem cabeça.

Uma menina, uma risada atroz, um jogo de bola, o cheiro do suor, um desejo repentino.

Um começo de solidão, um meio de lassidão, uma anemia.

7 — *Agora*

O fruto maduro da civilização tem muitos dons:

— colar as pernas nos tocos dos braços, pendurar o saco no queixo, a cabeça deixada na estante.

— voltar o filme para trás, modificar o passado, ingerir fezes e evacuar comida.

— curar feridas e piorá-las.

— volatizar peles, encrespar ondas e secar poços.

— mover objetos e pará-los para sempre.

— alterar substâncias, deflagrar energias, rei da entropia, limite do zero.

8 — *Dezoito anos*

Uma nefrite, uma musa, um poema, uma garrafa de pinga: objetos no criado mudo.

Uma sensação de solidão. A vontade de cortar um dedo fora. Uma pizza de musçarela.

Um carnaval, um pesadelo na aurora.

O cansaço, uma garota burra.

Dezoito anos não é uma etapa: é muito mais uma colagem na vida.

9 — *Agora*

Os pés doendo, varizes, uma elefantíase.

Um saco murcho, um pênis inchado de acanhamento. Uma barriga branca gorda oleosa, um promontório de merda. Um peito verde tísico, catarro aos litros, a boca é uma torneira de chopp nos dois sentidos: entra álcool, sai ranho. Um olhar estranho, arregalado, de mussaranho. Um cancro na garganta, um tumor na cabeça, uma pústula acima do cílio e uma mão ágil.

10 — *Vinte e quatro anos*

Uma solidão crescente. Angústia na noite, a lembrança de uma noite de amor é muito pouco, a sensação de já ter visto tudo que havia, mas não ter tido tudo que queria.

Uma masturbação solitária, um conto esquecido numa gaveta, um tremor, uma dor no peito, aspirina.

É sempre um meio termo, é como acordar tão tarde que já não valha a pena voltar a dormir, mas ainda cedo para despertar, uma vida assim, congelada no meio de um bloco enorme de gelo, com as companhias prazeirosas dos mamutes, dos cristais e da ausência de som.

11 — *Agora*

Não é pelo fato inconteste do fruto maduro da civilização estar morrendo, que significa que ele não tenha planos: ao contrário, quer levar para o túmulo muita gente com ele.

Pensa em envenenar a caixa d'água da cidade, escarrar nos pegadores de ônibus, pingar seu sangue infectado com aids nos sanduíches do Mec-Donald's, sabotar aviões, deflorar as virgens restantes, detonar a bomba atômica.

Horrores da civilização, voltai-vos contra si própria.

12 — *Trinta anos*

É só um beco que não deu em nada, é só uma árvore frutífera que não deu frutos, um seno no terceiro quadrante, um relógio sem ponteiros.

Um olhar de vidro, uma boca de dentadura, um seio postiço, uma prótese na perna.

Uma metástase, uma necrose, um tungstênio, um peixe de prata, um copo de tântalo. Um grito de césio.

13 — *Agora*

Uma veia supurada migra sangue radioativo, uma pinça seleciona resíduos automaticamente, um reto triturador de plástico substitue o antigo com vantagens, uma garganta que modula trinados, um olho espetacular, enxerga os frutos seus, irmão do infra ao ultra, um tórax de aço inox, um pensamento em linguagem de máquina, um bit ecoa monotonamente no mundo do amanhã, um andar de parsecs, uma chuva de neutrons, uma mente de angstrons, uma orgia estagnada entre a vida e a morte.

14 — *Trinta e seis anos*

Um fim. Um consumo exagerado de tudo, o remorso pela utilização desregrada dos recursos do meio ambiente veio tarde, num corpo roído de doenças, uma cabeça pirando devagar, uma desilusão maior que tudo. Valium. Coca.

Vai lá e apaga a sua luz, irmão.

15 — *Finalmente agora*

O fruto maduro da civilização hoje é um homem realizado: não lê jornal, não come carne, não vê televisão, não toma remédios, não consulta um relógio, não contabiliza, não computa, não teoriza.

É só um homem doente deitado no fundo de uma vala ainda com poucas ideias que lhe restam, mas lúcido como nunca foi em vida.

É só o que somos.

E não o que podíamos ser.

O fruto maduro da civilização é só um homem falhado, agora.

Amanhã é um fruto podre.

ENGAIOLADO

CID FERNANDEZ

Em 1990 a Isaac Asimov Magazine, *da Editora Record, organizou o primeiro concurso nacional de ficção científica, o Prêmio Jerônymo Monteiro, em homenagem a esse pioneiro da* FC *brasileira. O concurso obteve 444 histórias concorrentes, dos quais três foram premiadas. A noveleta "Lost"* (Isaac Asimov Magazine *Nº 13, 1991), de Cid Fernandez, foi a segunda colocada, revelando-se mais tarde, em pesquisa realizada entre os sócios do Clube de Leitores de Ficção Científica, como um dos textos nacionais mais populares dentre os publicados pela revista. Já a novela "Julgamentos" foi publicada em* Tríplice Universo *(Edições* GRD, *1993), antologia com novos textos de ficção assinados pelos ganhadores daquele concurso. "Engaiolado" apareceu primeiro na antologia* Estranhos Contatos: Um Panorama da Ufologia em 15 Narrativas Extraordinárias, *lançada em 1998 pela Caioá Editora, do editor Henrique Monteiro.*

"Engaiolado" acrescenta ao clima de paranóia dos nossos tempos o horror absoluto de um homem simples e normal (embora obviamente inteligente) que relata ter sido usado como cobaia em experimentos cuja razão de ser — ou a natureza dos perpetradores — desafia a interpretação do leitor. A linguagem densa e o mergulho na psicologia do personagem que nos oferece o seu depoimento, lembram "O Homem que Hipnotizava", de André Carneiro, "Número Transcendental", de Rubens Teixeira Scavone, ambos incluídos neste volume. Mas este texto alcança um poderoso efeito de estranhamento por meio da descrição de espaços que se contorcem, aumentando e diminuindo, como se tentassem literalmente envolver e aprisionar nossa consciência. Cid Fernandez emprega sua considerável energia narrativa para conferir todo o horror e o estranhamento dessa perspectiva, num conto perturbador, de imagens angustiantes, fronteiriço com o horror.

Quem já esteve no "Elevado Constantino" durante as horas mais claras do dia certamente encontrou nele intenso movimento, ainda que fosse manhã de segunda-feira e o tempo se apresentasse nublado — quase chuvoso. Contrariando seis ou sete leis municipais, ali se reúne, com uma assiduidade quase religiosa, toda sorte de ambulantes, camelôs, pasteleiros, engraxates, biscateiros, arruaceiros e desocupados, os quais nenhum poder público logrou desalojar. Se é verdade o que se comenta ao pé do ouvido, existe um violento jogo de interesses motivando a vista grossa das autoridades, propositalmente cegas às inúmeras contravenções que têm como palco esse maciço de concreto.

Realmente, sente-se algo de estranho no ar que circula por aquelas bandas. Por certo é divertido caminhar por entre as várias barracas e tendas montadas nas calçadas, usando um jogo de cintura todo brasileiro para evitar choques e trombadas, encontrando em todos os cantos sorrisos amplos, cabeças baixas e gestos de uma servilidade quase humilhante. Mas, se você não costuma aparecer ali com muita frequência ou, pior ainda, se é o seu primeiro contato com o lugar, haverá sempre aquela irritante sensação de que alguém está fixando o olhar em sua nuca, ou que, com o canto dos olhos, você quase viu alguma coisa se esconder de repente. Parece, em resumo, um ambiente de sorriso e traição, como se alguém com uma mão nos estendesse um tapete vermelho, e com a outra ficasse pronto para puxá-lo. Talvez não se trate de uma ilusão ou de um medo bobo, afinal de contas. Existe um sentimento generalizado de insegurança, claramente perceptível a quem se dê ao trabalho de observar. Ninguém, por exemplo, se aproxima das bordas laterais do elevado, mesmo onde existe espaço para isso: as muretas são muito baixas, e em alguns pontos uma perda de equilíbrio pode significar uma queda de quase oitenta metros.

Essa gente lá em cima troca entre si olhares de um entendimento e uma compreensão quase instintivos. Devem ser verdadeiros os boatos de que o seu muito falar e agitar ocultam uma irmandade bastante séria e competente, formada por homens capazes de atos inesperados. Agem de modo a servir de fachada para que grandes quadrilhas realizem transações de vulto no campo do narcotráfico, da prostituição e da lavagem de dinheiro, e em troca recebem uma eficiente proteção, graças à qual os roubos não acontecem, ou não compensam, ou são ao menos vingados.

Gritos, negócios, dissimulações, malícia, multidão em movimento e cheiro de peixe frito no ar. Assim é o "Elevado Constantino" durante o dia.

Quando o céu começa a ficar avermelhado, todos passam a falar mais baixo, e as sombras encompridando marcam a hora de desmontar as barracas. Olhos vigilantes apressam os mais demorados, e o resultado é que bem antes do cair da noite o assobiar de um vento frio é o único ruído audível. O elevado fica deserto, e o que acontece nele até o próximo nascer do sol é um mistério. Nas horas escuras ninguém em sã consciência se arrisca a atravessá-lo a não ser usando carros em alta velocidade. Não se tem notícia de que alguém tenha tentado a travessia a pé, e chegado do outro lado.

Nas madrugadas, embora o silêncio permaneça, surgem luzes onde antes havia barracas, e se ninguém vai averiguar do que se trata é porque todos nós, se queremos continuar vivos, devemos fingir que não vemos certas coisas. Uma parte da personalidade de todos os homens é podre porque se faz de cega e omissa, mas precisamos dessa podridão porque nela nos escondemos do lobo, fugimos dos predadores e de nós mesmos.

No entanto hoje a madrugada é incomum. Primeiro porque cai uma garoa densa e fina, coisa rara nesta época do ano. Segundo porque a polícia está no elevado, desta vez oficialmente. Terceiro porque há um cadáver que ninguém procurou esconder.

E nós chegamos perto.

Duas viaturas estão paradas, com os faróis acesos e as luzes girando. Uma delas é o furgão do Instituto Médico Legal, em cujo interior cinco homens esperam impacientemente a ordem para levar o corpo. A outra, um tanto à frente e à direita da primeira, é uma Veraneio, no momento vazia. O motorista do furgão de tempos em tempos vira a chave de ignição para acionar, mesmo com o motor desligado, os limpadores de pára-brisa. Ele precisa estar atento para agir com rapidez, e o vidro limpo facilita também a vigilância do colega que, ao seu lado, tenso, empunha uma cartucheira 12 de cano serrado. O medo de se distrair é tão grande que eles nem mesmo conversam. Limitam-se, quando o sono se torna insuportável, a beliscar com força a coxa ou a barriga, ganhando manchas roxas, e ficando acordados.

E os ocupantes do segundo carro?

São em número de sete, dos quais um sargento e cinco guardas andam nas proximidades (em grupos de três, pois não têm permissão para se separarem), buscando anormalidades, alguma coisa fora do comum que a chuva não tenha levado. Envolvidos em impermeáveis cinzentos, seus vultos se confundem com a penumbra e suas vozes com o gotejar das calhas e das galerias. Assemelham-se mais a filhotes da noite e da garoa do que a seres humanos. Se alguém pudesse observá-los de perto veria o modo como balançam as cabeças e encolhem os ombros e concluiria sem dificuldade que sua procura é inútil. Estivessem apenas na dependência de suas vontades e de há muito teriam abandonado o local, mas estão sob o comando do sétimo homem, ninguém menos do que o legista-chefe.

É dele a solitária figura em pé, ao lado do morto. Até há pouco encontrava-se quase de joelhos, levantando o lençol de plástico negro e examinando, tocando e cheirando o corpo com uma deferência quase religiosa, o que não é hábito seu. O defunto não é ninguém em especial, muito ao contrário: João Batista da Silva, pernambucano, moreno, um metro e sessenta e nove de altura, trinta e oito anos, solteiro, filho de José e Maria e, segundo os papéis que traz consigo, além de morto, desempregado no momento.

Em que pensava o legista enquanto examinava aquela massa de sangue e carne? Em que pensa ele agora, depois de cuidadosamente recobrir o cadáver e colocar-se em pé? Preocupa-se com a fragilidade do cordão que nos une à vida, ou com as múltiplas formas pelas quais um homem feliz, ágil e sonhador pode ser convertido em comida para vermes? Por que, depois de tantos anos encontrando pela frente sempre o mesmo quadro, apenas desta vez sua voz não é firme e autoritária e dentro dos bolsos suas mãos tremem de modo indisfarçável? Seus olhos percorrem sem cessar o espaço à sua volta, num ângulo de mais de cento e oitenta graus para os lados, para cima e para baixo, fixando-se apenas no corpo junto de si, na enorme mancha de sangue no asfalto, e no céu acima de sua cabeça.

Mais uma vez ele se abaixa e, com relutância visível, afasta novamente o lençol e toca o morto na região da cabeça, sacudindo em seguida a mão na garoa, de forma violenta, como para livrá-la de um contato pegajoso, de um resíduo contaminante. Sua vontade é de terminar tudo o quanto antes, mas está aguardando alguém que mandou chamar pelo rádio. Por isso, embora não se assuste, coloca-se em pé rapidamente quando ouve o ruído de um automóvel se aproximando, e faz um sinal de calma a dois de seus subordinados que destravaram as armas. Desobedecendo o costume, não vai receber o delegado, mas permanece ao lado do corpo, como se o guardasse. A mão sacudida na garoa ainda o incomoda, e inconscientemente ele a limpa na calça, e quando se dá conta do que fez, freneticamente limpa a calça com a mão.

O delegado desce do carro, responde às saudações que lhe são prestadas, e vai se colocar ao lado do médico, deixando os guardas a uma distância segura, de onde apenas uma ordem dada em voz bem alta poderá ser ouvida.

— Barbosa, Barbosa, você está ficando velho. Sempre se virou sozinho... Agora tem que me tirar da cama, e com um tempo destes!

O recém-chegado, além da capa, usa um guarda-chuva. Com a mão livre esfrega os olhos duas ou três vezes, sentindo os sapatos se encharcarem nas poças. O barulho das gotas e o suave ruído do vento aumentam-lhe o sono, e fazem lembrar um colchão macio, um travesseiro de espuma, cobertores e uma cama que, esta noite, não está vazia ao seu lado. A resposta não vem e isso o irrita.

— Vamos, homem! Não fique aí parado. Conte o que aconteceu!

Seu tom de voz é elevado e os guardas se remexem em suas posições. Barbosa, em vez de responder, ajoelha-se e tira de junto do morto uma sacola grande e de dentro dela um envelope endereçado ao "doutor delegado". Entrega-o. É volumoso e está um pouco úmido.

— Leia, por favor.

E ali mesmo, sob a chuva e a noite e as luzes dos faróis, ele lê.

Doutor Delegado, eu sei que pra vocês, da polícia, só as provas interessam. Se eu escrevo um monte de coisas e não mostro as provas, o senhor vai sair procurando, e se não encontrar nada, vai achar que a minha história é mentira. Por isso vamos começar falando delas, das provas. Mande alguém até a Rua Bonfim Nº 5047, ou vá o senhor mesmo. Vai encontrar um prédio muito velho e caindo aos pedaços. Antigamente foi um hotel, mas hoje é um condomínio da prefeitura. Ouvi falar uma vez que o primeiro dono ficou devendo montes de IPTU, água, luz e outros impostos, e sumiu um dia levando tudo o que pôde. A prefeitura tentou leiloar o prédio mas não encontrou quem comprasse, e no fim da história o Serviço de Obras Sociais ficou com ele, reformou como pôde e transformou num hotel, num albergue pra quem vem do interior. Esse é o meu caso. Cheguei na capital há seis meses pra tentar a vida mas não consegui um emprego bom. Se não fosse o albergue, tava na rua. Fico lá porque não cobram quase nada, e de vez em quando uma assistente social ainda aparece com um pouco de comida. Comida da boa!

Minha mãe falou que não ia ser fácil na cidade grande, mas eu não sou como os cabras da minha terra, que desde cedo vão pra enxada e morrem puxando arado. Tive estudo. Fiz até o oitavo ano da escola e a professora me disse: "Você tem futuro. Precisa sair daqui e ir pra cidade grande." O senhor sabe como é: se a gente não tenta, nunca vai saber se dá certo.

O meu quarto é o 69. Pra chegar nele, assim que entrar no prédio suba uma escada em caracol até o segundo andar. Não tem como errar: a escada fica bem na frente da porta de entrada. Saindo da escada pegue o corredor da esquerda e ande até o fim dele. Vire à esquerda e vai encontrar um outro corredor, mais comprido e mais escuro. Vá até o fim dele também, vire à esquerda de novo e vai dar de cara com uma escada de madeira estreita e torta, que sobe dois lances com uma meia volta entre eles. Suba e vai achar um corredorzinho de sete portas: a última é o quarto 69. Se for de noite leve uma lanterna, porque as luzes a maioria não funciona. E a qualquer hora, não vá sozinho. Uma vez eu contei: da entrada até o meu quarto a gente passa por cinquenta e quatro portas. Corre boca que tem umas funcionando só como entrada (não se sabe pra onde) e que muita gente já sumiu por ali. Se tiver dificuldades espere alguém passar e pergunte onde mora o Demo. Ele fica no meu quarto.

Ou melhor: ficava. Eu matei ele.

O cara que morou no quarto 69 antes de mim sumiu, e dizem que foi coisa do Demo. Claro que ninguém põe a mão no fogo, mas uma noite o cara chegou bêbado, e viram ele subindo o primeiro lance de escadas. Foi visto também começando a subir o segundo lance, aquele no fim dos dois corredores, mas nunca chegou lá em cima. Todo mundo pensou no Demo porque ele, o Demo, também sumiu no mesmo dia, acho que de remorsos, ou pra fugir, como todo culpado. Ouvi dizer que o cara que sumiu (eu nunca soube o nome dele) falava com o Demo todas as noites, e ouvia e via as coisas mais horrorosas: vozes sem garganta, bocas sem línguas, olhos vazados. Uma hora ele não aguentou mais e sumiu, porque na nossa cabeça umas coisas cabem, mas outras fazem o coração explodir de medo.

Eu mesmo fui procurar o cara, porque afinal ele morou no meu quarto e desapareceu subindo o último lance de escadas. Achei que ali tinha uma porta secreta ou um alçapão e fui procurar, porque não queria seguir o mesmo rumo. Fiquei nisso uma semana e não encontrei nada. Na noite do sétimo dia, quando acendi a luz do quarto, o Demo estava no meio da mesa.

No começo eu pensei que era um buraco no tampo da madeira, porque o Demo é preto, preto, preto, e quem olha pra ele acha que está vendo um buraco. De que tamanho? De que formato? Não sei bem. Quem consegue medir aquilo? Já pus a mão nele. Parece um quadrado de quinze centímetros, mais ou menos.

O Demo ficou em cima da mesa exatamente treze dias. Nessa noite (o décimo terceiro dia caiu num domingo) eu cheguei meio alto de cerveja e vi que o Demo estava maior. Peguei na mão e estava pesado, e foi tomando conta dos meus olhos, minha garganta, meu coração, e cresceu, cresceu, cresceu, e no quarto só cabia ele. Era como se eu estivesse no meio do preto mais preto, quente e frio ao mesmo tempo, com arrepios e tremores, e olhos formigando.

Deu um medo danado. Pensei: "É agora que o Demo vai me falar coisas horríveis e vai me colocar louco e vai me fazer sumir." Mas não ouvi nada.

Tinha pressão nos meus ouvidos como se alguém tivesse entupido eles com algodão. Mas o escuro brilhou com relâmpagos, ficou cheio de luz e eu vi uma coisa que o senhor vai achar graça ou mentira, mas eu sei o que é porque vi nos filmes. Eu vi um bando de discos voadores, uma revoada deles, um maior e mais lindo que o outro, com luzes piscando e rodando, principalmente vermelho, azul e amarelo, num silêncio de fazer a orelha da gente zunir. Eu sabia que eles corriam muito, mas olhando assim pareciam parados. Quer dizer: não era bem parados. Eles dançavam uns perto dos outros, uns juntos, outros não, chegando perto e indo pra longe, mas não pareciam estar andando pra frente. Só quando se prestava muita atenção dava pra perceber que de pouco a pouco eles chegavam perto de uma bola escura coberta com uma porção de fiapos de algodão. De resto, em volta, estrelas, só estrelas, e tudo parado.

Eu estava ali no meio deles, mas não me pergunte como, e fui chegando perto do maior e mais bonito, e só aí vi como ele era grande. Pensei que já estava perto, mas levei um tempão me aproximando e ele ficando maior e maior, até que eu só via ele. Então, bem na minha frente, estava uma janela redonda, e eu olhei. Lá dentro era bem claro, um quarto com paredes lisas e cinzentas, e se tinha portas não deu pra ver. Bem no meio, voando de um lado pro outro que nem uma bolha de sabão, estava o Demo. Quando eu ia olhar melhor, com a cara grudada na janela, alguma coisa amarela bateu forte no vidro, deixando ele cheio de uma gosma nojenta. Senti ânsia e fechei os olhos.

Quando abri de novo estava no meu quarto, sentado na mesa, olhando pro Demo. O sol nascia e fui tomar banho, me arrumei, peguei um ônibus pro emprego e quando cheguei lá fui mandado embora.

Era quarta-feira.

Falei com a assistente social e ela me olhou desconfiada, e me mandou procurar um médico pra ver se eu não tinha aquela doença que tem um nome esquisito e deixa a pessoa como morta um tempão. Levei três dias pra marcar uma consulta pra dali a quatro, só pra descobrir que era sãozinho da silva. Nesse meio tempo arrumei outro emprego, pior que o primeiro, e quando falei de novo com a assistente social ela me mandou procurar um psiquiatra, mas eu não fui porque me disseram que essa turma coloca no hospício gente que conta histórias como a minha.

Um tempo depois, quando cheguei em casa, o Demo estava crescendo de novo. Eu estava com medo, mas também queria ver o que ele ia me mostrar. Gozado como a gente às vezes tem vontade de fazer uma coisa ruim. É como fumar um cigarro ou beber uma pinga. A gente sabe que é uma droga, que se começar não vai parar, mas ainda assim quer sentir o gostinho. Naquela hora, olhando praquele troço preto, eu me sentia como se tivesse marcado um encontro com o Diabo, e tivesse a fim de ir só pra ver como era a cara dele.

Eu vi foi uma sala muito cheia de luz, com chão, teto e paredes de um metal cinzento que brilhava como plástico. O senhor pode querer saber como é que eu sabia que era metal se parecia plástico, e eu respondo que não sei como é que eu sabia, mas eu sabia. Acho que eu estava sonhando, e nos sonhos a gente sabe uma porção de coisas sem ninguém contar. Por isso sabia que era metal, e sabia mais: estava dentro do disco voador, e a janela gosmenta estava bem nas minhas costas, mas agora já tinham limpado ela.

Vi luzes e luzes e umas mãos enormes de metal passando pra lá e pra cá, presas nuns braços compridos como cobras. Tinha lâmpada pra todo lado e no meio da sala uma mesa cercada de aparelhos com luzes e luzinhas menores e fios e tubos entrando numa caixa preta em cima dela. Ali estava o segredo que o Demo queria me mostrar: dentro da caixa. Aquelas mãos mexiam nela, e enfiavam canos, e tiravam ferros, e o meu estômago virava do avesso. Sabia que se me concentrasse descobriria o que estava lá dentro, mas uns barulhos atrás da parede que estava na minha frente me chamaram a atenção. Cheguei mais perto: a parede tinha uns riscos. Cheguei mais perto: não eram riscos, eram vãos. Cheguei mais perto e eram janelinhas. Mais perto: alguém me espiava. Vários trios de olhos enormes, amarelos, gosmentos, com riscos vermelhos que pareciam corguinhos de sangue e um buraco preto no meio, bem redondo.

Fechei os olhos. Quando abri, o Demo estava quieto no meio da mesa como se não tivesse acontecido nada. Parecia tudo normal mesmo, só que desta vez eu estava imundo porque tinha feito precisão sem ir no banheiro, e tinha pulado de terça-feira pra domingo.

Estava de novo sem trabalho, e desta vez nem podia pedir ajuda pra assistente social. Ela ia me achar louco ou vigarista. Fui caçar emprego, mas antes de sair de casa tranquei o Demo dentro de uma malinha, que coloquei e tranquei dentro de uma mala média, que coloquei e tranquei dentro de uma malona, que coloquei e tranquei dentro do guarda-roupa. O Demo não ia conseguir escapar dali pra me contar o resto da história da gosma no vidro, dos olhos riscados e da caixa preta. Começava a desconfiar e quase ter certeza de duas coisas: aquilo, o Demo, não era deste mundo, apesar de estar aqui faz tempo. Veio do espaço num disco voador igual aos que me mostrou no primeiro sonho. A segunda coisa: ele enlouquecia as pessoas, e ia fazer isso comigo contando o resto da história. Por isso tranquei bem trancado.

Era de manhãzinha quando saí de casa, mas às quatro da tarde já tinha andado metade da cidade sem encontrar emprego. Nos lugares onde eu ia já tinham espalhado (e com razão) as fofocas de que eu andava com mania de sumir por dias seguidos, e ninguém mais queria confiar no meu taco. Vi que a única coisa a fazer era voltar pra minha terra e acabar como meu pai: no cabo da enxada. Ruim, mas melhor do que ficar louco. Voltei logo pra casa, na esperança de arrumar tudo e dar o fora antes de anoitecer. Só parei uma vez no caminho pra comprar duas sacolas de pano pra colocar minhas coisas.

Cheguei em casa com pressa, abri a porta do quarto, joguei as sacolas na cadeira, peguei a toalha, umas roupas, e fui tomar banho. O tempo estava superquente e eu tinha suado o dia todo. Daqui até minha cidade são três dias de ônibus, e com o dinheiro que eu tinha não ia dar pra ter luxo no caminho. Tomar banho antes de viajar sempre me pareceu assim coisa de gente rica, e achei que era uma coisa pra dar sorte tomar aquele banho, um jeito de sair de cabeça erguida dessa droga de cidade e dessa porcaria de quarto.

A água estava uma delícia. Passei sabão no corpo todo, lavei a cabeça, e quando começou a arder os olhos abri de novo a torneira mas o chuveiro continuou seco. A borrachinha tinha emperrado lá dentro e precisei desmontar a torneira só com as mãos ensaboadas, com os olhos apertados. Quando consegui a desgraçada da dita cuja borrachinha espirrou longe, e esguichou água como num temporal. Tirou o meu sabão, mas gastei um tempo enorme procurando a borracha, e não encontrei. Fechei o registro do banheiro quando a paciência acabou. Mas que diabos! Eu estava indo embora. Isso não era mais problema meu.

Voltei pro quarto pingando, porque a toalha tinha caído no chão e tava ensopada. Comecei a me enxugar no lençol. Eu sei que isso não se faz, mas quando descobrissem eu já ia estar longe mesmo. Fui pra frente do espelho em cima da pia, porque sempre faço isso quando vou limpar o nariz e as orelhas, mas quando olhei pra frente só não dei um grito porque lá de onde eu venho isso não é coisa de macho. Fiquei com medo da minha cara de medo, mas o que me apavorou mesmo foi ver no espelho o guarda-roupa atrás de mim com as duas portas escancaradas, arrebentadas, presas nuns restos de dobradiças, como se alguma coisa tivesse estourado lá dentro.

Dei rápido uma meia-volta, encarando o guarda-roupa de frente. Por sorte ali mesmo tinha uma mesinha pra eu sentar em cima, porque os joelhos estavam que nem vara verde, e não me aguentavam o peso. Os pêlos do braço, da nuca e do corpo estavam em pé, a garganta apertada e, apesar de ter tomado banho naquele minuto, comecei a feder de tanto que suava.

Nessas horas a gente às vezes faz o que não quer: a cabeça manda uma coisa e o corpo faz certinho o contrário. Eu queria sair correndo no maior pique, mas os meus pés começaram a se arrastar pro guarda-roupa. De longe eu já via as malas, uma dentro da outra, e as duas dentro da grande, com as tampas abertas, estufadas pra fora, com as beiradas desfiadas e queimadas. Estava escuro lá dentro, e não dava pra ver nada. Estava escuro lá fora também, por causa da noite. Eu tinha perdido um tempo danado no banho, e perdia mais agora. Coragem de voltar e acender a luz eu não tinha e continuei no escuro na esperança, acho, de encontrar o Demo estourado com as malas. Pensei que se isso tivesse acontecido o mal acabaria ali mesmo. Fiquei animado. Dei dois passos e parei.

Passou pela minha cabeça que talvez o Demo fosse um ovo, trazendo a semente de um ser pavoroso com fome dos nossos medos, e por isso de vez em quando colocasse pesadelos na gente. Tentei imaginar com o que ele se pareceria, mas não consegui pensar em nada, e fiquei com mais medo ainda. Vai ver ele espirrava gosma nos vidros, e tinha olhos riscados de vermelho com uma bola preta no meio. Se pudesse escolher teria morrido ali naquela hora, mas o senhor sabe que o nosso corpo morre de medo da morte, e continuei andando passo a passo, enxergando de cada vez um pedacinho a mais da mala menor, até que enxerguei quase todo o fundo, e ficou faltando só um canto do tamanho certinho do Demo.

Parei de novo.

Pra ver esse último pedacinho eu precisava chegar muito perto e colocar a cabeça quase em cima da mala, e fiquei com medo de que o Demo saltasse na minha cara como aquele bicho que sangrava ácido fez com um astronauta num filme que vi. Mesmo assim fechei os olhos e andei. Não aconteceu nada e abri os olhos.

As malas estavam vazias. O Demo tinha ido embora.

Eu fiquei tão aliviado que comecei a rir sem motivo. Em cima do criado-mudo tinha uma foto da minha mãe. Eu peguei e lasquei um beijo na cara dela e disse: "Obrigado, minha velha", porque eu sabia que ela tinha me ajudado a escapar de mais aquela. Ela sempre me fez assim desde a meninice, e então me lembrei de que dali a alguns dias ia beijar ela de verdade e ouvir seu canto na cozinha, e da risada passei pro choro. Gosto demais da minha velha.

Abri um pacote de bolacha água com sal e comecei a comer enquanto catava a roupa espalhada pelo quarto e socava de qualquer jeito numa das sacolas, e os chinelos, o outro sapato e uns cacarecos na outra. Nas malas eu não ia mexer mais.

Quando acabei de me vestir já eram oito horas da noite. Com uma sacola em cada mão e o pouco dinheiro no bolso apaguei a luz. Tinha um alívio muito grande dentro de mim, porque não é todo dia que se pode colocar uma pedra em cima de um pesadelo e partir pra outra. Eu me sentia feliz e leve, mais ou menos como a gente fica depois de chorar muito e, o que era bom, tinha até fome de novo. A fome só vem quando a gente não tem muitas coisas pra pensar. Lá na minha terra a gente fala que é por isso que o burro bom é gordo, e se não for gordo não é bom burro.

Estava quase trancando a porta quando me lembrei de que esquecia uma medalhinha de São Jorge no armarinho de remédios atrás do espelho em cima da pia, única lembrança do meu finado pai. Voltei pra pegar e quando abri o armário dei de cara com o Demo, na prateleira de cima. Estava tão perto que quase enfiei o focinho nele. Ele inchava e murchava, como se respirasse, como se risse da minha cara de idiota. Num segundo cresceu e tomou conta da minha cabeça.

Tentei dar um grito. Não sei se consegui.

Esta vez não foi como as outras: o sonho veio claro e forte, de repente, e não cheio de fumaças. Era de novo a caixa preta em cima da mesa, dentro do disco voador. Só que dentro dela estava eu. Era o meu caixão.

Durante um tempo sem fim passei por um exame doído e demorado. Enfiaram sondas nos meus buracos: ouvidos, nariz, boca, umbigo e até lá onde o senhor está pensando. Eu sei que eram sondas porque conheço: uma vez fiquei um tempão sem mijar, e quando fui ao médico ele me disse que ia me colocar uma dessas. Cada sonda parecia uma cobra de gelo e fogo, queimando, ardendo e esfregando. Não sei que força me segurava parado, por mais que lutasse e gritasse não conseguia mexer um dedo. Pra falar a verdade, acho que nem gritar eu conseguia, porque não ouvia a minha voz. Sei lá... com aquelas sondas nos ouvidos...

De vez em quando uma chuva fina me molhava o corpo todo, e isso parecia irritar as cobras porque elas então me davam choques que deixavam todos os músculos duros e causavam uma dor que, parecia, não ia dar pra aguentar, e eu via clarões amarelos, azuis e roxos. Conforme secava a coisa ia diminuindo, virava uma vibração, um formigamento, uma cócega, e sumia, e ficava outra vez o gelo e o fogo como lagartas gigantes abrindo túneis dentro do meu corpo, lagartas que rebolavam, perfuravam e não paravam de avançar, sempre cavando novos caminhos, nunca encontrando sossego. Às vezes se batiam com um som de metal e uma faísca; outras vezes, mesmo separadas, falavam umas com as outras numa linguagem que eu conhecia, mas não conseguia entender.

E tudo isso acontecia dentro de mim!

Aí foi clareando, clareando, como se de repente alguém tivesse aberto a tampa. Uma luz como a do sol bateu na minha cara. Forcei a vista. Estava cercado por uma gentinha de mais ou menos um metro e quarenta de altura, de cabeça grande, sem cabelos, com olhos de japonês, boca e nariz pequenos. Falavam entre si numa língua estranha, cheia de faniquitos. Andavam tão depressa quanto conversavam, como se tivessem mil coisinhas superimportantes pra resolver, e todos, sem exceção, olhavam pra mim com uma carinha preocupada, entendo que aqueles exames tinham me abalado muito e me deixado fraco. Acho que minha saúde ficava por conta deles, mas fora me olhar, conversar e correr de um lado pro outro eles não faziam mais nada. Da minha posição só podia ver eles da cintura pra cima, e a maioria usava uma camisa branco-azulada sem botões, de gola baixa e redonda como batina de padre, e brilhava, mas só na frente, nas costas não. Uns poucos levantaram as mãos e não seguravam nada: pude ver um dedão de um lado e dois dedos compridos e finos do outro. Não vi os pés de ninguém e não sei como andavam, mas iam pra lá e pra cá balançando um pouco pra cima, pra baixo e pros lados, com aquele movimento de bolhas de sabão. Um deles, mais branco que os outros (todos eram muito brancos) chegou bem perto de mim e colocou uma máscara na minha cara: senti um cheiro de chuva que me fez muitíssimo bem, e toda a dor e o sono foram embora, e senti vontade de comer.

Nessa hora entraram mais dois anõezinhos guinchando e balançando os braços. Todos se assustaram e saíram correndo, fugindo por uma porta que abriu na parede da frente. Então chegou alguém. Não dava pra ver ainda, mas não andava como os outros. O chão tremia com os passos e por isso imaginei algo grande e pesado, que foi chegando perto, chegando perto, e sem aviso em cima de mim apareceram três olhos gosmentos, amarelados, com raios vermelhos e uma bola preta no meio. Estavam encravados numa cabeça enorme, onde uma pele como a de um sapo verde-claro verde-escuro formava umas manchas nojentas. Dava também nojo o jeito como a cabeça se mexia, inchando e afundando em vários lugares, como se dentro dela fosse cheio de bexigas furadas. Um rasgo de quase meio metro apareceu logo abaixo dos olhos, escorreu uma baba transparente. Eu senti um cheiro horrível, e desmaiei.

Acordei, acho, muitas horas depois. Estava ainda no meio caixão, agora em paz e podendo me mexer um pouco. O escuro e o silêncio aumentavam a impressão de estar enterrado vivo, e precisei de toda a minha força de vontade pra não me apavorar ali mesmo. Parecia que o caixão era menor do que devia. Não tinha espaço pra eu esticar as pernas e por isso meu pescoço estava dobrado, o meu rosto perto do ombro direito, o topo da cabeça prensado numa das pontas da caixa. Tentei dobrar os joelhos pra aliviar a cabeça, mas nem bem comecei e eles bateram contra alguma coisa em cima. Era a tampa. Meus braços estavam estendidos junto ao corpo e procurei erguer a tampa com eles, mas ela estava muito perto de mim: com os cotovelos apoiados no "chão" minhas mãos não conseguiam se levantar mais de cinquenta centímetros e já batiam nela.

Estava escuro. Como estava escuro! Parecia até que o ar faltava, e eu respirava fundo, e aí o barulho da respiração enchia os meus ouvidos. Usando a cabeça, as mãos e os joelhos e a barriga forcei a tampa pra cima com quantas forças tinha, mas ela não se mexeu. Tentei mexer as mãos pros lados, porque de repente senti que precisava coçar a cara, mas não tinha espaço: a caixa me deixava de sobra, de cada lado do corpo, no máximo uns quinze centímetros, talvez dez.

Senti que um bicho tinha me picado o pé esquerdo, e sem pensar tentei levantar a mão ao calcanhar; ao mesmo tempo levantei depressa a cabeça. Bati com força na tampa, e quando desci bati a nuca. Além da dor passei um tempão vendo fagulhas brancas e depois, meu Deus, o escuro pareceu mais escuro, e a caixa pareceu ficar menor. Fiquei mais apertado, e com mais falta de ar.

Pensei em mudar de posição e assim conseguir fazer mais força e "forçar" minha saída, e tentei levar os braços pra junto da cara passando eles por cima da barriga, mas eles não cabiam entre o peito e a tampa. Virar de lado era impossível porque a altura da caixa era muito menor que a largura dos meus ombros.

Tentei todos os movimentos com todas as forças, sempre batendo o corpo contra a caixa até que parei um pouco. Estava suando bastante e o cheiro me sufocava. Em toda parte as gotinhas me faziam cócegas antes de caírem no chão, que, apesar disso, continuava seco.

Pensei que devia ter uma saída pro suor e apalpei o chão da caixa onde minhas mãos alcançavam, pedacinho por pedacinho. Era liso como o vidro. Não era possível. Em algum lugar tinha que ter um ralo, e procurei em cada pedacinho da caixa com as mãos, pernas, braços e até com a língua, até que percebi que estava quase apavorado. Tudo me fazia lembrar de como a caixa era pequena. Ela estava diminuindo. Meu pescoço estava mais dobrado, doendo, e não tinha espaço pros pés.

Relaxei e melhorei um pouco. Pensei no sol na minha cara, na chuva, no cheiro do mato, e foi bom enquanto durou. Mas as dores aumentaram nos músculos torcidos, no pescoço dobrado, nas costas contra o chão duro, e percebi que precisava ocupar a cabeça pra não ficar louco. Contei de zero a cem, a mil, e voltava pro zero, repetindo sem parar.

No começo foi bom, mas depois senti a vontade de arrebentar a tampa e sair correndo dali crescer dentro do meu peito como se fosse um balão. Dali a pouco já estava com saudade das sondas, que me atormentavam mas ao mesmo tempo me distraíam. Queria ver de novo os anões de olhos rasgados, ou até o sapo de olho amarelo e preto no meio. Eu estava me aguentando como podia, mas pensando nessas coisas perdi o controle e comecei a gritar, espernear e bater a cabeça, os braços e as mãos. O sangue se misturou com o suor. Minha cabeça fazia barulho de tambor como um coco que não quebra nem quando se aumenta a força das pancadas.

Mesmo sem me controlar eu sabia o que estava querendo: morrer era o único jeito de sair daquela caixa.

Chegou uma hora que acordei, voltei do meu sonho. Entendi a mensagem: os caras daquele disco estão atrás de mim, e vão me pegar, colocar naquela caixa preta e me deixar morrer louco. Isso, é claro, *se* conseguirem me pegar.

Quando senti as pernas fortes de novo, fui até o porão e trouxe um cano de ferro pesado e comprido, e acabei com o Demo. Agora estou acabando o meu recado pro senhor. Depois vou pular do Elevado Constantino. Li no jornal que são mais de setenta metros de altura. Vou morrer.

Meu último recado é pros donos do Demo: passei a perna em vocês, cambada de cachorros.

O delegado ainda segurava a carta, mas seus olhos estavam parados: acabara de ler.

— É uma história e tanto, não é, doutor?

— É. Se é. Ele pretendia se matar pulando daqui de cima. O que será que o fez mudar de ideia?

O outro, em vez de responder, limitou-se a olhar alternadamente para a garoa e para os policiais, parados um pouco longe. Evitava encarar o superior, sinal de que ouvira a pergunta.

— Barbosa!

— Senhor?

— Esse homem morreu aqui em cima. Por que não pulou?

— Ele... morreu antes disso, senhor.

— Disso eu já suspeitava. O que o matou?

— Eu lamento dizer... que não sei, senhor.

— Barbosa, pelo amor de Deus! Você se contaminou com a loucura do sujeito? Vai querer me convencer de que não sabe qual foi a causa da morte?

— A causa da morte foi hemorragia interna e abundante nos grandes vasos do cérebro, senhor. Como pode ver, pela quantidade de sangue que há no chão acho que não sobrou uma gota dentro das veias.

Nesse momento alguém abriu a porta do furgão do IML, mas um olhar do delegado praticamente jogou o rapaz pra dentro da viatura de novo. Barbosa continuou:

— . . .Ainda assim não sei dizer o que o matou.

— Se tem algo pra falar então fale, Barbosa. Estou com sono e com frio, e com um pinguinho só de paciência.

— Não tem ninguém olhando. Ajoelhe-se comigo.

Ato contínuo, descobriu a cabeça do defunto, e a um leve toque de seus dedos a porção superior da calota craniana rolou para o lado, ficando a balançar como uma cuia, quase sem barulho, apoiando-se nos cabelos. Barbosa ergueu o morto pela nuca, expondo-lhe o interior da cabeça: estava oca. Recolocou a calota. O som foi o de uma tampa fechando um bueiro.

— Alguém matou esse cara só pra roubar o cérebro?

— Pra falar a verdade, senhor, acho que foi isso mesmo o que aconteceu. Não encontrei um único ferimento no corpo a não ser a incisão na cabeça. Aparentemente não vai faltar nada, a não ser o cérebro. A história é tão incrível que imaginei mil rodeios para contá-la, mas já que o senhor foi direto ao assunto, parece que foi isso mesmo. Alguém matou o cara pra levar o cérebro. É isso.

Houve um momento de silêncio. O vento sussurrava e jogava gotinhas geladas no rosto dos dois.

— Sabe, Barbosa, eu estava pensando o quanto dessa carta é verdade e o quanto é loucura desse cara. Essa história de Demo e disco voador. . . Acho mais é que alguma gangue acabou com ele e colocou a carta só pra confundir.

— Eu conferi a caligrafia. É a mesma na carta e na assinatura da carteira de trabalho.

— Não parece mais lógico que ele tentou atravessar o elevado e foi morto por assaltantes?

— Assaltantes ladrões de cérebros?

— Está bem. Mas você não vai. . .

— Existe mais uma coisa muito importante.

— O que é?

— A incisão, senhor. O corte que separou o topo da cabeça do resto do corpo. Examinei mil vezes. Não foi feito por nada que eu já tenha visto, e eu já vi um bocado de coisas. O corte foi feito de uma vez só, dando a volta em toda a cabeça, cortando ao mesmo tempo desde os cabelos até os ossos, parando nas meninges. Ao mesmo tempo os vasos foram cauterizados. Não houve hemorragia, não por causa da incisão.

— Um *laser*?

— Um tipo de *laser*, parece, mas os que eu conheço não cortam a pele e o osso ao mesmo tempo. Para cortar o osso é necessária uma potência que esturrica a pele, mas não foi o que aconteceu aqui. Foi mais como se alguém tivesse passado uma faca cortando tudo junto de uma forma absurdamente limpa e precisa. Só que não existe uma faca assim. Além disso, houve cauterização, e um controle fantástico de profundidade de corte, porque a incisão acompanha os contornos internos da caixa craniana. Doutor! Essa incisão simplesmente não existe, porque não é possível.

— Se a incisão não sangrou, como ele morreu de hemorragia?

— Quando o cérebro foi arrancado os vasos que o alimentavam foram rompidos e houve grande hemorragia.

— Na hora da incisão, cuidado. Pra remover o cérebro, dane-se?

— Como, senhor?

— Por que alguém teria tanto cuidado a ponto de fazer uma incisão impossível, pra depois remover o cérebro arrebentando os vasos?

— Eu pensei numa história, senhor, mais vai ter que prestar atenção porque só vou ter coragem de contá-la uma vez. Suponhamos que eu fosse um alienígena em um disco voador, e quisesse estudar as reações de um cérebro humano. Eu poderia ter à minha disposição uma pequena caixa preta, em cima de uma mesa, dentro da qual esse cérebro poderia ser mantido vivo, e talvez consciente, por um período de tempo... suficientemente longo. Uma vez tendo encontrado o meu "doador", precisaria ter cuidado para não lesar o cérebro na incisão, mas uma vez que colocasse as mãos nele, talvez fosse suficiente arrancá-lo e...

— Colocá-lo na caixa?

— Mais ou menos isso.

— Mas onde entra nisso aquela coisa que ele chamou de Demo? E se queriam estudar reações, por que não levaram o cara todo? E se queriam o corpo, por que tinham que fazer a cirurgia aqui em cima do elevado?

— Eu não sei, senhor. Como eu disse, é apenas uma história.

— Uma história cheia de falhas.

— Se o senhor tem outra, fico feliz. Afinal, é o senhor quem terá que arrumar uma explicação para o que aconteceu aqui hoje. Mas sua história, pra ser melhor do que a minha, vai ter que explicar, pelo menos, como a incisão foi feita.

Houve um minuto de silêncio, durante o qual Barbosa podia quase que ouvir o cérebro do outro funcionando. Como sempre, em segundos uma solução surgiria.

— Barbosa. . . Trabalhamos juntos há muitos anos.

— Sim, senhor.

— Poderia dizer que somos muito amigos.

— Claro, senhor.

— Alguém mais viu o corpo?

— Algumas pessoas, mas acredito que só eu examinei a incisão e dei pela falta do cérebro.

— Você percebe onde vou me meter se isto for para a frente?

— Foi pensando nisso que o chamei, interrompendo sua folga.

— Vou passar na casa do rapaz e sumir com o que restou do Demo, se é que algum dia ele existiu mesmo. Você descubra a família dele e mande o corpo em caixão lacrado. Melhor ainda, creme tudo. Coloque que a causa da morte foi qualquer coisa como aneurisma cerebral, coisa assim. Você é melhor nisso do que eu.

— E a carta?

— Eu sumo com ela.

— Então acho que está tudo bem. Boa noite, senhor.

— Boa noite, Barbosa, e. . . obrigado.

— De nada.

Chamou os homens da maca assim que o delegado se afastou. Caminhou lentamente até o carro, apertando as pálpebras para poder enxergar o céu olhando contra a garoa. Foi o último a entrar. Momentos depois o elevado estava deserto de novo.

Ao longe, alguém bateu uma porta.

Três focos de luz voando em formação, piscando com luzes vermelhas, azuis e amarelas, surgiram de um lado do horizonte e desapareceram do outro, levando exatos nove segundos para, a grande altitude, cruzar o céu.

Ninguém viu.

CONTROLADOR

Leonardo Nahoum

O autor estreou profissionalmente com a noveleta "Hämmas, Haus, Chez Moi...", publicada na antologia Dinossauria Tropicália *(Ficção Científica* GRD *18, 1994) — uma das histórias mais originais da antologia, tendo despertado comentários positivos. Nahoum atuou na redação do primeiro* RPG *brasileiro, Tagmar. É também um especialista em rock progressivo, tendo escrito um livro sobre o assunto. Neste conto, foi influenciado pelo* fix-up *de Braulio Tavares, na coletânea* A Espinha Dosal da Memória. *Ao contrário dos exemplos de uma* FC *que explora o "futuro de consenso" — como "Exercícios de Silêncio" (1983), de Finisia Fideli, e "A Morte do Cometa" (1985), de Jorge Luiz Calife —, tanto em "Controlador", de Nahoum, quanto em "Mestre-de-Armas", de Tavares, a projeção dos assuntos humanos no cenário da galáxia pouco exprime do* glamour *da conquista do espaço — o que sobrevém é a sensação de angústia e a impressão de que apenas aumentarão as proporções das carências humanas. Outro exemplo, relativamente raro, de aproximação com a postura típica da chamada* New Wave *da* FC. *"Controlador", primeiro publicado na revista* Quark *de Marcelo Baldini, no* Nº 10, *de novembro de 2001, mostra um grupo de homens comuns e desesperados, que tentam negociar com um semideus.*

I

— Tire a maldita mão da fenda e segure a corda! A corda!

O grito do homem não deveria ser ouvido por mim, tão longe, mas a voz se eleva mesmo por sobre o murmúrio da montanha, suas raízes ao mesmo tempo milenares e jovens, pouco mais de três dias de distância da inexistência. Eu escuto seus gritos daqui, de dentro do Receptáculo, a treze quilômetros de distância, porque estou lá; eu sou a montanha e fui eu que a fiz.

As pedras chovem sobre o homem e a mulher ao seu lado, seguindo os planos conscientes e inconscientes que copiei de suas mentes. Desejo-lhes mais uma vez um Término feliz.

— Lúcia, largue a pedra! Não é seguro!

O homem crava mais profundamente os serrilhões do sapato, prendendo-se à rocha. Há uma nova chuva de terra e neve, e a avalanche branca carrega o disparador de dardos para o longínquo infinito de lá de baixo. A mulher sente que o momento está próximo e surpreendentemente tenta falar comigo. A danadinha quer mudar os próprios planos.

O homem para de falar e percebe que seu tempo também acabou. Era a hora do Término, o maior momento daquele show que lhes havia custado tanto dinheiro caro.

Ele engole um dos comprimidos do cinto, um Transitor, e eu vejo sua alma fora de fase, em descontinuidade com o próprio corpo. Ele praticamente já não pensa.

Divido minha atenção em mais focos do que imaginei no início do projeto: capto uma nave se aproximando da órbita, já a poucos milhares de quilômetros, e mando-a esperar até que as coisas aqui terminem, pelo menos a fase crítica; conduzo a mulher através dos céus, fazendo-a escorregar por sobre uma ponte de gelo que alcança duzentos metros de altura, pouso suave num platô escolhido a meio quilômetro dali. Ela recupera o equilíbrio e pede três minutos para se preparar. Eu espero.

O homem alcança a parte interna do cinto com mãos trêmulas, o corpo balançando atado à corda, desafiando um pico de milhares de metros de queda: os Alpes Suíços que ele quis. Praticamente ao mesmo tempo que sua companheira distante quilômetros, ele ativa o Orador, e eu faço a minha parte, frações de segundo antes das emissões partirem. Viro-os como um giroscópio, quantos graus forem precisos, na direção de Nova Meca, ou Celene, ou que diabo eles queiram chamar esse lugar. As cinco orações de cada um deles partem, jorros psíquicos de significados, e é hora de acabar.

Desmancho a arrumação atômica da rocha onde o prego do homem está fixado, e sua corda é uma cobra frouxa, viva, que o segue como cauda de cometa durante a queda. Quando ele chega ao chão, há algo em mim e eu estendo a trajetória, rasgando a terra abaixo e deixando que ele pare apenas quando está prestes a atravessar o núcleo do satélite. Titã treme e agradece.

A mulher balança ao sabor de pernas sem controle, pálidas; à sua direita a paisagem é brutalmente modificada ao perder metade de um grande monte. Os milhões de toneladas de neve e pedra atravessam o ar e pairam sobre a cabeça da jovem, formando o seu teto do mundo. Me desligo do monte e construo outro epitáfio.

II

Não acredito que reste mais algum de nós, Controladores. Penso nisso enquanto direciono massas de ar ao encontro da nave, afofando sua descida. As Comissões tinham sido muito eficazes com relação às perseguições. Fiquei sabendo anos depois que chegaram mesmo a bombardear todo um planeta para pegar alguém; milhares e milhares de quilômetros de área coberta por gás inibidor. Mas não culpo os loucos, os humanos. Faria o mesmo no lugar deles, quando visse sóis sendo levados à rédea pela galáxia, planetas sendo desintegrados em soluços e bases inteiras destroçadas com simples pensamentos. Não os culpo.

A nave finalmente assenta o corpo ao chão, enterrando várias vigas de metal para dentro da terra; eu as sinto, seu penetrar, o esmagar de pequenas rochas. Faço algumas modificações de pressão e aumento o teor de oxigênio na área que circunda a nave; quero que se sintam bem.

A escotilha mais baixa se abre ao mesmo tempo em que limpo o caminho do campo de pouso até o Receptáculo, microvibrações colocando terra e poeira de lado, formando uma faixa de dois metros de largura que é quase um tapete vermelho para convidados. Me divirto com essas perfumarias.

Os três homens descem da nave, e a escada é recolhida enquanto seus poucos pertences se amontoam em pequenas sacolas. Lembro dos Alpes...

Antônio cospe para o chão, numa convenção que ninguém mais pode entender. Ele já faz esse trajeto há anos, trazendo passageiros da Estação Intermediária, depois do Farol de Marte, para cá. Mais de trezentas viagens.

Estou a quilômetros da nave e Antônio não pode me ver. Mesmo assim ele sabe que eu posso, e o sinal para a partida é apenas aquilo, uma cusparada para se misturar com o chão, com a poeira.

Os homens catam suas coisas,os três loucos catislamitas de cintos de orações e de nacionalidades diversas. Eles se afastam em correria e a nave sobe, misturando-se à imagem de Saturno e os milhares de anéis. Há um princípio de furacão que eu mantenho longe dos humanos, e então o ponto de metal se vai, carregando ainda parte de minha atmosfera. Reconduzo as zonas de pressão a um equilíbrio e me concentro nos três e em suas mortes. Em seu Término.

III

Quando a Rota já era contada como uma linha de mais de duzentos pontos, nós emergimos dos laboratórios; das incubadoras genéticas e das mentes de homens que não tinham ideia do que estavam a fazer. A viagem da última base até Celene (não me conformo em chamar um buraco negro assim) contava em não mais que cinquenta anos-luz, um espaço que já podia ser singrado pelas naves humanas há vários anos. Nessa época, já não se faziam meros aglomerados de metal e circuitos orbitais, ou colônias protegidas por redomas dos elementos indomados e intempéries de metano e venenos. A obra monstruosa de engenharia planetária em Vênus, levada a cabo antes mesmo (obviamente) do contato com os Singulares, seria repetida vezes e vezes sem conta, séculos depois, com o Nosso aparecimento, com as Nossas gestações de poucos milhões de créditos e Nossos corpos e mentes de carne barata, cálcio, ferro, vitaminas, aparência humana. Nós, os Controladores.

O projeto inicial era de um trabalho em equipe; um grupo de Controladores com capacidades desenvolvidas diferentemente, com alcances atômico-moleculares específicos. Havia mesmo alguns de nós capazes de provocar interferências tão refinadas quanto mexer em neutrinos. A ideia do projeto nasceu de Celene, o poder das emanações psíquicas dos habitantes incorpóreos de lá, o lugar onde o Espaço se dobra e se engole e o Tempo nunca foi. O feixe que atingira e dizimara a população de Vênus era apenas isso: energia psíquica de bilhões de consciências que há quinhentos de nossos anos pensaram em mandar um alô para aquela centelha igualmente forte (embora difusa e desconexa) que nunca pôde lhes responder.

A ideia era: por que não pesquisar esse poder dentro de nós mesmos? não pela ciência ou pelo gostinho exótico de *science fiction* da coisa, mas pelo lado prático, pela economia de créditos e maior receita dos Conglomerados que financiavam a escalada do espaço (leia-se "procura de novas colônias, novos escoadouros de gado humano, novo capital"). Nós representávamos um encurtamento de séculos em todos os cronogramas de expansão, milhares de engenhocas de semeadura de algas e bactérias que não precisariam ser construídas e dezenas de antigas colônias que não precisariam mais ser levadas à ruína para erguer os novos passos em direção a Celene, ao (como dizem os catislamitas) Poço do Mundo. Podíamos amansar tufões, trazer cordilheiras inteiras abaixo e criar mundos de planícies; sem a ajuda cara de máquinas.

Houve mais gerações de Controladores, eu sou da última, como não poderia deixar de ser. Éramos mais de cem quando nasci, e não precisávamos trabalhar mais em grupo como no início. As limitações eram cada vez menores mesmo entre os da primeira geração; a programação de controle específico não queria mais dizer nada, estendíamos nosso poder de elemento a elemento, grupo a grupo. Foi mais ou menos quando descobrimos o que queria dizer ter um nome, pensar claramente em si mesmo como sendo um "eu". Ou o que não significava.

Foi quando começaram as perseguições.

IV

Eles entram no salão e têm gotas por toda a testa, denunciando algo que mistura medo e desejo, paixão louca. Os trajes são pesados, um tecido forte, como *jeans*, cheio de pequenos rasgos e machucados das arestas da nave que os trouxe. Com um suspiro muito alto, eles param, libertando as coisas que carregam de um aperto nervoso. As sacolas caem.

Eles sempre reagem assim ao adentrar o salão, o primeiro lugar do Receptáculo que é visto ao se abandonar o campo. Mantenho a temperatura baixa nos iluminadores de hidrogênio, procurando a exata penumbra, a exata medida de mistério e medo. Eles pagaram para o ter.

Observo-os enquanto percorrem alguns metros para os lados, tocar o cristal das paredes, o frio agradável, ver suas gotas de suor tocarem o chão e sublimarem em nuvens de aroma adocicado. Brincadeiras. Adotei linhas fortes hoje no interior; não modifiquei os andares superiores, talvez um pouco menos de brilho. Mas o salão está diferente, mais maciço e de formas mais ameaçadoras. Deve ser como ver o infinito, olhar o teto em abóbada de lá de baixo, um pé direito de cem metros. Deixo-os suar.

— Controlador!

Não escuto da primeira vez, talvez não esperasse aquilo. Os catislamitas, que formam a maioria dos que vêm até aqui, não costumam dirigir-se a mim. Tratam a coisa com muita deferência e estão quase sempre dopados.

— Controlador!

Aumentei o brilho dos globos apenas num efeito. Não precisava realmente ver algum rosto. O homem que fala é o mais alto do grupo, seu registro diz que vem de uma das primeiras colônias da Rota. Era mais barato pagar o meu preço do que dezenas de viagens até a mesquita de sacrifício mais próxima de Nova Meca. Os outros dois se aproximam, diminuindo o espaço entre si, e estufam o peito para conter o nervosismo.

— CONTROLADOR! — os três gritam em uníssono, e eu apareço no alto da longa escada em espiral, no fundo do salão.

Há algo estranho com o novo grupo. Contacto o rádio no interior da Torre e envio uma mensagem a Antônio pedindo-lhe para voltar. Ele já deve estar a meio caminho da Estação, mas vai entender. O eco das vozes rompendo o ar e estalando cristais soa como antevisões de problemas. Viro o corpo na direção do corrimão e dou dois passos para fora, dois suspiros de surpresa lá embaixo, e caminho pelo ar em direção a uma das estátuas incrustadas nas paredes. Os homens não podem sentir a coluna de ar revolto que me acalenta e perdoa meus passos no vazio.

Monto suavemente o leão de cristal e desarranjo sua junção com a parede. Seu corpo pela metade emerge da superfície lisa como que saindo de um mergulho, os quartos que não existiam aparecendo só porque penso que eles *devem* estar lá.

Minha cavalgadura se ergue alguns metros, e depois desce até os homens, seguindo a estrada espiralada dos meus comandos. Deixo-os suar.

— Viemos aqui para coisas mais importantes do que mortes transcendentes! — O falador retira uma placa de material plástico do bolso, e os outros dois o imitam. Quebram-nas com um estalo de ofensa. Imbecis. Acabam de rescindir seus contratos de Término no pior lugar para tal. — Aqui estão nossos contratos! Essa porcaria que você tem aqui não nos interessa.

Fico por alguns instantes com um certo olhar pululante, perscrutador; olho-os de cima abaixo, dois deles com uma certa aparência caucasiana, o outro com uma tez mais avermelhada, talvez uma ascendência dos trópicos. Tenho suas nacionalidades a um pensamento de distância, em seus registros, mas deixo-as de lado; não acredito que possa haver uma coisa sequer de verdadeiro nas tais fichas.

Um deles se abaixa para mexer em algo dentro das sacolas. Ele grita mais de susto que de dor quando os sacos são projetados de suas mãos e vista para longe, trinta metros à direita, erguerem-se no ar e despejar seus conteúdos numa miríade de desenhos caóticos pelo chão. Eu os analiso e reconheço através do cristal, como se tivesse dedos lá, e afasto a hipótese de bombas e armas. Não há nada perigoso nos sacos.

Trago as coisas de volta.

— Não viemos para causar problemas. — O líder, já identifico o homem alto como tal, fala com tons divertidos de deboche ao constatar minha desconfiança. — Pode ficar tranquilo, não carregamos armas nem nada do tipo. Tentamos contactar você, senhor... Marcos? Durante quase seis meses antes de planejar essa viagem pra cá. Já deve ter percebido que nossos registros são falsos; era a única maneira do seu computador aceitar nossos pedidos de Contrato.

Confirmo minha desconfiança anterior e me pergunto de onde eles podem ter vindo, afinal. O homem alto usa um nome que deve constar de algum arquivo secreto como sendo o meu. Como se fosse próprio de Controladores ter mesmo algum.

Sinto o bip do receptor ressoar através dos cristais na Torre, provavelmente uma chamada de Antônio. Transmito as vibrações pelas estruturas transparentes e faço-as aparecer sob meus pés, moldando pequenas letras em sulcos no chão límpido. Leio.

Os homens olham com uma certa desconfiança para minha cabeça baixa, talvez não notem as letras no cristal. Antônio avisa que chegará em pouco menos de meia hora. Fecho o livro.

— Senhores — eu digo —, talvez não tenham ideia do que fizeram ao quebrar seus Contratos. Sou responsável pela vida de vocês no período que compreende sua chegada aqui até o momento de seu Término; isso significa, entre outras coisas, proporcionar-lhes atmosfera respirável, temperatura ideal, até mesmo transporte para fora, se for o caso do Contrato. Ao quebrarem esse compromisso de forma unilateral, livram-me de todas essas obrigações.

Diminuo o brilho dos hidrogênios e as nuvens adocicadas de suor aparecem de novo rodeando os corpos dos homens. Eles sentem o peso da distância, o vazio nos pulmões provocado pela atmosfera de Titã, nenhuma. Eles sentem-se frágeis com esses pensamentos, como gregos devotos que pudessem ser jogados para fora do Olimpo.

Deixo que sintam medo.

— Tenho um transporte para vocês daqui a alguns minutos, a mesma nave que os trouxe. O dinheiro referente aos Contratos já foi restituído às suas respectivas contas, descontadas as despesas até aqui. Seus regis...

— Por que não nos deixa falar? — o homem quase gritou.

O eco subiu a abóbada e depois caiu sobre nós como enxurrada de verão. Eu realmente ainda não sabia a *quê* eles vieram a mim, o porquê da mentira e da viagem. Nunca tinha tido problemas desse tipo desde que implantei o sistema de contratação. Sou um Controlador, posso mover o mundo num carrossel, mas ainda assim tenho que comer, preciso de coisas que algumas medidas governamentais podem facilmente me tirar. O dinheiro que eu conseguia com os Contratos de Término sustentava minha estadia em Titã, ou em qualquer outro lugar para onde tivesse que ir depois. As perseguições já haviam acabado formalmente há vários anos, mas ainda precisava de permissões judiciais caríssimas para manter minha própria liberdade e vida. A Rota avançava cada vez mais em direção a Celene, ao buraco negro onde viviam os seres que os humanos chamavam de Singulares, e com ela um eixo de peregrinação suicida crescente, milhões de catislamitas, com seus livros sagrados, uma mistura de Corão e Evangelho, procurando mesquitas de sacrifício cada vez mais próximas do Poço do Mundo, o lugar onde, segundo eles, moravam as almas. Era como aproximar o encontro com Deus e o paraíso.

Mantive-me em silêncio e fiz entender ao homem que ele podia falar. Suspiros.

— Nós somos de colônias antigas; Gumberg e Aparecida III. São da antiga linha para o miniquasar de Procyon.

Lembro-me dos nomes, vagamente. Aquelas colônias, as da Linha Procyon, eram contadas às dúzias. Eram infernos permanentes agora; desde o contato com os Singulares e a mudança do eixo de expansão, eram apenas território pilhado, visitado pelas naves governamentais com o único objetivo de recolher matéria-prima e máquinas para serem utilizadas nas dispendiosas novas colônias. Milhões foram levados à morte nessa mudança humana de direção.

— Viemos pedir sua ajuda, ou melhor, oferecer um tipo diferente de Contrato. Queremos criar um farol de atração de volta à Linha Procyon, pensamos em montar um sistema de guerrilha às naves governistas, ou então tentar inverter o eixo de peregrinação catislamita. Precisamos apenas de algo *divino*. Achamos que poderia ser você.

Os homens fazem silêncio, como que dando segundos ao tempo para deixar que minha fronte tensa reflita. Projeto aqueles dois planos toscos no futuro, pensar o que eles poderiam querer dizer, as significações grandiosas que poderiam ter. E eles falam disso tudo como se fossem ninharias...

Não digo nada, não pergunto a eles o que ganharia com tal plano. Mesmo assim, eles insistem em me dizer.

— Você deve estar pensando no que isso poderia te trazer de bom. — O homem enfia a mão em um dos bolsos da calça. Coloca o pequeno objeto à frente, uma pequena ventosa à mostra para talvez prender à têmpora. — É um Bloqueador funcional. Levamos dois anos para o desenvolver a partir de planos pirateados.

Dois anos. Não imaginei que planejassem aquela conversa há tanto.

— Sabemos que vocês precisam de algo do tipo depois de alguns anos. Você só está vivo aqui porque deve ter arranjado algum mecanismo semelhante. Caso contrário, não teria escapado à Loucura ID e às consequentes perseguições.

Ergui-me sem ao menos perceber. Pairava já a três metros de altura quando os pensamentos se organizaram em alerta outra vez e eu pude fazer o leão arremeter até o piso. Minha cabeça parece leve e estou verdadeiramente surpreso. Como eles podem saber tanto?

Loucura ID era o nome dado à síndrome que começou a afetar os Controladores, todos eles, de cima para baixo, começando pelos da primeira geração até os mais recentes, contemporâneos meus. Não era algo que pudesse ter sido previsto no projeto genético original. A especificidade de manipulação, como já disse, mostrou-se inexistente apenas com o decorrer de muitos anos. Com o aumento da idade e da experiência, os Controladores passaram a abarcar um espectro cada vez maior de elementos e grupos atômicos, fato que a princípio facilitou sua dispersão pela Rota, já que derrubava o dogma do trabalho em equipe.

Não sei muito da teoria, talvez fosse interessante ler mais sobre consciência, inconsciente, percepção, "eu". Os psicólogos do projeto devem ter suas hipóteses formuladas, tentativas vagas de explicação. Nunca precisei pensar em razões de ser para a síndrome. Eu a sinto, cada vez mais.

Talvez seja mais fácil de entender do que eles pensam. Onde está a identidade humana, talvez melhor dizer identidade simplesmente, a consciência em si, a delimitação do eu e os limites do próprio universo interno? Quer dizer, onde estão as coisas, o que são elas, que nos fazem saber que somos *algo*, que nos mostrem que somos essa bolha de pensamento e percepção fundamentalmente separada do resto do universo?

Eu digo a mim mesmo que elas estão nos sentidos, no tato, na visão, nos ouvidos, na relação complementar que os rege. No corpo. A visão nos mostra o mundo, as coisas distantes que nossas mãos não podem alcançar, o que deve ficar apenas no desejo e o que pode ser alcançado através do poder sobre a matéria, a matéria do nosso próprio corpo; andar, correr, levantar um braço e servir-se de água, descer a mão seguindo o ventre e saciar desejos urgentes. Sentidos, poder sobre o corpo, sobre o "eu".

Talvez os psicólogos não vejam o que acontece conosco a cada expansão, a cada novo aumento de poder. Toda vez que nosso corpo aumenta, e passa a conter o alumínio, o metano, a argila dos montes, o quartzo das rochas. O hidrogênio de sóis e o oxigênio dos pulmões.

Perdemos de vista a linha de limite, aos poucos; essa coisa de que falei há pouco e que penso definir a própria consciência. Até onde diabos vai o meu corpo...

— Tenho um. . . bloqueador psíquico. Não é mecânico; um método que desenvolvi. — Olho para eles com o intuito de me mostrar cansado. — Não preciso da máquina de vocês. É só?

O homem alto rompe o silêncio pesado que se seguiu.

— Pensei que se importasse com o que corre lá fora. Você é uma vítima do maldito sistema, também; e sabe que não escapa dos problemas com esse tapa-merda psíquico que diz ter. Nós checamos seus registros... Você tem passagem em mais de quinze lugares nos últimos cinco anos. Deve ter alguma coisa a ver com o ID, não é? — Eu faço o mais grave silêncio, não consigo pensar em nada mais complexo. — Por que não fazemos o acordo e você fica com o Bloqueador? Você não precisaria sair de Titã!

A dúvida e a estupefação se transformam em ódio-ira, há uma ventania muito grande que varre o salão e o Receptáculo geme, como que querendo desabar e seguir minhas próprias vontades. Pedaços de cristal facetado caem do teto e dão um clima de bombardeio a esse final de conversa tão perturbador. Uma grande rachadura sobe à estrutura, abalando a escada em caracol, e se estende como mil braços assassinos, um cheiro de ruína e de fim.

Os homens tremem e soltam gritos. As vozes se perdem entre estilhaços. O ar se torna uma pequena selva de flores de cristal, a luz fraca do Sol invade tudo através das fendas, é tudo um despetalar, um relógio delicado que se desmantela em suas peças mínimas, flocos em descendente.

Eu controlo meu interior e trago normalidade às coisas, complacência. O cristal é sanado, e sua estrutura volta à virgindade da perfeição intocada. As estátuas despencadas retomam seus lugares mutilados nas paredes e o silêncio volta a ser o maior som. Os homens erguem os corpos e afastam o pânico, desenterrando cabeças de pernas molhadas de lágrimas e sangue de cacos.

Eles recolhem as coisas e saem em direção ao campo de pouso sem olhar para trás. Não ouviram nenhuma resposta verbal à sua proposta.

Mas sabem que não a aceitei.

V

Já construí amarguras tolkienianas aqui. Torci Titã em buracos de hobbits e cavaleiros negros de pedra fluída.

Já encenei Longas Jornadas de Adams com coelhos humanos, essas criaturas de quem herdei a aparência e que vêm até mim para serem mortas em rituais de procura, lançar suas almas em direção a essa nova Meca no espaço.

A nave de Antônio parece estremecer mais do que o normal, enquanto atinge os limites de gravidade do satélite, e eu concedo-lhe um empurrão maior; um pouco do ar de meus pulmões novamente se vai. Os três falsos catislamitas partem naquele ponto fosco de metal, e eu me sinto ao mesmo tempo tranquilo e atormentado. Todos aqueles humanos se entregando em sacrifícios aqui, lá fora, em milhares de mesquitas instaladas em cada mínimo torrão de terra. Costumo observar suas almas quando estão a morrer, logo depois de tomarem o Transitor. Elas tremeluzem, desgarradas das carcaças tão logo soe o derradeiro suspiro, e não sei se transcendem mesmo a algum paraíso ou simplesmente morrem com o corpo. Vejo-as dissipar, como névoa fina cada vez mais fina, perdendo o brilho. Gosto de pensar que elas podem estar passando a uma frequência, uma dimensão onde eu não as possa ver, que vão para Nova Meca; não sei por que me importo, talvez seja por isso que atraso às vezes os Términos, como fiz com o homem dos Alpes, abrindo o chão para que ele não se estatelasse tão rápido.

Faço a atmosfera se movimentar um pouco, criando uma brisa que me acaricia de maneira natural, sem fazer parte de mim. Quando terei que abandonar Titã, é sempre a pergunta feita cada vez que uma nave se vai e os planos para a próxima começam. Quando terei tanto poder a ponto de forçar minha ida para outros lugares de composição diferente, elementos desconhecidos, incorpóreos, que me façam começar a experiência de novo e reforçar os malditos limites. . . internos.

Deixo os catislamitas de lado, Meca, Rota, Procyon. Observo as pequenas letras se formando no chão da Torre de trezentos metros do Receptáculo e intensifico o vento, ao mesmo tempo em que leio os registros e Contratos dos novos homens da próxima nave. Um furacão se forma lá fora e eu o faço aproximar. Fito o interior, o olho calmo do furacão.

É onde, penso, eu devo sempre ficar.

Acabo com as brisas e namoro os anéis, logo acima, Saturno impassível.

Deixo que me vejam enquanto cavalgo os ares em direção ao campo de pouso para construir novos epitáfios.

AGRADECIMENTOS

O organizador desta antologia deseja reconhecer o apoio e a ajuda de Finisia Fideli, que indicou o conto de Lygia Fagundes Telles. Também a Daniel Fresnot, Rynaldo Papoy, J. Estel Santiago, Ramiro Giroldo, M. Elizabeth Ginway e ao Sr. Erich Werner Gemeinder, um bibliófilo interessado em Afonso Schmidt. À Estela Maria Souza Costa Neves, herdeira de Berilo Neves, e à sua sobrinha Flávia Souza Costa Neves Cavazotte. Ao pessoal da Devir, especialmente Douglas Quinta Reis e Maria Luzia Kemen Candalaft. Também a Sylvio Monteiro Deutsch, Maria Eugênia de Araújo Scavone, e a Marcio Scavone. Um agradecimento póstumo a Therezinha Monteiro Deutsch e a Ladislau Deutsch.

MAIS FICÇÃO CIENTÍFICA DA SÉRIE PULSAR

O Jogo do Exterminador, de Orson Scott Card. Ganhador dos Prêmios Hugo e o Nebula, inicia a Saga de Ender, um dos maiores sucessos da ficção científica.

"*O Jogo do Exterminador* é um romance comovente e cheio de surpresas que parecem inevitáveis, depois que são explicadas."

—*The New York Times*

Confissões do Inexplicável, de André Carneiro. O quarto livro de contos do decano da ficção científica brasileira é a maior coletânea de um autor nacional de FC já publicada.

"Como Aldous Huxley, Carneiro... desconfia dos limites que a busca do lucro e da produtividade põem à vida e à criatividade. Mas não mostra pendores ascéticos, receio do novo ou nostalgia pelo passado do Brasil ou do mundo. Seus personagens aderem ao insólito com entusiasmo e apontam para a possibilidade de superar a razão capitalista e tecnocrática, tanto em humanismo quanto em saber científico."

—Antonio Luiz M. C. Costa, *CartaCapital*

Orador dos Mortos, de Orson Scott Card. Multipremiada sequência de *O Jogo do Exterminador*. Edição definitiva, com introdução especial do autor e posfácio exclusivo, dirigido aos leitores brasileiros.

"O trabalho mais poderoso que Card produziu, *Orador* não apenas completa *O Jogo do Exterminador*, ele o transcende... Altamente recomendado para leitores interessados nas complexidades e ambigüidades culturais que os melhores romances de ficção científica exploram."

—*Fantasy Review*

"Com menos ímpeto que *O Jogo do Exterminador*, *Orador dos Mortos* pode ser um livro muito melhor. Não perca!"

—*Analog Science Fiction and Fact*

Os Melhores Contos Brasileiros de Ficção Científica, Roberto de Sousa Causo, ed. A primeira antologia retrospectiva do melhor da ficção científica nacional, com histórias de Machado de Assis, Gastão Cruls, Domingos Carvalho da Silva, André Carneiro, Levy Menezes, Rubens Teixeira Scavone, Finisia Fideli, Jorge Luiz Calife e Ricardo Teixeira.

"Faziam falta boas antologias de textos brasileiros... Agora, porém, o círculo vicioso começa a ser quebrado: pelo menos uma boa antologia, a primeira do gênero em muitos anos, recupera essa história: *Os Melhores Contos Brasileiros de Ficção Científica*, editada por Roberto de Sousa Causo... Essa antologia pode ser considerada uma referência e um marco do padrão de qualidade que pode e deve ser exigido do aspirante a autor."

—Antonio Luiz M. C. Costa, *CartaCapital*.

"Em meio ao número cada vez maior de antologias de contos publicadas no Brasil ultimamente, era de se estranhar que ainda não houvesse surgido nenhuma voltada para a ficção científica... Não cabe aqui buscar explicações para o fato, mas apenas apontar para a importância da recém-lançada coletânea organizada por Roberto Causo... Não há dúvida de que o leitor há de encontrar no livro bons momentos de leitura."

—Flávio Carneiro. *O Globo*.

Tempo Fechado, de Bruce Sterling. Romance *cyberpunk* que transporta o leitor a um futuro em que a degradação do meio ambiente e as mudanças climáticas ameaçam a condição da vida na Terra.

"Ao descrever uma situação tão extrema, e com verossimilhança, Bruce Sterling na verdade quer nos fazer pensar: até que ponto nossas atitudes, por menores que sejam, estão contribuindo para transformar nosso mundo num lugar inabitável?... Divertido, instigante e lúcido, *Tempo Fechado* é leitura obrigatória para quem se preocupa com o futuro da humanidade, e se dá conta de que ele já começou."

—Finisia Fideli, *Terra Magazine.*

"Por fim, uma visão de futuro nos chega antes de soar superada... [E]m *Tempo Fechado* o leitor confronta problemas na ordem do dia, um retrato dos resultados de décadas de destruição do ambiente, caos político e econômico e descaso pela saúde pública, extrapolados para 2031... Sterling retrata gente que pensa, sente e toma iniciativas, mesmo se elas não bastam para salvar o dia."

—Antonio Luiz M. C. Costa, *CartaCapital.*

Trilogia Padrões de Contato, de Jorge Luiz Calife. Pela primeira vez em um só volume, a única trilogia da ficção científica *hard* nacional. Composto dos romances *Padrões de Contato*, *Horizonte de Eventos* e *Linha Terminal* (Prêmio Nova de Ficção Científica 1991). Um clássico da FC brasileira especialmente ilustrado por Vagner Vargas. Introdução de Marcello Simão Branco.

"Um brasileiro imaginativo, bem informado e irreverente, capaz de lidar com a ficção científica tão bem quanto os melhores autores estrangeiros do gênero."

—Miriam Paglia, *Veja.*

"[Um] marco da SCI FI brasileira e precursora do gênero *new space opera.*"

—Arnaldo Bloch, *O Globo.*

"Calife ultrapassa os limites dos escritores anteriores do gênero, ao criar um mundo no qual a tecnologia, quando associada a uma consciência social e metafísica, abre um novo conjunto de possibilidades para o futuro"

—M. Elizabeth Ginway, autora de *Ficção Científica Brasileira.*

"Dono já de um estilo, Calife manipula os ingredientes próprios do gênero com precisão..."

—Gumercindo Rocha Dorea.

ACOMPANHE TAMBÉM A SÉRIE QUYMERA

Rumo à Fantasia, Roberto de Sousa Causo, ed. A primeira antologia internacional de fantasia montada no Brasil, com contos de Ambrose Bierce (EUA), Braulio Tavares (Brasil), Daniel Fresnot (Brasil), Jean-Louis Trudel (Canadá), Rosana Rios (Brasil), Eça de Queiroz (Portugal), Cesar Silva (Brasil), Orson Scott Card (EUA), Anna Creusa Zacharias (Brasil), Bruce Sterling (EUA), Roberto de Sousa Causo (Brasil) e Ursula K. Le Guin (EUA).

"Imperdível para fãs de literatura de fantasia."

—Helena Gomes, autora de *O Arqueiro e a Feiticeira.*

Antologia de altíssimo nível. Causo conseguiu juntar um escritor melhor do que o outro. Essa é pra ter e guardar com carinho junto com os melhores da estante...

—Raphael Draccon, autor de *Dragões de Éter.*

"Brasil, Estados Unidos, Canadá e Portugal se unem através da literatura fantástica. Autores desses países foram reunidos por Roberto de Sousa Causo, escritor e editor renomado... [Um] livro de fantasia que cruza épocas e espaços geográficos distintos, tanto nas origens dos personagens quanto dos autores, inaugura o selo Quymera, uma nova iniciativa da Devir..."

—J. J. Marreiro.